KB058787

나쓰코의 모험

夏子の冒険

일러두기

1. 본문의 주석은 모두 옮긴이 주입니다.
2. 영화명, 작품명, 잡지와 신문 등의 매체명은 〈 〉로,
   책 제목은 《 》로 묶었습니다.

나쓰코의 모험

夏子の冒険

미시마 유키오 장편소설

정수윤 옮김

RHK
알에이치코리아

차례

제1장	정열가는 어디에?	7
제2장	이것이야말로 정열의 증거	25
제3장	아름다운 속세의 하루	36
제4장	하코다테산 정상에서	46
제5장	사랑에 빠지는 게 당연해	55
제6장	밀짚모자	65
제7장	부드럽게 두른 팔	82
제8장	아닌 온천 중에 홍두깨	92
제9장	미덥지 못한 정열가	99
제10장	사냥 첫날	112
제11장	포상은 일이 끝난 후에	116
제12장	한가로운 시간	127
제13장	생각지 못한 신의 가호	135
제14장	우정이 빛을 발하는 순간	148
제15장	두 번째 사냥	153
제16장	이제 돌아가자	158

제17장	친절의 종류	169
제18장	습격	179
제19장	취재	186
제20장	후지코, 증인이 되다	202
제21장	전투 준비	211
제22장	사냥꾼 기질	219
제23장	고난의 연인	230
제24장	란코시 고탐의 밤	237
제25장	등장인물, 한자리에 모이다	246
제26장	사과하기도 기묘한 형국	255
제27장	어둠 속에 꿈틀대는 그림자	265
제28장	소름 끼치는 방문객	272
제29장	평생 잊지 못할 하룻밤	281
제30장	에필로그	289
옮긴이의 말	모험이 필요해	306

제1장

정열가는 어디에?

어느 날 아침, 식탁에서 밥을 먹던 나쓰코가 이런 말을 꺼냈다.

"나 수도원에 들어갈래."

넋을 잃은 가족들은 수저질을 멈추었고, 정적이 흐르는 가운데 된장국에서 뜨거운 김만 향불처럼 피어올랐다.

스무 살인 나쓰코는 어릴 때부터 돌발 선언으로 식구들을 놀라게 하는 버릇이 있었다.

일곱 살 초봄에는 이렇게 선언했다.

"나 이제 시금치 안 먹어."

그 후로는 아무리 어르고 달래도 입에도 안 댔다.

열다섯 살 때, "빨간 옷은 평생 안 입을 거야." 하고 선언한 이래 오늘까지 붉은 계통 천은 몸에 두른 적도 없다. 한 친구가 "너 진짜 빨강이 안 어울려."라는 말을 한 탓이다.

예전부터 단호한 결심을 내뱉을 때는 특유의 말투가 있었기에 가족들도 그저 흘려들을 수만은 없었다.

나쓰코는 과묵하면서도 열정적인 면이 있었다. 얼굴은 남방계다. 할아버지는 기노쿠니* 지방의 큰 목재상이었는데, 그쪽 사람들 얼굴에는 남자든 여자든 용맹함이 서려 있었고, 풍부한 태양을 받으며 자란 커다란 과일 같은 느낌이 있었다. 눈동자는 따스하게 광이 나고 머리칼은 칠흑처럼 검었으며 도톰하고 새빨간 입술 위로 강인한 인상을 주는 콧날이 오뚝했다. 따뜻한 해류로부터 영향을 받았다는 걸 볼 줄 아는 사람은 알 것이다. 눈꺼풀이 살짝 부석부석한 게 나쓰코의 특징이었는데, 그게 눈매에 왠지 모를 졸린 듯한 매력을 더해 주었다.

나쓰코는 학교 다닐 때부터 쏟아질 듯이 많은 고백을 받았다. 학교를 졸업한 뒤로도 나쓰코의 주변에는 남자

---

* 일본 열도의 서남쪽 와카야마현과 미에현 일부를 이르는 옛 명칭.

가 끊이지 않았다. 나쓰코는 곤충학자의 눈으로 남자들을 관찰했다. 투구벌레 같은 남자가 있다. 여치처럼 생긴 청년이 있다. 배추흰나비 같은 학생이 있다. 하늘소가 떠오르는 회사원이 있다. 귀뚜라미처럼 까무잡잡하고 작달막한 남자가 있다. 나쓰코는 남자들을 분류하여 뒤에서 메뚜기목 여치과라든가 나비목 흰나비과라는 식으로 불렀다. 한 청년 같은 경우는 가슴앓이로 새어 나오는 한숨이 파리의 날갯짓 소리를 닮은 데다가 살짝 벌어진 입술 틈으로 금니 두 개가 보이곤 했기에 쉬파리로 불리기도 했다. 이렇듯 가차 없이 험담하면서도 모든 남자와 반쯤 연인이 되어 사귀는 딸을 옆에서 보며, 소심한 어머니는 섬뜩했다.

✦

　남자들 입장에서는 편견이라고는 없는 나쓰코가 난감하게 여겨졌다. 이 천사는 적십자의 천사 같은 박애주의자였다. 어떤 상황에서도 'A보다 B가 낫다'는 투로 말하는 법이 없었다. 이것도 좋고 저것도 좋다는 식이었다. 물론 남자들은 자기만 장점을 인정받으려고 혈안이 되어 있었지만, 나쓰코는 특별 취급하는 일을 죄악이라고 여기는 듯했다. 어느 남자나 반쯤 경멸하고 존경했으며, 반쯤 사랑하고 혐오했다.

인간을 사랑하지는 못해도 천성은 따뜻한 여자라고 분한 마음을 삭이며 말하는 남자도 있었다. 그러면서도 나쓰코의 촉촉한 눈망울과 칠흑 같은 머리칼을 보면, 마음 한구석에 정열가의 피가 잠자고 있음을 의심하지 않을 수 없었다. 나쓰코가 지닌 정열이란, 누구나 믿고 있지만 누구도 본 적 없는 귀신 같은 존재였다.

하지만 나쓰코의 입장에서 잘못은 모두 남자 쪽에 있었다. 나쓰코 안의 잠든 정열은 상당히 뜨겁고 강렬했기에, 이와 비슷한 수준의 힘과 열정이 아니면 공명하지 못하는 성질이 있었다. 어떤 남자의 눈에서 그런 정열을 찾을 수 있을까! 펄프 회사에서 일하는 다쓰오의 눈은 온통 급여 인상에 대한 기대와 중역을 향한 꿈으로 불타올랐다. 대학 법학부 조교이자 엄청난 수재라는 게이이치의 눈은 교수가 되겠다는 야심으로 가득했다. 건축과 대학생인 마코토가 어느 날 의미심장하게 들고 온 선물을 본 나쓰코는 어이가 없었다.

"이거, 뭔지 맞혀봐."

마코토는 백화 보자기로 도톰하게 감싼 매듭 사이에 손가락을 끼워 넣고 나쓰코 눈앞에서 흔들어 보였다. 웃을 때면 까맣게 탄 뺨에 보조개가 생기는 단순하고도 쾌활한 청년이었다. 휘파람을 불거나 손가락 관절을 뚝뚝 꺾거나 아무튼 시종일관 무슨 소리를 내지 않고는 못 배기는 사람이었다. 마코토는 제도용 잉크가 묻은 손가락으로 보자기를 기중기처럼 천천히 들어 올렸다 내렸다 했다.

"얄미워. 강아지처럼 앞발이라도 세워야 보여줄 거야?"

마코토는 점잖게 탁자 위에 보자기를 펼쳤다. 그러자 작고 아름다운 서양식 가옥 모형이 나왔다. 문과 담장은 흰 페인트로 칠했고, 거기에 장미꽃이 빈틈없이 덩굴져 있다. 정원은 초록색 유화물감을 짜서 만든 잔디로 뒤덮여 있고, 일광욕실은 셀로판지를 가득 붙여 만든 유리로 둘러싸여 있다. 빨간 지붕, 벽돌 문기둥, 벽돌 포치, 그리고 창문이라는 창문에는 죄다 펄럭거리는 커튼, 외곽답게 뒷마당에는 삼나무 가로수, …해가 잘 드는 언덕 위의 집 같은 종이로 만든 서양 가옥은 탁자 위에서 마음껏 전등 불빛을 쬐고 있었다. 잔디에 드리운 지붕 그림자를 보고 있자니, 마치 그곳에만 초여름날 맑게 갠 오후의 고요한 시각이 머무는 듯했다.

"세상에, 너무 예쁘다. 무슨 모형이야?"

학생은 얼굴을 붉혔다. 오늘 집을 나설 때부터 외우고 있었던 말, 반쯤은 자기 말에 취하지 않고는 뱉을 수 없는 말이었다.

"…언젠가 너랑 같이 살 집을 설계해 보았어. 내 인생의 이상이야. 아주 살기 편한 집이 될 거야. 내진 내화 설계가 되어 있으니 삼사십 년은 거뜬해."

그 말에 나쓰코는 눈살을 찌푸렸다. 이 남자도 이런 생각뿐인가. 꽃으로 장식한 아름다운 감옥에 나를 가두는 게 이상인가. 삼사십 년이라고? 끔찍하네. 삼사십 년 살면 천장널에 박힌 옹이구멍 개수까지 외고 다닐 지경 이겠어. 추억이라는 고치 속에 갇혀 한 걸음도 밖으로 나오려 하지 않겠지. 종종 둘이 산책한다. 차분한 목소리로 어떻게 생계를 이어갈지 논의한다. 이 남자는 사십 년이 흘러도 여전히 상냥한 남편이리라. 아아, 참을 수 없는 일이야.

나쓰코는 잇단 구애를 잔인한 방법으로 거절했지만, 그렇다고 자살의 정열을 내비치는 남자도 없었다. 한번 은 이런 일이 있었다.

최고급 승용차를 타며 득의양양해하는 남자가 있었다. 제약회사 사장 아버지가 자기 차 두 대 가운데 한 대를 종종 아들에게 빌려줬던 것이다. 어느 날 밤, 두 사람은 오오모리에서 열린 친구 파티에 함께 참석했고 돌아오는 길에는 남자가 집까지 바래다줄 예정이었다. 하지만 승용차가 게이힌국도를 타고 반대 방향으로 달리기 시작했다.

나쓰코는 조수석에 앉아 있었다. 이브닝드레스를 입고 어깨에 토끼털 반코트를 둘렀다. 조금 전 나쓰코의 손을 잡아 차에 태운 증거로, 남자의 남색 슈트 어깨에도 솜털 같은 민들레 씨앗을 닮은 토끼털이 희미하게 붙어 있었다. 나쓰코는 방향이 틀렸다고 말하려다 입을 다물었다. 승용차는 미끄러지듯 요코하마 쪽으로 달려 나갔다.

"안 놀라?"

남자가 물었다.

"아니."

"놀랐어?"

"응."

이로써 나쓰코도 마음이 있다고 확신한 남자는 의기양양하게 클랙슨을 울렸다. 나쓰코는 한층 더 입을 다물었다. 그러고는 핸드백에서 천천히 담뱃갑을 꺼냈다. 평소 담배를 피우지 않는 나쓰코다. 수상하게 생각한 남자가 곁눈질로 보니, 나긋나긋한 손끝으로 담배 두 개비를 집어 둘 다 입에 물었다.

'불을 붙여 내 입에 물려주려나 보다.'

남자는 그렇게 생각하며 해죽해죽 웃었다. 나쓰코는 라이터에 불을 켰다. 담배를 든 손놀림이 위태위태한 것으로 보아 익숙하지는 않은 모양이다. 불이 붙자, 양손에 한 개비씩 들고서 두세 번 번갈아 피웠다. 불이 빨갛게 달아올라 아름다운 색을 냈다.

'약 올리네. 얼른 한 대 달라고 해? 아니면 말없이 손을 내밀고 받는 게 멋있으려나.'

남자가 그런 생각에 빠져 있는데, 나쓰코가 양손에 불이 붙은 담배를 든 채 가만히 남자의 어깨에 몸을 기댔다. 향수 냄새와 함께 뭉근한 온기가 어깨에 닿았다.

'어라, 이 여자, 취했나.'

나쓰코는 남자의 목에 팔을 둘렀다. 정신을 차려보니 양쪽 뺨으로 담뱃불이 다가오고 있었다.

"앗!"

"차 돌려. 안 그럼 화상 입을걸."

오른손으로 뿌리치면 왼쪽 뺨에 불이 닿을 터다. 왼손으로 뿌리치면 오른쪽 뺨에 화상을 입겠지. 양손으로 뿌리치면…, 차가 인도로 올라가리라. 이 시각 국도는 아직 차량이 많다.

남자는 차를 크게 돌려 방금 온 길을 되돌아갔다. 나쓰코는 더 이상 담배를 피우지 않고 재떨이 속에 던져 넣었다. 나쓰코의 집에 도착할 때까지 두 사람은 한마디도 하지 않았다.

나쓰코는 이 부유한 남자―이름이 겐이치였는데―가 그리 싫지는 않았다. 어딘가 박력이 있는 사람이라고 느꼈다. 짙은 눈썹과 커다란 손에는 장화를 신고 진창으로 돌진하듯 여자의 마음속으로 달려드는 힘이 있었다. 그런 남자가 패기 없이 고작 담뱃불에 자기 뜻을 꺾을 줄이야!

나쓰코는 정열다운 정열을 품은 남자가 단 한 명도 없다는 사실에 절망했다. 차라리 열렬한 욕망이라도 품고 있다면 이해하겠는데, 가장 가능성 있어 보였던 겐이치마저 그 지경이었다.

예술가 중에는 그런 남자가 있나 했는데, 그림 그리는 청년들은 죄다 천재인 척하며 '예술'이라는 단어를 추잉

껌처럼 남용했다. 거기다가 소위 예술적 야심이라는 걸 여자애들 마음을 사로잡기 위한 장신구쯤으로 여겼다. 문학청년은 구질구질해서 애초에 나쓰코의 생활 반경에 들어오지 않았지만, 나쓰코가 잘 아는 젊은 음악가는 성격이 보통 이상한 게 아니어서, 자기 집에서 혼자 식사할 때 레코드에서 흘러나오는 클래식 음악에 맞춰 고기를 썰었으며, 여자를 부를 때 작품번호 1번, 2번이라는 식의 호칭을 썼다. 저 여자는 내림나장조야. 이런 게 품평 암호였다. 회사원은 지루해서 같이 나눌 이야기가 없었다. 재밌는 이야깃거리라고는 잡지에 실린 개그 표절이 다였다. 요컨대 도시 청년들의 눈빛은 더 이상 반짝이지 않았다.

어느 초여름 날, 나쓰코는 친구와 함께 레스토랑 2층에 앉아 오가는 사람들을 내려다보며 품평하고 있었다.

남자든, 팔짱 끼고 걸어가는 애인이든, 누구든 나쓰코의 눈에는 대충 그들이 어디로 향하는지 보이는 것 같았다.

"막다른 길로 들어가는 행렬 같네."

나쓰코가 말했다.

"어째서?"

"그야 저 남자 중 누구와 함께하더라도 새롭고 멋진 세계로 들어가는 길이 막혀 있다는 건 불을 보듯 뻔하니까. 그것 말고 남자에게 무슨 매력이 있겠니? 이제껏 상상하지 못한 새로운 세상으로 데려가 준다는 매력 말고 남자한테 기대할 게 뭐가 있겠느냐고. 저길 좀 봐."

나쓰코는 하얀 레이스 장갑을 낀 손으로 회사원 분위기가 나는 남자 여럿을 가리켰다.

"저 사람들이 막다른 길의 상징이지. 그 뒤에 화려한 스포츠셔츠를 입은 사람은 누구야?"

"엄청 유명한 사람이잖아. 새롭고 독특한 그림을 그려서 요즘엔 프라이팬 속에 비행장이 있는 그림을 내놔도 누구나 그러려니 하게 되었어."

"저 사람과 함께한다 한들 기껏해야 프랑스 파리에서 싸구려 하숙이나 경험하겠지. 그게 그렇게 대단한 일일까. 조만간 오차즈케*가 먹고 싶어 일본으로 돌아와서는, 이번에는 완전히 일본풍 집에 살면서 여생을 보내겠지. 세속적인 명성이나 제자들에 둘러싸여 사는 것도 막다른 길이 틀림없어."

• 밥에 뜨거운 차나 연하게 우린 국물을 부어 먹는 일본 음식.

나쓰코는 저들 남자 한 사람 한 사람과 함께하는 자기 모습을 상상해 보았지만 조금도 그림이 그려지지 않았다. 가정적이고 살뜰한 아내가 되어 두 팔을 걷어붙이고 행주로 상을 닦는 모습이나, 화려한 사교계 부인이 되어 무도회를 주최하는 모습 등등, 가능한 상상을 다 해보아도 하나같이 지루하기 짝이 없는 공상이었다.

'아아, 누구와 함께해도 사랑을 위해 목숨을 걸거나 죽을지도 모르는 위험을 무릅쓰는 일은 없어. 남자들은 입만 열면 시대가 틀렸다느니 사회가 문제라느니 말이 많지만, 자기 눈 속에 정열이 없다는 게 제일 나쁘다는 걸 깨닫지 못하고 있어⋯.'

나쓰코는 이런 연유로 어느 날 아침 돌연 수도원에 들어가겠다고 선언했다. 거기에는 기나긴 고민의 시간이 있었다. 아무리 찾아봐도 원하는 남자가 없는 이상, 신에게 몸을 의탁하여 속세와 연을 끊고 살자고 용감한 결론에 도달한 것이다.

수도원. ⋯아마도 그곳만은 막다른 길이 아니리라.

나쓰코는 학교에서 성모나 수녀의 이야기를 들을 때마다 멀리 홋카이도 하코다테에 있는 트라피스트 수도원, 시토회 수녀들이 엄격한 규율 아래 사는 천사원 수도원을 동경했다. 그곳이 대화 금지였기 때문이었다. 말하지 않는 것쯤은 나쓰코에게 아무 문제도 아니었다. 남자는 없었지만 남자 따위 이미 싫증 났다. 남자의 본성을 안다고 자부하는 몸은 의심할 나위 없이 청정했다.

수도원에 들어가겠다는 나쓰코의 의지를 논리적으로 따지고 들 필요는 없다. 어차피 논리적인 행동을 기대하기는 어려운 나이다. 이 결심은 마치 시인의 영감처럼 나쓰코의 영혼을 감쌌다. 나쓰코는 한 번 결정하면 그걸 분석하고 고찰하는 일보다는, 이상한 집착으로 키워버리는 타입이었다. 예를 들면, 옆집 부인이 입은 기모노 무늬가 예뻐서, 혹은 의상이 너무 많아서 이제 기모노를 입지 않기로 결심한 여자처럼 말이다.

…그리하여 그 말을 꺼낸 나쓰코 주위에는 한동안 가족의 침묵이 맴돌았다. 식탁에 드리운 아침 햇살로 인해 된장국에서 조용히 피어오르는 따뜻한 김이 두드러졌다.

"그건 안 된다."

아버지가 말했다.

"안 되고말고."

어머니가 말했다.

"말이 되는 소릴 해야지."

남편을 여의고 한집에 사는 고모가 말했다.

"훠이훠이, 잡념아, 물렀거라."

할머니가 말했다.

다들 한마디씩 중얼거렸는데 슬그머니 나쓰코의 얼굴을 엿보니 아무 반응이 없기에 입을 꾹 다물었다.

반대하면 더욱더 고집을 부리는 나쓰코의 성격을 잘 아는 가족들은 더 이상 그 문제를 일절 언급하지 않기로 했다. 아버지는 원인이 뭘까 이리저리 궁리한 끝에 응접실 앨범 속 스위스 수도원 그림엽서 두세 장을 찢어 버렸다. 그런 건 아무런 도움이 안 됐다. 나쓰코는 말없이 준비를 착착 이어갔고, 친구들에게 나눠줄 것을 벌써 다 나눠주었다. 가까운 친구 하나는 사파이어가 박힌 귀고리와 브로치 세트를 받고 크게 기뻐했다.

원래 나쓰코의 아버지는 가톨릭 신자였다. 이 근엄한 사업가는 일요일 아침마다 가족과 함께 성당에 가는 게 생활의 기쁨이었지만, 늘 꾸물대던 나쓰코가 수도원에 들어가겠다고 나선 게 이해가 가지 않았다. 아버지는 성당에 돈을 기부하며 자기 인생에 되도록 슬픈 일이 생기지 않기를, 더 많은 돈을 벌 수 있기를 기도했다. 만약 하나뿐인 딸이 수도원에 들어간다면, 기부금과 딸을 이중으로 뜯긴 기분이 들리라.

천사원 수도원의 입회 조건은 가톨릭 신자일 것, 부모와 교회 측 승인을 얻을 것, 품행이 단정할 것, 부양할 가족이 없을 것 등이었다. 교회의 승인은 학교 측이 힘써주었다. 나쓰코가 해야 할 일은 아버지와 어머니의 승낙을 얻는 것이었다. 나쓰코는 수도원에 보내주지 않으면 자살하겠다고 위협하고는, 치사량에 못 미치는 분량의 수면제를 먹고 이틀 내리 잠만 자서 가족들을 신경쇠약에 빠뜨렸다. 상담하러 학교로 간 아버지는 나쓰코가 입회하더라도 견습 시기인 6개월 안에 나오고 싶으면 언제든 탈퇴할 수 있다는 이야기를 듣고, 이번에는 거꾸로 나쓰코의 입회를 찬성하고 나섰다. 이 감당 안 되는 딸자식이 제풀에 꺾여 집으로 돌아오리라는 기대에서였다.

허가가 떨어진 것은 6월 하순이다. 나쓰코는 장마가 걷히자마자 하코다테로 떠날 채비를 했다. 여행에는 할머니와 고모와 엄마, 이렇게 세 명이 동행하여 하코다테 근교의 수도원까지 배웅하기로 했다.

장마가 걷힌 저녁 우에노역 플랫폼에 때아닌 화려한 송별의 무리가 모여들어 다른 승객들의 시선이 일등 침대차 입구로 쏠렸다. 영화배우치고는 플래시가 덜 터졌고, 고귀한 명사라고 하기에는 인사하러 온 사람들이 너무 젊었다. 여자들은 열차 창 너머로 앞다투어 꽃다발과 과자를 던졌고, 남자들은 나쓰코 주위를 에워싼 채 별말 없이 이 유별난 아가씨의 첫 여행길을 지그시 응시했다. 그들은 뺨을 타고 흐르는 땀도 아랑곳하지 않고 나쓰코가 일부러 수수하게 맞춘 흰 여름 슈트 입은 모습을, 유리판에 코를 박고 이미 팔려 버린 반짝이는 서양 공기총을 구경하는 악동의 눈빛으로 빤히 보고 있었다. 그러고 보니 이제껏 어떤 남자도 코에 부딪히는 유리판을 의식하지 않고 나쓰코를 볼 수는 없었다.

이번 일로 학교 후배들 사이에서 나쓰코는 이미 영웅이 되었다. 품에 안은 흰 백합 줄기에 하얀 리본으로 카드가 묶여 있었고, 카드에는 '더럽혀지지 않은 백합꽃처럼 천사의 뜰에서 노래할 나쓰코 님에게'라고 쓰여 있었다. 나쓰코가 성가대 수녀를 지망했기 때문이다.

할머니는 너무 소란스러워 귀에 솜을 틀어막고 객실로 들어가 앉아 있었지만, 나쓰코의 양말을 짜다가 몇 번이나 손이 미끄러졌다. 홋카이도는 여름도 추울 거라 넘겨짚고 아들한테서 아래위로 낙타 가죽옷을 빌려 입고 왔다. 부채를 꺼내 팔랑이며 낙타 셔츠 안에 바람을 불어넣었다.

"아이고, 더워 죽겠네. 지옥의 불더위란 게 이런 거구나."

"그러니까 너무 두꺼울 거라고 했잖아요."

"집에 올 때는 눈물로 목욕할 테니 추워질 거야."

"할머니는 울고 싶어서 하코다테까지 가시는 것 같네요."

"눈물이 나오면, 아아, 아직 살아 있구나, 하는 기분이 드니까 말이다."

할머니는 갑자기 부채를 접어 목덜미 속으로 집어넣더니 벅벅 긁어댔다. 낙타 셔츠가 땀에 젖어 등이 가려워졌기 때문이다.

어머니는 나쓰코 옆에 서서 배웅 온 모두에게 인사하며, 아가씨들의 의복이나 가방을 꼼꼼히 칭찬하는 일을 놓치지 않았다. '훌륭한 취향을 가진 나쓰코 어머니'로 통했기 때문이다. 바쁜 남편은 나타나지 않았다. 혹시라도 오려나 싶어 처음 몇 번은 목을 빼고 둘러보았지만,

한 번 안 온다고 한 이상 올 사람이 아니다.

나쓰코는 어머니의 권유로 열차에 오르는 계단 위에 올라서서 배웅하러 나온 사람들에게 인사를 하다가 문득 저 너머 플랫폼의 어두운 공간을 보았다. 한 손에 오래된 트렁크를 들고 어깨에 엽총을 짊어진 한 청년이 지나갔다. 청년은 걷다 말고 계단 위에 흰 슈트를 입고 선 소녀를 놀란 표정으로 바라보았다. 그때 무슨 이유에서인지 청년의 머리칼이 흘러내려 뺨 언저리에서 살랑거렸다.

나쓰코는 그 눈을 보았다. 가깝지 않은 거리였음에도 청년의 눈이 반짝이고 있는 것이 분명히 보였다. 나쓰코는 자기도 모르게 입속으로 외쳤다.

'아아, 바로 저거야.'

제2장

이것이야말로 정열의 증거

나쓰코는 어릴 때부터 곧잘 잠이 들었다. 후텁지근한 침대차에서도 오전 일곱 시가 넘도록 푹 잤다. 침대 번호 1부터 4까지 나쓰코 일행이 차지했다. 맞은편 아래 칸에서 할머니의 코 고는 소리가 들려왔는데, 늘 식구들을 못 견디게 만드는 할머니의 18번 곡 가락이 섞인 코골이였다. 너무 두꺼운 옷을 입고 자서 악몽에 시달리는지 침대칸에 쳐진 커튼 아래로 쪼그라든 작고 흰 발이 삐죽 나와 있었다. 그 발이 허공을 더듬거리다 수줍은 듯 다시 커튼 속에 들어가는 것을 맞은편 2층 침대의 커튼 틈으로 내려다보면서, 나쓰코는 킥킥 웃었다. 아직 베개에서 머리를 들 생각은 없다. 나쓰코는 따뜻하게 달아오른 나른한 두 팔을 머리 뒤로 넘겨 뻤다. 수도원…. 그곳에 아무것도 없다는 건 알고 있다. 아무것도 없는 그곳에, 다른 사람들은 마음의 평화를 찾아오지만 나쓰코는 그렇지 않았다. 오히려 아무것도 없다는 그 사실이 신선하고 자극적이라 모험이 가득한 곳이라고 느꼈다. 일단 한 번 떠나면 돌이킬 수 없다는 건 대단한 모험이다. 조금이라도 위험을 감지하면 손쉽게 물러서곤 하던 어린애 같은 연애는 이제 충분하다. 아직 다분히 소녀다운 과대망상에 사로잡힌 나쓰코는 자신이 어떤 남자의 소유도 되지 않고 수도원에 들어가는 일이 세상 남자들을 향한 호된 반격이자 복수라고 생각했다. 나쓰코는 아침마다 이부자리에 누워 머리맡 손거울을 들고 밑도 끝도 없는 대화를 나누기 좋아했다.

"벌써 일어났니?"

거울 속 나쓰코가 물었다.

"일어났지."

"오늘은 아주 멋진 일이 생길 거야."

"그래, 기대되네. 무슨 일인데?"

"그건 말 못 해."

"그럼, 자기 전에 만나서 얘기해줘."

그날 밤, 거울 앞에서 나쓰코가 말했다.

"너는 날 속였어. 멋진 일 같은 거 없었다고."

"Y라는 남자는 어땠어?"

"그런 멍청이는 별로야."

"그 사람을 사랑할 수만 있다면 너도 행복해질 텐데."

수도원에 가면 이런 지긋지긋한 습관도 없어지리라. 더는 멋진 일 같은 거, 일어나지 않아. 그런 확신이 드는 날이 나쓰코에게는 가장 멋진 아침처럼 느껴졌다.

전해 들은 말에 따르면, 성가대 수녀의 여름 일과는 새벽 두 시부터 시작한다. 검은 앞치마, 흰 스카풀라˙, 흰 가슴판, 기도할 때는 그 위에 순백색의 느슨한 망토를 입는다. 스카풀라는 성모의 의복이기에 이것을 입으면 성모가 계신 곳으로 갈 수 있다.

은방울꽃 언덕 옆으로 높은 돌벽에 둘러싸인 수도원 2층 침실에 새벽 두 시 기상 종소리가 울려 퍼진다. 아침기도로 성모 성무일도를 바치고 두 시 반부터는 묵상, 세 시에는 삼종기도, 네 시 이십 분에는 성체조배를 포

˙ 수도자의 의복으로 어깨에서 가슴과 등으로 내려오도록 걸치는 천.

함한 미사를 드린 후, 날이 밝을 무렵에야 겨우 아침 식사를 한다. 아침 식사는 채소가 들어간 밥이나 빵, 절임 반찬, 종종 우유가 나오는 정도라고 한다. 살찔 걱정은 없겠다.

이 육체는 언젠가 공기가 된다, 혼이 된다, 조용히 떠도는 장미 향기만이 남는다. 나쓰코는 패랭이꽃 색 잠옷 속으로 슈미즈*를 입은 가슴에 손을 가져다 댔다. 낮은 침대차 천장에 더위가 고여서 어렴풋이 땀에 젖은 젖가슴이 뜨거웠다. 이것이 투명한 공기가 된다. 그렇게 생각하자 나쓰코는 자기 몸이 어떤 남자보다도 강하게 여겨졌다. 우아하고 무한한 힘이 서서히 쥐어드는 듯한 황홀한 기분을 상상했다. 마치 레몬이 투명한 유리 착즙기 위에서 쥐어짜지듯이.

학교에서 들은 한 수녀님의 말씀이 떠올랐다. 하코다테에 수도원을 설립한 수녀가 있었다. 훗날 성 베르크만스라는 이름으로 불린 그분은 자신의 오만함을 응징하기 위해 나막신 속에 일곱 개의 돌멩이를 넣었다. 성 베르크만스 수녀는 제비꽃을 사랑한 성 테레사 수녀를 존

---

* 엉덩이를 덮을 정도로 내려오는 여성용 속옷 상의.

경하여 평소 그분을 본보기로 삼았는데 죽기 직전에 수
도원 내에 제비꽃 향기가 감돌았다. 청소하던 보조 수녀
가 이를 눈치챘다. 제비꽃이 피려면 아직 한 달은 더 있
어야 했다. 깜짝 놀라 향기의 출처를 찾아보니 임종한
성 베르크만스 수녀의 병실에서 풍겨 나오는 냄새였다.

✦

"나쓰코, 벌써 일어났니?"

아래쪽 침대칸에서 어머니가 불렀다.

"응, 한참 됐어."

"잠은 푹 잤어?"

"응, 잘 잤어."

"너는 참 강심장이네. 남자애였다면 군대 가기 전날
밤에도 코를 크게 골면서 잤을 거야."

"내가 코를 골다냐?"

할머니가 맞은편 아래쪽 침대칸에서 커튼 사이로 고
개를 내밀고 말했다. 평소에는 방에서 혼자 주무시지만,
여행 같을 때 다 같이 자면 이튿날 아침 꼭 이렇게 물으
신다.

"아니요, 전혀요."

그렇게 대답하면 기분 좋아하신다.

"그렇지. 열아홉 때 시집와서 시어머니한테 혼난 뒤로 코를 골아본 적이 없다는 게 내 자랑거리다. 세상만사 뭐든 마음먹기에 달린 거다."

그때 벌써 세면장에 다녀온 고모가 새빨개진 눈을 하고 앞머리를 깔끔하게 빗어 넘겨 부풀려 묶은 예스러운 스타일로 나타났다.

"잘들 잤어요? 비가 오네. 아오모리에 도착할 때까지 날이 개면 좋겠는데."

이윽고 직원이 침대를 접으러 왔다. 2층 침대는 천장으로 접어 올리고, 1층 침대는 마주 보는 의자가 되었으며, 좁은 테이블이 설치되었다. 연락선 여객 명부가 왔다.

"마쓰우라 나쓰코, 20세."

"마쓰우라 미쓰코, 45세."

"마쓰우라 카요, 67세."

"곤도 이쓰코, 55세."

"집에 갈 때도 이걸 적겠지."

고모가 말했다.

"그때는 여기서 나쓰코 이름만 빠져 있겠네."

그렇게 말하더니 고모가 갑자기 울음을 터뜨리며, 네모나게 접어둔 손수건을 마술사의 깃발처럼 격렬하게 펼치고는 얼굴을 묻기에 다 같이 위로했다. 할머니와 어머니도 그 말에 눈시울이 붉어졌다. 나쓰코의 수도원 입회는 일종의 장난이고, 자기들은 그런 나쓰코를 지키기 위해 온 것이라고 확신하고 있었지만, 만에 하나 나쓰코가 수도원이 마음에 들어 평생 거기 들어가 살겠다고 한다면 어쩔 도리가 없었다. 나쓰코는 태연한 모습으로, 오히려 적잖이 상쾌한 기분을 느끼며 보온병에서 커피를 따라 마셨다. 약간의 감상에도 빠지지 않는 게 나쓰코의 특기였다.

아사무시 근처까지 오니, 어느 틈엔가 하늘이 갰다. 아침의 해무 속에서 좌우로 뻗은 곶이 어렴풋이 보였다. 먼 바다에 뜬 섬을 바라보던 나쓰코가 시원스레 소리쳤다.

"어머, 무지개야."

다들 차창에 얼굴을 가져다 댔다. 희미한 무지개가 걸려 있었다. 말하기 전까지는 몰랐는데, 그리고 보니 섬 정상에서 안개 낀 먼바다 어딘가로 무지개 끝이 걸려 있었다.

이때 나쓰코는 불현듯 어젯밤 꿈이 떠올라 얼굴을 붉

혔다. 역 앞에서 얼핏 본 엽총을 든 청년이 침대를 잘못 알고 그녀의 침대로 기어오르는 꿈이었다.

✦

아홉 시가 되자 연락선이 일행을 태우고 아오모리를 출항했다. 해풍이 시원했다. 할머니와 고모는 선실에 틀어박혔다. 초록색 페인트칠을 한 항구의 사무소가 멀어져간다. 나쓰코는 어머니와 나란히 서서 갑판 위 난간에 기대 있었다.

"엄마하고 헤어지는 거 안 슬퍼?"

"조금 슬프긴 해."

"너한테는 못 당하겠네. 이렇게 키운 보람이 없는 애가 또 있을까."

"엄마는 이해하지 못하겠지만," 나쓰코는 친구한테서 작별선물로 받은 부채를 묵묵히 펼쳤다. 덥지는 않았지만 생각하는 동안 무언가 손을 놀릴 거리가 필요했기 때문이다. 해풍이 부채를 밀어젖힐 만큼 강하게 불어서 하는 수 없이 부채를 접고 난간을 두드리며 말을 이었다.

"멋대로 장난삼아 이러는 게 아니야."

"그건 잘 알지."

어머니는 깨지기 쉬운 물건을 다루듯 말했다. 나쓰코가 덧붙여 말했다.

"나의 바람이 이루어졌다는 게 너무 신기해서 슬프다는 생각도 안 들어. 생각해 보니, 어째서 아빠는 날 때리거나 가두지 않았을까."

"그랬으면 안 갔을 거니? 그렇게 하는 게 좋았을까?"

"글쎄." 나쓰코는 불투명하게 대답했다.

"하지만 말이야, 무언가 마지막으로 나를 가로막는 장애물이 없었다는 게 신기해. 지금까지 인생이 너무 평탄했으니까, 그래서 이 모든 게 더 거짓말 같다는 생각이 들어."

평소답지 않은 딸의 이야기에 싫증이 난 어머니는 할머니와 고모가 잘 있는지 보겠다며 선실로 돌아갔다. 나쓰코는 넓은 로비를 걸었다. 사무장이 인사를 하며 지나갔다. 노란색 여름 슈트 차림으로 홋카이도 여행을 즐기러 떠나는 부잣집 아가씨라고 생각했으리라. 나쓰코의 기분을 아는 사람은 아무도 없었다. '저렇게 이상한 남자와 결혼하다니 A씨의 속마음을 알 수가 없네. …벌써 10년이 흘렀다. 아직 헤어졌다는 말은 없다. 정말이지 A씨의 속마음은 알 수가 없어. …어느새 20년이 흘렀다. A씨는 거실에 놓아둔 장식물 같다. 그래서 꽤 명랑하다. 속마음을 알 수가 없다. …30년이 흘렀다. A씨는 죽었다….' 흔한 인생이다.

나쓰코는 계단을 내려가 아래쪽 산책 갑판을 천천히 걸었다. 모자 턱끈을 목에 건 중학생들 무리가 숨바꼭질을 하고 있었다. 그중 하나와 부딪힐 뻔한 나쓰코가 고개를 들었다가 너무도 아름다운 모습에 눈이 휘둥그레졌다. 산책 갑판 천장에 파도의 빛이 파문을 일으키고 있었다. 나쓰코는 그 자리에 우뚝 섰다. 어제 보았던 청년이 거기 있었다.

나쓰코는 숨을 죽이고 그 모습을 지켜보았다. 총은 선실에 두고 왔는지 들고 있지 않았다. 평범한 바지에 흰 와이셔츠를 입었다. 그 외에는 아무런 장식이나 특징도 없다. 특별히 시선을 끄는 얼굴도 아니다. 그러나 그의 옆얼굴을 언뜻 한 번 본 것만으로도 어젯밤 그 청년이라는 걸 알았다.

가만히 바다를 응시하는 반짝이는 그 눈만은 결코 흔히 볼 수 있는 게 아니었다. 그 눈은 어둡고, 검고, 숲속의 짐승과도 같은 빛을 띠고 있었다. 무척이나 빛나는 눈이었지만, 피상적 반짝임이 아니다. 깊은 혼돈 속에서 비치어 드는 듯한, 어마어마하게 거대한 무언가를 주체하지 못하는 듯한, 아무튼 이상하리만치 아름다운 눈동자였다. 오전의 해협에 비치는 밝은 빛을 바라보고 있는 듯한, 그 현상 너머에 있는 분명치 않은 그림자를 쫓고 있는 듯한 깊은 눈동자다. 나쓰코는 깊이 감동했다. 지금까지 어떤 청년의 눈에서도 이만큼의 감동을 찾아낸 적은 없다. 도시의 젊은이들은 경박하고 텅 빈 공허한 눈, 음탕하고 차가운 눈, 어린애 같은 토끼 눈을 가졌지만, …이런 눈을 가진 사람은 누구도 없었다.

저 눈이야말로 정열의 증거였다.

제3장

아름다운 속세의 하루

나쓰코는 그 옆얼굴을 보는데 가슴이 단단하게 눌어붙는 것만 같아서 숨을 쉬기가 어려웠다. 말하고 싶다. 구원받고 싶다. 본인이 선택한 길인데도 여자의 마음 한구석에서 구원의 손길을 찾고 있었다는 사실을 지금 분명히 깨달았다. 나쓰코는 부채를 펼쳐 괴로운 듯 부쳐댔다. 백단으로 만든 부챗살에 백지를 붙여 무리 지어 날아가는 나비를 그린 아름다운 부채다. 그때 바닷바람이 반쯤 기력을 잃은 나쓰코의 손가락에서 부채를 낚아챘다. 부채는 공중에서 제비처럼 획 뒤집혔다. 청년이 입속으로 외마디 소리를 내며 팔을 뻗었다. 스포츠맨 같은 눈부신 속도였다. 그러나 잡을 수 있을 리가 없었다. 두 사람은 어쩐지 미안한 얼굴로 마주 보았다.

"저런, 아깝네요."

청년이 말했다. 나쓰코는 부채 따위 이미 잊었다. 부채는 빨리도 물살을 타고 서서히 멀어졌다.

"작별선물로 받은 부채랍니다."

나쓰코가 말했다.

"그렇군요…, 어디로 떠나시나요."

"트라피스트 수도원으로."

"수도원에 들어가십니까?"

청년은 기묘한 새라도 바라보듯이 나쓰코를 보았다.

"그래요."

나쓰코는 덤덤하게 대답했다.

"당신은 사냥하러 가나요?"

"사냥이라…." 청년은 머뭇거렸다. "어떻게 아십니까."

"그야 어제 엽총을 들고 계셨잖아요."

"들고 있기는 했는데, 어디서 보셨을까요."

"신기하시죠?"

"하지만 당신이 수도원에 들어간다는 게 훨씬 더 신기합니다."

"오늘 밤은 유노카와온천에서 묵고 내일 하루는 기념으로 하코다테를 구경한 뒤 모레 아침에 들어가요."

"모레 아침…, 수도원에 들어가면 이제 못 나오시는 거죠."

"네, 일단은."

청년은 말이 없었다. 자신이 놀림을 당하고 있다고 생각했는지, 문득 미소를 지으며 나쓰코 쪽을 보려 했다. 하지만 이내 사실임을 깨달았는지 다시 눈을 돌려 입을 다물어 버렸다.

나쓰코는 이때만큼 이제 막 꽃피려 하는 제 육체가 사랑스러웠던 적이 없었다. 남자 앞에서 그걸 과시하고 싶다고 바란 적도 없었다. 그러나 청년은 나쓰코를 보지 않았다. 배가 바다를 가르며 생기는 흰 물거품을 가만히 내려다보며 이렇게 말했다.

"저는 이다 츠요시라고 합니다. 명함은 잊어버렸습니다만."

청년은 서툴게 바지 주머니를 옷 위로 매만졌다.

"내일 하루는 저도 하코다테에서 어슬렁어슬렁할 겁니다. 인연이 닿으면 다시 만나겠지요. 숙소는 어딘가요?"

"유노카와온천 와나야라는 곳이요."

"저는 시내에 있는 사카에마치의 호쿠에이칸이라는 작은 숙소입니다."

두 사람은 더 이상 말을 보태는 건 유혹을 하는 꼴이라 여기고 아까처럼 말없이 바다를 응시했다. 그때 나쓰코의 어머니가 눈을 치켜뜨고 빠른 걸음으로 "나쓰코, 나쓰코." 하며 다가왔다.

"어머, 이런 곳에 있었니? 정말 못 말린다니까."

나쓰코와 청년 사이에 거리가 좀 있었기에 어머니의 눈에는 나쓰코밖에 보이지 않았다.

"뭘 하고 있어. 혼자 이런 데서. 네가 바다에 뛰어든 건 아닌가 싶어서 제정신이 아니었잖니. 선실에서 이야기하다가 고모가 갑자기 의자에서 벌떡 일어나더니, '아! 나쓰코는 어디로 갔지?' 하시기에 가슴이 덜컹했지, 뭐야."

✦

나쓰코와 츠요시는 배에서 내릴 때까지 만나지 못했다. 오후 두 시 무렵, 연락선은 하코다테 항으로 들어갔다. 산허리의 입체적인 마을 풍경과 어여쁜 녹음이 점차 선명하게 눈에 들어왔다. 항구 내에 다른 대형 선박은 보이지 않았고 작은 증기선이나 나룻배가 바쁜 듯 돌고 있을 뿐이었다. 일행은 부두에서 자동차를 불러 교외에 있는 유노카와온천으로 직행했다.

"아이, 더워라. 것 참, 이상하네."

할머니는 풀솜을 떼어내도 여전히 더워서 뜨다만 뜨갯감을 선내에서 트렁크에 집어넣었다. 그날 밤은 여행의 피로가 쌓여 먼바다 고기잡이배 불빛이 반짝이는 머리띠처럼 내다보이는 바닷가 숙소에서 서둘러 잠이 들었다. 깊은 밤 할머니의 코골이 소리에 다들 잠이 깼지만, 그마저도 여독으로 지친 잠을 오래 방해하지는 못했다. 이튿날은 넷이 나란히 커다란 로마 목욕탕에 들어갔다. 그 넉넉하고 투명한 물속에 들어앉은 네 명 가운데 당연하게도 나쓰코 한 사람이 유독 눈부시게 돋보였다. 나쓰코의 빛나는 피부는 탕 속에 반쯤 녹아 물빛과 구분이 되지 않았다.

"이제 이렇게 여유롭게 목욕탕에 들어가는 것도 마지막이네."

어머니의 말에 고모가 또 훌쩍훌쩍 울기 시작했다. 작별의 선물로 나쓰코의 등을 밀어주고 싶다고 고모가 눈물을 흘리며 말했다. 나쓰코는 온천물이 넘치는 타일 위에서 할머니와 어머니와 고모의 애무를 받았다. 뼈만 앙상하게 남은 할머니는 어깨에 물을 부으면 견갑골에 물이 고일 지경이었지만, 몸에서 유일하게 살이 남은 배를 나쓰코의 등에 대고 비비며 사랑스럽게 머리를 어루만졌다.

"오오, 머릿결이 참 곱구나. 아까워서 어쩌니. 그래도 가톨릭 수녀는 불교 비구니하고 다르게 삭발은 안 하니까 불행 중 다행이다."

할머니는 또 나쓰코의 발가락 사이사이를 비누 거품으로 문지르면서 코를 훌쩍이며 말했다.

"오오, 귀여워라. 이 보송보송한 발가락을 좀 보렴. 네가 태어났을 때가 생각나는구나. 때마침 정원에 배롱나무꽃이 피었지. 여름이었어. 나쓰코•는 정말로 좋은 이름이야. 나도 이렇게 예쁜 발가락을 가졌더라면 차라리 처녀로 생을 마치고 싶었을지도 몰라."

그 소리에 다른 온천객이 웃음을 터뜨렸다. 나쓰코를 뺀 노년과 중년의 벌거벗은 세 여성이 일제히 웃음소리가 나는 쪽을 돌아보자, 웃던 온천객은 완전히 기가 죽

• 일본어로 나쓰(夏)는 여름, 코(子)는 아이라는 뜻.

어 조용해졌다.

✦

　아침 식사를 마친 나쓰코는 갑자기 거울 앞에 앉아 긴 시간 정성 들여 화장을 시작했다. 할머니와 고모와 어머니는 말없이 보고 있었다. 나쓰코의 심경에 무슨 변화가 있는 게 분명했다. 하지만 그것이 무엇인지는 알지 못했다.

　나쓰코는 묵묵히 일어나 슈트케이스에서 새 옷을 꺼냈다. 새하얀 샤크스킨˙ 슈트다. 안에는 화려한 스코틀랜드 줄무늬 블라우스를 입었다. 할머니와 고모와 어머니는 기가 차서 아무 말 없이 보고만 있었다. 어디 가느냐고 묻는 것도 소용없어 보이는 태도였다.

　"혼자 밖에 나가고 싶어졌어. 저녁때까지는 돌아올게. 걱정하지 마."

　철부지 딸은 그 말을 남긴 채 훌쩍 숙소를 떠났다. 사카에마치라는 마을이 어디 있는지는 어젯밤 숙소 내 지

˙　상어 피부처럼 거친 양모로 짠 직물.

도를 보고 알아놓았다. 나쓰코는 노면전차가 출발하는 역을 향해 여름 오전 태양이 내리쬐는 길을 걸었다. 현세로, 속세로 발걸음을 내딛는 건 오늘이 마지막이라고 생각하면서.

호쿠에이칸은 금방 찾았다. 낡고 한산한 숙소였다. 이다라고 이름을 대자 엄청나게 큰 벽시계가 걸린 어두운 복도에서 흰 와이셔츠 차림의 츠요시가 빠른 발걸음으로 나타났다. 복도의 나무판이 상쾌한 소리를 내며 울렸다.

"오호."

츠요시는 자기 눈을 의심하듯 얼굴을 내밀었다. 하지만 그뿐이고 찾아온 이유는 묻지 않았다. 대범하게 몸을 움직여 자기가 직접 신발장에서 구두를 꺼내더니, 그 길로 반짝이는 문밖을 향해 발걸음을 옮겼다. 그리 놀란 것 같지 않았다. 오히려 나쓰코가 변명조로 말했다.

"오늘은 제가 속세에서 보내는 마지막 날이에요."

"오늘 속세는 날씨가 아주 좋군요."

츠요시가 하늘을 올려다보며 크게 한 번 재채기했다.

"하코다테산으로 산책하러 갈까요. 그곳은 전망이 아주 좋습니다. 분명 수도원도 보일 겁니다."

이 근방으로 잠시 산책하러 갈 것처럼 보였는데, 자세

히 물으니 산 정상까지 가려면 삼십 분 정도 등산을 해야 했다. 두 사람은 광활한 콘크리트 도로가 펼쳐진 시오미언덕을 올라, 녹음이 우거진 시오미가오카신사 경내를 빠져나갔다. 뒤를 돌아보니 벌써 그 지점부터 항구가 그림처럼 보였다.

'이 사람은 말하지 않아도 통하는 사람이야.' 나쓰코는 생각했다. '설명도, 절차도, 이유도, 변명도 필요 없는 사람이다. 속세에서의 마지막 하루는 아주 멋진 날이 될 것 같아.'

두 사람은 울창한 솔숲이 우거진 오르막길을 함께 걸었다. 매미가 침울하게 울어댔다. 얼마쯤 올랐을 때 어둡고 선선한 동굴이 나타났다. 청년이 흥미롭다는 듯이 말을 꺼냈다.

"작년 여름에 말이죠, 등산 온 남녀가 저기 들어가 앉은 순간 엉덩이에 선뜩한 촉감이 전해져 서둘러 경찰에 신고했는데, 경찰이 그 부근을 파보니 대포 탄환이 아흔 개 넘게 나왔다고 합니다. 전쟁 중에는 여기가 요새였던 것이죠."

"홋카이도에 여러 번 왔나 봐요."

"맞습니다."

"사냥하러요?"

"그래요."

사냥이라는 말을 듣자마자 청년의 미간에 어렴풋이 주름이 졌다. 나쓰코는 아이 같은 호기심에서 주름을 더 깊이 파이게 만들고 싶어 물었다.

"뭘 잡는데요?"

"음, 제 경우는 잡는 게 목적이 아닙니다." 청년은 약간의 냉소가 섞인 로맨틱한 어투로 말했다.

"원수를 갚을 작정입니다."

제4장

하코다테산 정상에서

"난 말이죠, 원수를 갚을 작정이에요."

청년의 이 고리타분한 말이 나쓰코의 마음을 뒤흔들어 놓았다.

'역시 내 직감은 틀리지 않았어.'

나쓰코는 생각했다. 이 남자는 세상 사람들이 가장 쓸모없다고 여기는 일을 당당히 해내는 사람이다. 세상에서 제일가는 바보 취급 받는 감정에 몸을 바칠 수 있는 사람이다.

하지만 청년의 단언에는 어딘가 더 이상 접근하기 어려운 분위기가 있었기에 나쓰코는 입을 다물었다.

평일이라 하코다테산을 오르는 사람은 그리 많지 않았다. 정상까지 만난 사람의 수는 열 명쯤이다. 열 명 가운데 세 명은 길가의 지장보살 앞에서 합장하며 느긋하게 올라가는 아주머니 무리였다. 나쓰코와 츠요시는 단숨에 이 사람들을 앞질렀다. 나머지 일곱 명은 노래를 흥얼거리며 하산하는 학생처럼 보이는 남녀였다. 그들이 산모퉁이에서 나타났을 때, 흰 운동화를 신은 수많은 발이 급경사를 달려 내려왔기에 허공을 뛰어오는 것처럼 보였다.

시야가 탁 트이면서 산 정상이 눈앞에 나타났다. 거기까지 올라가는 길이 여러 개인 듯했다. 정상에는 바람이 강한지 헐벗은 바위에 자란 여름풀이 납작 엎드려 있었다.

두 사람은 정상보다 약간 아래 위치한 전망대에서 땀을 식혔다. 그곳 매점은 예상대로 문을 닫았기에 산 중턱 매점에서 사 온 사이다가 도움이 되었다. 파도에 깎여 만들어진 길고 가는 하코다테 시내가 한눈에 내려다보였고, 도시 중앙을 관통하는 녹지대와 교회, 꽃이 핀 정원과 수원지, 시민 경기장이 선명하게 내다보였다. 도시의 다양한 소리가 뒤섞여 음악처럼 들렸다. 마치 음악회 건물 복도에 서 있으면 문 너머로 들리는 교향악 소기 같았다. 하코다테 뱃도랑에서 들려오는 쿵쾅거리는 소리, 증기선의 기적, 때마침 터져 나오는 시민 경기장의 함성, 이상할 정도로 잘 들리는 중심가 자동차의 클랙슨….

"저기를 보세요."

청년이 마을 한구석을 가리켰다.

"마을 너머로 울퉁불퉁한 지평선이 쭉 이어져 있지요. 북에서 서로 뻗은 요코쓰산맥이에요. 북쪽 끝에 어스름하게 흰 연기가 피어오르는 곳이 고마가타케산입니다. 동쪽 끝 바다로 길게 뻗은 끝부분이 에산곶이고요. 에산곶에서 안쪽으로 쭉 들어오면 당신이 묵고 있는 유노카와온천이 보입니다."

"어디요?"

나쓰코가 바싹 다가섰다. 그것은 마치 츠요시의 몸으로 섞여 들어갈 듯이 부드러우면서도 대담한 접근이었다. 청년은 살갗에 맺힌 땀과 향수가 뒤섞여 오후의 꽃내음과 같은 열띤 냄새를 발하는 향기를 맡았다. 츠요시는 어색하게 자기 어깨를 나쓰코의 눈앞으로 대며 말했다.

"내 팔을 따라 쭉 뻗은 곳이요, 저기입니다."

그의 팔은 살짝 위로 움직였고, 지금 막 구름의 그림자가 반쯤 드리운 산허리에서 점점이 하얗게 반짝이는 곳을 가리켰다.

"유노카와온천 위로 하얀 점이 보이십니까?"

"네, 보여요."

둘 다 젊고 예민한 시력을 갖고 있었다.

"저기가 당신이 들어갈 천사원 수도원 건물입니다."

때마침 멀리 그 산맥 하늘과 에산곶 끝 바다 위로, 여름 오전의 구름이 다소곳하게 가로로 길게 뻗어 있었다. 반짝이는 구름은 천사처럼 꿈을 꾸며 지상에 닿지 못하고 널찍하게 퍼져 설핏 잠이 든 것처럼 보였다.

"저기서 죽을 때까지 산다는 거네."

나쓰코는 지금 그 수도원이 자기 육체와 뚝 떨어진 거리에 있다는 데 어쩐지 안도감을 느꼈다. 만약 자신의 존재가 영혼만 남게 된다면 여기서 저기까지 날아갈 수도 있겠지만, 항구를 감싼 도시와 녹음에 둘러싸인 하코다테산 중턱 등이 저 수도원과 이곳 사이의 현실적인 거리를 확실히 유지해 주고 있다는 이 안도감!

"앞으로는 저기서 수없이 하코다테산을 올려다보며 오늘 일을 떠올리겠네요."

"벌써 그렇게 감상에 젖어서 수도원 들어갈 수 있겠습니까?"

나쓰코는 대답하지 않았다. 여름풀의 꽃술을 입에 물더니 마침내 중요한 질문을 했다.

"그래서 당신이 말하는 원수는 누구예요?"

청년은 장난스럽게 미소 지었다.

"들으면 깜짝 놀라실 텐데요. 아마 환멸을 느낄 겁니다."

"말해주지 않을래요? 내일이면 난 이미 이 세계 사람이 아닌걸요. 어떤 비밀도 새어 나갈 리 없어요."

"그렇담, 말해도 되겠네요."

"원수의 이름을 알려줘요."

"맞춰보세요."

나쓰코는 미간을 찌푸렸다. 이런 경박한 말투는 이 청년에게 어울리지 않는다.

"말해줘요."

"이름이 있으면 좋겠죠. 하지만 알 수가 없습니다. 상대가 인간이라면 좋을 텐데요."

"인간이 아니에요?"

나쓰코는 시원한 바람으로 땀이 다 식은 피부에 전율을 느꼈다.

"곰입니다."

"뭐예요."

"하지만 그냥 곰이 아니죠."

나쓰코는 일어나 걷기 시작했다. 청년도 눈이 부신 듯 정오 무렵 태양을 올려다보고는 걸어 나갔다.

"왜요. 곰이라 실망했습니까."

"아뇨."

나쓰코는 대충 대답했지만, 츠요시의 반짝이던 눈을 겨우 곰 한 마리와 연결 지어 생각하기에는 비중이 너무 달랐다. 거기에는 어떠한 이야기가 있어야 했다. …곰! 곰! 그토록 열망하던 '정열'이 다른 것도 아닌 곰의 형상을 하고 있을 줄이야!

✦

해발 350미터 정상에서 바라본 전망은 흡사 파노라마처럼 쓰가루해협 주변에 모인 쓰가루반도, 오시마반도, 시모키타반도를 한눈에 조망할 수 있었다. 바다는 고요했고 빛은 포화상태에 달했을 만큼 모든 풍경이 밝고 졸음을 자아냈다. 머리 위로 불어대는 격렬한 바람이 없었다면 끝없이 내리쬐는 여름날 광선 속에 녹아드는 기분이 들었으리라.

"바람이 강하네요. 요새 안으로 내려갑시다."

청년이 말했다. 나쓰코의 팔을 부축하며 풍화한 돌계단을 내려갔다.

산 정상 전체가 전쟁 당시 포루의 유적이었다. 그곳은 작은 규모의 폼페이 폐허였고, 아케이드 모양을 한 벽돌로 된 화약고에도 풍화한 돌 틈으로 끊임없이 물방울이 떨어졌다. 두 사람은 어느새 손을 잡고 들풀이 빼곡히 자란 방공호 안을 걸어 터널을 빠져나갔다.

터널 벽에는 정박 중에 여기까지 놀러 온 듯한 선원들의 낙서가 큼직하게 쓰여 있었다.

'다이케이마루 승선원 3명'

'제5에이후쿠마루'

어딜 가든 자기 배 이름을 적어두고 싶은 선원들의 마음을 나쓰코는 알 것 같았다. 아마도 이런 배 이름의 낙서는 미국 명소의 울타리 뒤에서도 읽을 수 있으리라. 지금 이 승선원들은 바다 어디쯤을 가르고 있을까….

두 사람은 터널을 빠져나와 텅 빈 수영장처럼 생긴 밝고 네모난 콘크리트 공간으로 나왔다. 태양이 정수리 위로 올라왔기에 수영장에는 햇살이 비치는 물이 찰랑찰랑 넘치고 있었다.

"어디에 앉을까요."

"저쪽이 좋겠어요."

나쓰코가 풀이 무성한 돌계단을 가리켰다. 청년은 나쓰코를 위해 밑에서 두 번째 단에 손수건을 펼쳤다. 아까 땀을 닦은 것과 다른, 각이 잘 잡힌 크고 새하얀 손수건이었다. 손수건을 준비해 다니는 청년의 청결함에 나쓰코는 기분 좋은 발견 하나를 더 한 듯한 기분이 들었다.

"아까워라. 왕좌에라도 앉는 것 같네."

나쓰코가 말했다. 그러면서 살짝 과장되게 우아한 자세로 치마 끝을 집어 올리며 앉았다. 청년은 한 계단 아래에 앉더니 두 다리를 쭉 펴고 나쓰코가 앉아 있는 계단에 팔꿈치를 댄 채 몸을 기댔다.

"아까 하던 얘기를 계속해 줘요."

"그러죠. 아무한테도 꺼내지 않은 이야기인데, 당신은 이제 반쯤 수도자이니 참회를 듣는다 생각하고 들어주십시오."

나쓰코는 츠요시의 어깨에 손을 올리며, "벌써 수도자

라고 하시다니 싫어요." 하고 결코 인정할 수 없다는 듯
츠요시를 나무랐다.

"재작년 가을, 저는 학생이었습니다."

청년이 이야기를 시작했다.

제5장

사랑에 빠지는 게 당연해

"…재작년 가을, 저는 학생이었습니다.

제 아버지는 작은 사업체를 운영하셨고 전쟁 전까지 열 개쯤 되는 회사와 협력관계에 있었습니다. 저는 창고 회사를 경영해서 그쪽으로 힘을 쏟고 있었습니다. 아버지는 결코 사치스러운 생활을 허락하지 않으셨고, 지금은 전사한 형과 저를 꾸밈없고 강건하게 키우려 하셨습니다. 학교도 되도록 야성적인—다시 말해 당시로서는 군국주의적인—곳에 보냈고 저는 산악부와 검도에 꽤 진심인 부원이었습니다.

아버지가 허락하는 유일한 사치는 우리를 아버지의

취미인 사냥 여행에 데려가는 일이었습니다. 게다가 우리가 학생이라면서 함께 가는 아버지까지 삼등석을 고수하는 검소한 여행이었습니다.

저는 수렵단체 회원인 아버지의 도움으로 일찍부터 사냥 면허를 가지고 있었고, 이번 여행에 들고 온 영국제 미들랜드의 쌍발 엽총도 아버지가 사주신 것입니다. 한때 아버지가 사용하던 총이니 아버지의 유품이라고 하겠습니다.

유품이라고 한 건 아버지가 재작년 봄, 뇌졸중으로 갑자기 돌아가셨기 때문입니다.

그해 가을은 저의 학생 시절 마지막 사냥의 계절이었고, 아버지의 죽음으로 인한 슬픔을 달래고 싶기도 해서, 저는 엽총을 어깨에 메고 홋카이도로 여행을 떠났습니다.

이번에는 불편하더라도 내 멋대로 여행할 생각으로 아무에게도 알리지 않고 삿포로에 도착했습니다. 전에는 아버지의 사냥 동료에게 이런저런 폐를 끼치는 바람에 편리하긴 했지만 갑갑했거든요.

'이번에는 아이누* 부락에서 한번 묵어보자.'

---

* 일본의 홋카이도, 러시아의 사할린 등지에 분포하는 소수 민족.

그것은 제 꿈이었어요. 참 실없는 꿈이었지만 당시 제 머릿속은 오리며, 사슴이며, 뇌조로 꽉 차서, 여자 생각은 그리 진지하게 한 적이 없었습니다. 거기에는 아마도 아버지가 저를 강하게 키우신 영향이 있었을지도 모릅니다.

삿포로에서 기차를 타고 남동쪽으로 한 시간쯤 달리면 치토세라는 역이 있습니다. 전쟁 중 치토세 해군항공대가 생겨 갑자기 커진 마을입니다. 시코쓰호에서 흘러나온 치토세강이 이 마을을 관통하는데, 마을에서 십 리 정도 떨어진 강가에 란코시라는 고탐이 있다고 들었습니다. 고탐이란, 아이누어로 부락을 뜻합니다.

저는 그 마을에서 며칠 묵을 생각으로 아이누에게 선물할 소주와 담배를 준비해 갔습니다."

"어째서 아이누 부락에 가고 싶었던 거예요?"

나쓰코가 물었다.

"왜 그랬을까요. 학생 시절에는 누구나 자기와 소통할 상대가 그리워지기 마련이죠"

…이다 츠요시는 가죽점퍼를 입고 등에 류색을 멘 채 엽총을 들고 란코시 고탐으로 향하는 강가를 따라 걷고 있었다. 벌써 으스스 추웠다. 홋카이도의 겨울은 10월 하

순부터 시작하기에, 이미 늦가을로 접어들었다.

오색 단풍 덕택에 온 산이 말할 수 없이 아름다웠다. 노랑, 분홍, 빨강, 살구색, 갈색, 거기다 상록수의 초록빛이 뒤섞인 모습은 차라리 거짓말 같았다. 볕이 내리쬐는 그런 산 중턱을 가늘게 눈을 뜨고 가만히 보는데, 산 전체가 색색이 꽃밭이 된 것만 같은 착각을 불러일으켰다.

츠요시는 다리 하나를 건너 란코시 고탑의 가장자리로 들어섰다. 전쟁 후 도쿄에서 자주 눈에 띄던 작은 판잣집이 점점이 자리했다.

고풍스러운 아이누 건축은 위생상의 이유로 금지되었다. 지금은 어딜 가나 이런 판잣집이고 아이누 복장도 남자는 바지, 여자는 치마일 뿐이다. 집집의 처마 밑에 묶인 아이누 견이 일제히 사납게 짖어댔다.

츠요시는 자동차 도로에서 골목길로 접어들어 개가 요란하게 짖는 소리 사이로 걸었다. 어느 집 창문 너머로 다다미 여섯 장쯤 되는 방이 들여다보였다. 재봉틀이 있었고, 한 소녀가 열심히 재봉틀을 밟고 있었다.

"실례합니다."

츠요시가 말을 걸었다.

단발머리 소녀의 앞머리가 재봉틀 앞으로 아름답게

늘어져 얼굴이 보이지 않았다. 수상한 목소리를 듣고 위험을 감지한 짐승처럼 날렵한 속도로 들어 올린 얼굴은 츠요시의 눈을 정면으로 응시하며 경직되었다. 긴장한 그 표정은 놀랄 만큼 아름다웠다.

"실례합니다."

한 번 더 말을 걸었다.

소녀는 입술을 지그시 깨물었다가 다시 조금 입을 벌렸다. 다람쥐처럼 흰 치아가 살짝 보였다. 대답은 없었다.

"도쿄에서 왔는데요."

"무슨 일로 오셨죠?"

소녀는 책 읽는 사람처럼 막힘없고 산뜻한 낭독 투로 이렇게 말했다. 이처럼 슬프도록 최선을 다하는 낭독 투를 우리는 종종 여학교 창문 너머로 듣는다.

"괜찮으시다면 묵어가고 싶습니다. 저는 Q대학에 다니는 학생입니다."

청년은 정중하게 모자를 벗고 손끝으로 돌려 대학 마크를 보여주었다.

"잠시 기다리세요. 지금 다들 밖에 나갔으니 가서 물어보고 올게요."

소녀는 수수한 포도색 스웨터에 노란색 치마를 입고

있었다. 옷 배색이 야생 과일을 떠올리게 했다.

✦

소녀의 아버지는 제지회사의 잡역꾼이면서 사냥철에
는 사냥에 열중했다. 제지회사에서 하는 일이란 회사 소
유의 숲에서 나무를 벌채하는 일이었다. 그러니까 벌목
꾼이다.

소녀는 아버지를 데려오기 위해서 집을 나섰다. 끈이
빨간 나막신을 신었다. 팔다리가 뽀얗고 나긋나긋했다.
츠요시는 요즘 아이누 여성들도 도시 스타일을 흉내 내
어 부하게 파마한다는 이야기를 들었지만, 이 소녀는 그
렇지 않았다.

아무 말도 하지 않기에 묵묵히 소녀와 함께 걷기 시작
했다. 혼자 있다가는 빈집털이범으로 오해받으리라. 소
녀는 무척이나 말이 없어서 먼저 말을 걸지 않으면 입을
열지 않았다. 소녀의 이름도 나이도 묻지 않고 가는데,
얼마 안 가 강 상류의 밝게 물든 단풍 숲속에서 쾅쾅하
는 도끼질 소리가 들려왔다.

"아빠!"

소녀는 입에 두 손을 대고 나팔을 만들어 아버지를 불렀다. 이 목소리가 츠요시를 깜짝 놀라게 했다. 육해공군을 호령하는 목소리였다.

숲속에서 나온 아버지는 수염이 덥수룩하고 사나워 보이는 남자였다. 미심쩍게 츠요시를 바라보는 눈에는 길들인 적 없는 짐승이 가진 공포와 위협의 빛이 뒤섞여 있었다. 어렴풋이 푸른 그 눈동자는 움푹 파인 눈구멍 속에서 반짝였고, 콧날이 오뚝한 얼굴에는 북방 민족의 어두운 위엄이 있었다. 전형적인 아이누의 얼굴이다. 츠요시는 이 남자에게서 그처럼 아름다운 딸아이가 태어났다는 게 신기했다.

딸아이의 설명을 듣더니, 아버지는 싱긋빙긋 웃었다.

"학생이라고."

"네, 그렇습니다."

"사냥하러 왔나."

"네."

"묵고 가. 묵고 가. 재미있는 이야기를 잔뜩 들려주지."

아버지는 이제 일이 끝나서 이대로 집에 가도 된다면서 흐르는 강물에 정성껏 도끼를 씻었다. 신선한 나뭇조각과 노란 가루가 맑은 물속에 미세한 거품을 일며 가라

앉았다. 소녀는 츠요시의 총을 만지작거리며 말했다.

"멋있는 총이네. 그렇죠, 아버지, 멋있는 총이죠."

아버지를 보며 확실히 아버지를 향해 말을 걸었지만, 쾌활한 말투에서 츠요시에 대한 호감이 분명하게 느껴졌다.

"나는 여태 무라타 총*이거든."

남자는 집으로 가는 길 내내 츠요시의 총을 칭찬하며 여인의 팔을 대하듯 사랑스럽게 총신을 어루만졌다.

일행이 집에 오자, 소학교에 다니는 여동생과 면사무소로 심부름하러 갔던 언니가 와 있었다. 치토세로 장을 보러 갔던 어머니도 돌아왔다.

아버지가 언니를 소개했다. 나이는 열아홉 살이고 노부코라는 이름의 덩치가 큰 딸이었다. 이어서 여동생을 소개했다. 열두 살이고 마쓰코라고 했다. 아까 그 아름다운 소녀는 열여섯 살이고 이름은 아키코였다.

친절하고 상냥한 가족은 츠요시가 가져온 소주와 과자 선물을 받고 크게 기뻐했다. 츠요시는 술을 들이켜는 아버지의 얼굴이 마치 들판에 봄이 오듯 취기로 환하게

• 무라타라는 사람이 개발한 일제 단발총으로 청일전쟁 주요 무기.

달아오르는 모습을 보며 정말로 술을 좋아하는 사람이라는 인상을 받았다. 그런데 아무리 봐도 아키코 한 사람만은 같은 가족 구성원이라는 생각이 들지 않았다. 츠요시의 눈길은 틈만 나면 아키코의 얼굴에 머물렀다.

"아키코는 남자들이 항상 쳐다보니 좋겠어."

질투라고는 없는 순수한 언니의 말에 다들 와 웃었다. 츠요시는 살짝 맥이 빠졌다.

그날 밤은 꽤 추웠지만, 이로리*에 둘러앉아 꺼내놓는 아이누의 곰 이야기는 좀처럼 끝날 줄을 몰랐다.

"가을이 되면 사람 사는 마을로 곰이 내려오지." 아버지가 말했다. "곰이 좋아하는 건 민물 게, 연어, 사과, 감자, 옥수수, 산머루야. 어느 밤, 마을 젊은이들이 남의 옥수수밭에 서리하러 갔는데 '휘익 뚝, 휘익 뚝' 하는 소리가 났어. 옥수수 따는 소리구나 싶었지. 어두워서 잘 보이지는 않았지만, 그런 짓을 할 사람은 자기 동료들밖에 없었거든. 깜짝 놀라게 해주려고 가까이 다가가 '이 도둑놈아!' 하고 나왔는데 곰이었던 거야. 녀석들은 머리를 움켜쥐고 도망쳤지."

• 마룻바닥 중앙을 파 불을 피울 수 있게 만든 난방용 구조물.

63

이튿날 츠요시는 아버지를 따라 강가의 벌목장으로 갔다. 그가 묵묵히 걷자 아버지가 물었다.

"자네, 무슨 생각을 그렇게 하나. 아키코 때문인가."

당황한 츠요시가 손사랫짓하자 아버지는 호쾌하게 웃었다. 그 웃음소리가 숲속 여기저기에 메아리쳤다.

"내 말이 맞지 않나. 하지만 아무한테도 말하지 말게. 아키코는 내 딸이 아니야. 아이누의 딸이 아니라 와진(和人)이지. 우리는 아마테라스 오오카미*보다 오래된 신의 자손이야. 아키코는 당신하고 같은, 아마테라스 오오카미의 자손일세."

• 일본의 창세 신화에 나오는 여신.

제6장

밀짚모자

"와진이라는 게 뭐죠?"

나쓰코가 풀밭에 아무렇게나 뻗은 다리 위로 기어가
는 개미를 잡으며 물었다.

하늘이 흐려졌다. 어느 틈엔가 구름이 늘어 나쓰코의
얼굴이 오팔처럼 짙은색으로 번졌다. 옅은 먹물로 쭉 그
은 듯한 머리칼 구레나룻 한 가닥이 밝은 뺨에 고요한
시름을 드리우는 듯했다. 청년은 그 모습을 흘끗 보기만
해도 자동차 연료 계기판 바늘이 조금씩 떨리며 올라가
듯 약간의 떨림을 느꼈다. 이는 나쓰코의 아름다움을 생
각하면 당연한 일이었다. 경험이 많은 나쓰코는 자기가

어떤 자세일 때, 남자가 어떤 반응을 보이는지 다양한 예시를 잘 알고 있었다.

"와진이란 내지인●을 말해."

무심코 내뱉은 청년의 말에서 지금까지 써오던 '~합니다' 어조가 사라졌다. 츠요시가 고쳐 말할 새도 없이 나쓰코는 평소 남자 친구에게 하는 투로 청년의 무릎에 손을 올리고 흔들며 말했다.

"좋아! 아주 좋아! 이제 존댓말은 그만두고 '~해'라고 해줘."

청년은 부끄러워서 손에 잡히는 대로 잡풀을 뜯었다. 그때 하코다테항 방파제 근처 등대 너머로 미국 선박처럼 보이는 흰 화물선 한 척이 항구 안으로 들어오는 모습이 보였다. 항구에는 바람이 불지 않는지 해수면이 무척이나 푸르고 조용했다. 어스름한 해수면이 너무도 고요하여 숨죽여 우는 것처럼 여겨질 정도였다.

"그래서 어떻게 됐는데."

나쓰코가 다음 이야기를 재촉했다.

"그다음은 그 소녀가 살아온 이야기를 들었어."

● 홋카이도나 오키나와 사람이 혼슈 사람을 가리킬 때 쓰는 말.

청년은 이야기를 계속했다.

✦

"15년 전 그 주인장이, 이름을 아직 말하지 않은 것 같은데, 오오우시다 주조라는 희한한 이름이었어. 열여섯 살의 아키코도 오오우시다 아키코였지" 그러니까 오오우시다 주조가 낯선 여자 손님을 받았다. 그때나 지금이나 이 지역은 사람이 좋아 보이면 가볍게 숙박을 허락하는 풍습이 있었다.

5월이었다. 야산에는 눈이 녹기 시작했지만, 그래도 북쪽으로 난 언덕에는 여전히 1미터 가까이 눈이 쌓여 있었다. 강에는 겨우 얼음이 녹아 물이 흐르기 시작했다. 볕이 잘 드는 남쪽 땅이 마치 신선한 고기 같은 색을 띠며 드러났고 여기저기 푸른 풀도 보였다.

설피를 신지 않아도 걸을 수 있는 길 위의 딱딱한 눈은 아무래도 녹는 속도가 느렸다. 하지만 정강이 높이까지 올라오는 그 길이 눈에 보이지 않을 만큼 나날이 조금씩 낮아지고 있다는 건 알 수 있었다.

춘분부터 이 무렵까지가 아직 동굴에 있는 곰을 안전

하게 사냥할 수 있는 계절이다. 5월 중순이 지나 풀이 높이 자라면 동굴을 나온 곰이 풀숲에 몸을 숨겨서 눈에 잘 띄지 않는다.

그해 사냥철에 주조는 200킬로그램에 육박하는 곰 한 마리를 잡았다. 그러다가 아끼는 개 한 마리를 잃기는 했지만.

눈이 많이 내리는 밤이면 주조는 탄알을 만든다. 곧 봄이 올 것이다. 그렇다고는 해도 달력상의 봄이다. 초겨울 동굴에 들어갈 때 곰은 여름에서 가을에 걸쳐 쌓아둔 영양분으로 뱃가죽 지방 두께가 15센티미터나 되는데, 봄에 동굴을 나올 때면 그 지방이 다 사라져서 배가 홀쭉해진다.

주조가 그해 처음으로 잡은 곰은 토끼를 잡다가 얼떨결에 잡은 부산물이었다. 사냥에 데려간 개가 갑자기 눈밭에 우뚝 서더니 코를 킁킁거렸다. 나무 밑동에 코를 박기도 하고, 동서남북으로 코를 가져다 대며 냄새의 방향을 찾는 모양새였다. 곰의 동굴에서 나는 특유의 냄새가 있다. 바람만 불면 개는 300미터 너머에서도 그 냄새를 구분한다.

주조는 나뭇가지를 헤치고 어두운 숲길로 들어섰다.

눈 때문에 휘어진 가지들이 뒤엉켜 걷기 힘들었다. 가지 하나를 젖히자 엉뚱한 곳에서 눈이 와르르 떨어졌다. 눈 덮인 벼랑 경사면에 동굴이 있는 듯했다. 개가 벼랑 끝에 서서 우렁차게 짖는 소리가 눈 덮인 고요 속에 메아리쳤다.

'곰이다.'

주조는 곧장 알아챘다.

개에게 보초를 맡기고 서둘러 집으로 돌아가 실탄을 모조리 챙겨 돌아왔다.

주조가 말했다.

"나는 개와 함께 벼랑 아래로 내려가다가 미끄러지고 말았지. 떨어져 곧장 몸을 일으켰을 때 내 눈앞에 검은 동굴이 입을 벌리고 있는 게 보였어. 동굴 속으로 실탄을 마구 퍼부었다네. 안에서 엄청나게 으르렁거리는 소리가 들리더니 이내 조용해졌지. 개는 총탄을 쏘면 사냥감이 죽었다고 생각해. 그래서 내 개도 용감하게 동굴 속으로 달려든 거야. 곧 안에서 개의 비명이 들렸어. 상처 입은 곰에게 맞아 죽었지. 그런 뒤 나는 동굴 속으로 실탄을 더 많이 퍼부었고 곰을 잡았어."

여기에는 흥미로운 후일담이 있다.

때마침 치토세를 찾은 외국인 사냥꾼이 그 이야기를 듣고 곰을 보여달라며 주조를 찾아왔다. 며칠 뒤 삿포로의 한 백화점 3층 창문에서 오가는 사람들 머리 위로 사람 손이 툭 떨어져 소동이 일었다. 사실 그건 장난기 많은 외국인이 3층 창문에서 던진 가죽을 벗긴 곰의 손이었다. 외국인은 주조를 졸라 그걸 받아 갔는데, 곰의 손은 가죽을 벗기면 꼭 인간의 손 같다.

아이누한테서 곰 사냥 이야기를 듣기 시작하면 끝이 없기에, 청년은 아키코 이야기를 들려달라고 재촉했다. 안 그러면 여기로 아키코가 또 나타나 이야기가 중단될지도 몰랐다.

…그 일이 있었던 건 5월이었다.

주조는 매년 봄이면 숲 손질을 시작했다. 삽과 모종을 등에 짊어지고 찬합과 물통을 손에 든 채 오늘처럼 집을 나섰다. 날이 좋아서 하루 종일 기분 좋게 일했다. 집에 갈 때는 평소 다니던 길로 가지 않고 강을 따라 느긋하게 걸었다. 석양이 비쳐와 아직 강물에 떠 있는 얼음이 물살에 흔들리며 반짝반짝 붉게 빛났다.

위쪽 도로에서 자동차를 타고 달려오는 소리가 들렸다. 주조는 수상하다 싶어 그 자리에 멈춰서서 귀를 기울였다. 당시에는 불과 몇 년 전에 치토세로 들어가는 고속도로 램프가 생긴 참이라 자동차가 눈에 띄는 건 흔치 않았기 때문이다. 차가 멈추는 소리가 나고 엔진이 달달거렸다.

그러더니 격렬하게 싸우는 목소리가 났다. 이윽고 여자가 울부짖는 소리가 들리는가 싶더니, 차 문이 난폭하게 닫히는 소리가 들리고 차는 떠난 듯했다.

주조는 골치 아픈 일이 생긴 것 같다는 직감이 들었다. 하지만 반쯤 호기심에 상록수 우거진 나무 밑을 지나 경사면 위로 올라갔다. 도로로 나간 주조는 깜짝 놀랐다. 한동안 자동차 뒤를 쫓아갔는지, 아까 차가 멈춘 곳에서 한참 떨어진 눈길 위에 양장 차림을 한 여자가 주저앉아 울고 있었다.

가까이 다가가니 우는 목소리는 여자 혼자가 아니었다. 석양이 드리운 길 위에 멋스러운 낙타색 외투를 입고 앉은 여자의 품속에 갓난아기가 폭 안겨 있고, 그 아기도 있는 대로 소리를 지르며 울고 있었다.

주조가 다가가 여자의 어깨에 손을 댔다. 여자는 그제야 눈치챈 듯 고개를 들었다가 주조의 풍채에 깜짝 놀라며 말했다.

"제발 이 아이만은 살려주세요."

"기분이 나쁘군. 나는 나쁜 사람이 아니오."

주조가 곰 같은 손을 내밀어 갓난아기의 턱을 어루만지자, 신기하게도 아기는 울음을 그치고 방긋방긋 웃기 시작했다. 여자는 안심했다.

"실례했습니다. 어디 분이세요?"

"이 근방에 있는 란코시 고탑에 삽니다."

여자는 마음을 놓은 듯 자리에서 일어섰다.

"근처에 여관이 있으면 알려주시겠어요? 이러고 있다가는 얼어 죽겠어요."

주조는 여자의 얼굴을 처음 제대로 보았다. 그토록 기품 있고 아름다운 사람은 처음 보았다. 목덜미에 털가죽이 달린 외투를 입은 모습은 마치 황후와 같았다. 갈색나는 다리는 늘씬하고 아름다웠으며, 그게 스타킹이라는 걸 알지 못했던 주조는 이런 피부색을 가진 사람이라면 분명 인간이 아닐 거라고 여겼다.

"여관은 없지만 사람 사는 집은 있소."

주조가 말했다.

"그보다 당신은 어찌 된 거요."

"자동차에서 내동댕이쳐졌어요."

"어째서?"

귀부인은 대답이 없었다. 눈물로 범벅이 된 얼굴은 반짝이며 빛나는 듯했고, 그 모습이 땅거미 지는 저녁, 잔설이 반사되는 빛 속에서 거룩하게 느껴졌다.

주조는 먼저 일어나 걷기 시작했다. 뒤따라오는 여자는 고무장화를 신어서 발소리가 거의 안 났다. 주조는 여자가 사라진 것만 같아 뒤돌아보았지만, 잠든 갓난아기를 안은 채 일정한 거리를 유지하며 따라왔다.

벌써 램프에 불을 밝힌 란코시 고탐이 보이기 시작했다. 램프 불빛은 더러워진 유리창을 밝게 하기도 하고 살짝 어둡게 하기도 하면서 조용히 숨 쉬듯 깜박이고 있었다.

"저 집입니다."

주조가 어느 집을 가리켰다.

그러자 여기저기서 사냥개가 짖어대기 시작했다….

✦

"그 아기가 아키코 씨였던 거야?"

나쓰코가 물었다.

"맞아. 그런데 그날 밤 재워준 귀부인은 한밤중에 없어졌대."

"세상에." 나쓰코는 몸이 으슬으슬해지는 걸 느끼며 말했다. "그 여자분은 유령이었나?"

"그랬다면 이야기가 더 재미있게 흘러가겠군. 내가 유령의 딸과 연애했다는 거니까."

"당신은 묘한 것들하고만 인연이 있네. 유령 다음은 분명 수녀일 거야."

청년은 똑바로 나쓰코를 보며 웃어젖혔다.

"와, 아주 직접적이구나."

나쓰코는 얼굴을 살짝 붉혔다.

"어머, 수녀라는 건 내 이야기가 아니야."

이런 옹졸하면서도 귀염성 있는 발뺌이 나쓰코와 잘 어울렸다. 나쓰코의 눈은 반쯤 장난스럽게 반쯤 부끄러운 듯 반짝였다.

항구 쪽에서 정오의 사이렌이 울리기 시작했다.

"정오네." 나쓰코가 아무 의미 없이 말했다.

청년은 대답하지 않았다. 돌아보니 익숙한 손놀림으로 손목시계를 정오에 맞추고 있었다.

"지루해? 배고프지?"

나사를 다 돌리고는 나쓰코의 눈을 들여다보듯 하며 말했다. 그 눈을 보자 나쓰코는 온몸이 부드러워지는 것만 같았다.

"아니."

"그럼, 이야기를 계속할게." 그러고는 다시 돌아보며 물었다. "춥지 않아?"

바람은 같은 강도로 쉼 없이 구름을 흐트러뜨리고 있었다.

"괜찮아. 그 뒤에 어떻게 됐어? 그 귀부인, 누구였어?" 나쓰코가 물었다.

"아무튼 주조는 서둘러 경찰에 신고했고, 경찰에서도 이리저리 알아보며 실종된 귀부인을 찾아다녔어. 하지만 행방이 묘연했지. 또 밤에 치토세를 지나간 자동차를 본 사람도 없었어. 다들 이상하게 여겼지. 나중에는 주조가 지어낸 이야기라고 하는 사람까지 나왔는데, 한술 더 떠서 주조가 와진 여자한테서 낳은 아기를 데려다 키우는 걸 부인이 반대해서 그런 미친 소릴 지어냈다는 소문까지 돌았지. 주조는 체면이 완전히 구겨졌어."

"그래서, 그게 다야?"

"아니, 일주일쯤 지나 치토세에서 16킬로미터 이상 떨어진 산속 벼랑 아래에 자동차 한 대가 굴러떨어진 채 발견되었어. 운전석에 남녀가 서로 엉겨 붙은 채 죽어 있었지. 주조가 진위 확인을 위해 불려 갔는데 분명 그때 그 자동차였어. 여자도 그 귀부인이었고."

"저런."

"나는 몰랐지만, 그 사건은 도쿄 신문에도 실리고 큰 소동이 있었다나 봐. 남자는 삿포로 재산가의 외아들이었는데 사업 실패로 파산했어. 남자의 친구가 한 이야기에 따르면, 여자는 한 달에 한 번 정도 도쿄에서 남자를 만나러 왔는데, 친구에게도 그 여자가 누군지는 말하지 않았다고 해. 지금도 여자의 정체는 수수께끼야. 어디 지체 높은 집안 따님인데, 명문가 이름을 더럽히지 않기 위해 쉬쉬하는 거라는 설도 있어."

"하지만 어떻게 먼저 간 자동차를 따라잡았을까?"

"이런 추측이 가능할 거야. 남자가 동반자살을 하려고 마지막 남은 재산인 자동차를 타고 어디 벼랑에서 떨어져 죽을 생각을 한 거지. 여자도 찬성해. 하지만 막상 죽으려는데 여자가 죽기 싫어졌거나, 아니면 남자가 여자를 불쌍히 여겨서 중간에 억지로 차에서 내리게 해. 하지만 남자도 혼자 죽는 건 역시 외로워서 밤에 부락으로 돌아와. 귀가 밝은 여자는 그 자동차 소리를 듣고 아이를 놔둔 채 남자와 죽으러 갔다…"

"엄청난 이야기네. 나, 이런 이야기 무지 좋아해. 나도 그런 일을 해보고 싶어."

도쿄에서 떠났을 때와 비교하면, 나쓰코의 눈은 훨씬 더 생기가 넘쳤다. 인생을 대하는 아이 같은 호기심이 되살아난 것이다. 그동안 호기심을 완전히 잃어가고 있었다. 청년은 그 말을 못 들은 척하며 이야기를 계속했다.

✦

…이야기를 마친 주조는 츠요시를 보며 무슨 말인가 하려다가 입을 다물었다. 이마로 따뜻하게 내리쬐는 햇살이 깊이 파인 눈언저리에 그늘을 드리워 눈썹 아래가 검은 동굴처럼 보였다.

"방금 들은 이야기는 비밀로 하겠습니다. 안심하세요."

청년이 배려심 있게 말했다.

"아니, 아닐세. 누구나 다 아는 이야기야. 당사자인 아키코도 들어서 알고 있네. 마음이 아주 굳센 아이라 그런 일로 흔들리거나 하지 않아. 우릴 부모라고 생각한다고 자기 입으로 말한다네. 그 아이에게는 그늘이 없는 걸 거야. 무럭무럭 자라서 홋카이도에서 가장 아름다운 여성이 될 걸세."

가까이 산머루 이파리가 갑자기 흔들렸다. 다람쥐였다.

청년은 방금 들은 이야기에서 받은 감동이 좀처럼 가시지 않아서 나무 그루터기에 앉아 눈으로 다람쥐를 쫓았다.

"안심해. 그 아이는 지금까지 남자라면 눈을 부릅뜨고 보았다네. 자네한테만은 특별해. 역시 와진의 마음은 와진의 것인가."

그렇게 츠요시는 그들이 붙잡는 대로 일주일이나 그곳에 머물렀다.

아키코와는 하루하루 가까워져서, 가족들은 저녁 식탁에서 스스럼없이 둘 사이를 놀렸다. 성미 급한 언니는 만약에 아키코가 이다 씨와 함께 도쿄로 가게 된다면 자길 누이로 부르기로 새끼손가락 걸고 약속했다.

아키코와 단둘이 치토세강을 거슬러 올라가다 보면, 분비나무나 가문비나무 숲속에서 아키코가 갑자기 모습을 감출 때가 있었다. 눈 깜짝할 사이에 흔적도 없이 사라지는 것이다.

청년은 처음에는 장난스럽게 소리를 질렀지만, "어이" 하고 부르는 소리가 진지함을 띠기 시작하면 어디선가 작고 예쁜 새가 우는 소리가 들려왔다. 아키코는 새 우는 소리 흉내를 잘 냈다.

청년이 안심하고 강 언저리를 보니, 커다란 느릅나무 아래 바위틈에 고인 어두운 물 위로 가만히 몸을 숨기고 있는 노란 스웨터가 비쳤다.

청년이 쫓아가 붙잡다가 부드러운 가슴 부위에 손가락이 세게 부딪힐 때가 있었다. 그대로 꽉 껴안았는데 아키코는 저항하지 않았다. 지나치게 순수한 열여섯 살 소녀는 딱히 위험을 느끼지 못하는 듯했다. 자기 몸에서 청년의 손가락을 하나하나 떼어내며 "하나아, 두우울." 하고 세기도 했다.

"다행이네. 다섯 개 있다. 사람을 잡아먹는 곰은 손가락이 네 개뿐이래."

"그렇다면 나는 착한 곰이네."

"나는 곰이 좋아. 전에 우리 집에서 아기곰을 길렀어. 동물원에 기부했지만."

"아키코, 도쿄 동물원을 보러 가지 않을래?"

"사람을 바보로 아네. 나 어린애 아니야. 도쿄에 가면 제일 먼저 지하철을 타야지."

두 사람은 강가에서 작은 게가 움직이는 모습을 보고 있었다. 츠요시가 센 척하며 이 중 제일 큰 게를 손으로 잡겠다고 나섰다. 아키코는 어디 한번 해보라며 웃으면서 박수쳤다. 그러다 츠요시가 만만하게 생각했던 게의 집게에 손가락을 물려 작은 산수유 열매 같은 핏방울이 맺혔다.

"이렇게 하면 나아."

야생의 소녀는 조금도 당황하지 않고 츠요시의 손가락에 자기 입을 가져가 피를 빨았다. 그런 뒤 침착하게 상처를 핥았다. 츠요시는 사랑스러운 새끼고양이가 자기 손가락을 핥는 기분이 들었다.

'3년 후에 이 아이와 결혼하자. 내년에 데리러 와서 2년 동안 도쿄에 함께 살면서 식구들과 친해지게 하자. 어떻게든 어머니를 설득해야겠다.'

츠요시는 차츰 그런 생각이 들었다. 처음에는 아주 잠깐 떠오르는 생각이었지만 그게 오 분이 되었다가 삼십 분이 되었다가 마지막 날에는 밤새도록 생각했다.

"꼭 다시 올게. 조만간 다시 만나자."

헤어질 때 츠요시는 자매들 가운데 제일 작고 하얀 아

키코의 손을 꼭 쥐며 말했다. 아키코는 울고 있었다. 그건 진심 어린 슬픔이라기보다는 헤어질 때는 으레 울어야 한다고 생각하는 심리도 있어서 오히려 그런 모습이 더 귀여웠다.

츠요시는 손을 흔들었다. 란코시 고탑의 다리 끝에서 일가족이 나란히 서서 그를 배웅했다. 그때 가을 끝자락의 상쾌한 조개구름이 고탑의 하늘을 가득 메웠다.

츠요시가 무시무시한 편지를 받은 것은 도쿄에 오고 약 열흘쯤 지나서였다. 언니 노부코가 삐뚤빼뚤한 글씨로 쓴 아주 짧은 글이었다.

큰일 났습니다. 아키코가 곰에게 살해당했습니다. 어제 우리 자매 셋이 나물을 캐러 갔다가 갑자기 식인 곰을 만났습니다. 다 같이 도망쳤는데 어쩐 일인지 아키코는 포도덩굴 위로 기어 올라갔습니다. 나중에 찾으러 갔더니 이미 아키코는 그곳에 없었습니다. 아키코가 쓰고 나간 밀짚모자만이 용담꽃이 가득 핀 풀밭 위에 떨어져 있었습니다.

제7장

부드럽게 두른 팔

"원수는 그 곰이구나."

"맞아. 하지만 유명한 사냥꾼들도 그 곰의 숨통을 끊어놓지 못하고 있어. 열두 명의 수렵단체 회원이 모여서 이주일이나 곰을 쫓았지만 헛수고였지. 이들은 엄선한 명사수들이었는데, 곰도 도망치는 솜씨가 만만치 않아서 일반적인 곰의 습성을 완전히 벗어나 있었어. 아이누 세계에서는 지금도 신비로운 소문이 도는 모양이야. 대체로 사람을 잡아먹는 곰은 발가락이 네 개뿐이라고 해. 그런 곰은 악령의 화신이라고들 하는데, 와진의 딸을 데려간 곰도 발자국에 발가락이 네 개뿐이었어. 그러니 결코 붙잡을 수 없다는 거야. 그저 단순한 악령이었다면 그렇게 잔혹한 방법으로 살해하지도 않았겠지."

"잔혹한 방법?"

"팔다리가 뿔뿔이…, 아니, 그 이야기는 관두자."

청년은 미간을 찌푸린 채 햇볕이 쨍하게 내리쬐는 폐허의 수영장 안 돌계단 사이에 뾰족하게 자라난 엉겅퀴 풀을 가만히 응시했다. 그때 아까 두 사람이 온 길에서 손을 잡은 연인이 나타나 이쪽의 두 사람을 발견하고 발걸음을 멈추었다. 남자는 흰 와이셔츠 차림에, 여자는 흰 슈트를 입었다. 여름날 햇빛을 받아 옷이 눈부시게 빛을 반사해서 얼굴은 잘 보이지 않았다. 나쓰코는 맞은편 커플도 완전히 똑같은 복장을 한 모습을 보고 문득 거울을 보고 있는 듯한 착각이 들었다. 그러자 맞은편 커플은 상대방을 배려한 듯 자신들이 온 길로 되돌아가 모습을 감추었다. 크게 착각한 모양이다 싶어 나쓰코와 이다는 얼굴을 마주 보고 활짝 웃었다.

"지금은 이렇게 웃고 있지만." 청년은 말을 이었다. "당시 나는 너무 큰 충격을 받아서 한동안 멍해 있었어. 작년 봄, 대학을 졸업하고 전부터 정해져 있던 돌아가신 아버지의 창고회사에 들어갔어. 하지만 여전히 포기할 수가 없어서 가을에 일주일 휴가를 얻어 홋카이도로 왔지. 어떻게든 그 곰을 잡아서 원수를 갚고 싶었어. 수렵 단체 회원들에게도 조력을 구해보았지만 다들 포기하는 게 좋겠다는 거야. 그러다가 휴가가 끝나서 도쿄로 돌아가야 했지. 나는 생각했어. '내년에는 반드시 성공하자. 다른 사람한테 기대지 말고 나 혼자 부딪혀 보자.'

올해에는 단 하루도 결근하지 않고 회사에 나갔고 바쁠 때는 일요일에도 일을 했어. 가을 사냥철이 되면 조금이라도 휴가를 더 쓰려고 말이야. 올해야말로 원수를 갚는 데 연중 휴가 일수를 100퍼센트 쓸 생각이었지.

이번 장마 동안 삿포로 지방신문인 〈삿포로 타임스〉 기자로 있는 학교 친구에게 솔깃한 뉴스를 들었어. 홋카이도에는 장마가 없거든. 올 6월 처음으로 확실히 문제의 그 곰으로 보이는 녀석이 한 목장에 나타나 말 두 마리가 당했다는 편지였어. 그 곰이라면 보통의 곰과는 다르지. 사냥철까지 기다릴 수 없겠다 싶어서 나는 얼른 부장에게 가서 청했어.

'부장님, 이주일 휴가를 얻을 수 있겠습니까?'

'그야 쓸 수 있는 규정이 있으니 못 쓸 것은 없지만 무슨 사정이 있나. 말해보게.'

'네, 홋카이도에 집안 사정이 있습니다. 돌아오면 자세히 말씀드리겠습니다.'

'이것인가?'

부장은 눈앞에 빨간펜을 들고 한쪽 눈을 감은 채 총탄을 쏘는 시늉을 해 보였어.

'네.'

'자네 병이 깊으니 어쩔 수가 없군. 내가 경마에 미친 것처럼 인력으로 어찌할 수 있는 일이 아니니까. 그걸 위해 올 상반기 내내 결근 한 번 안 하고 일했다니 대단한 마니아야. 알겠네. 다녀오게.'

가벼운 발걸음으로 부장실을 걸어 나오는데 부장이 '이다 군' 하고 나를 불러 세워 '규정은 이주일이지만 홋카이도에서는 여름에도 감기에 걸릴 수 있으니, 일주일이나 열흘쯤 더 쉬다 와도 좋네.' 하고 말해주었어. 그래서 이렇게 올 수 있었던 거지. 어머니에게도 자세한 이야기는 하지 않고 엽총을 한 손에 들고 오리라도 잡으러 가는 것처럼 나온 거야….

바로 그 첫날이 오늘이고. 아아, 오늘은 하루 종일 하코다테에서 기력을 보충했어."

츠요시는 기지개를 활짝 켰다. 건장한 가슴이 흰 와이

셔츠 속에서 크게 움직였다.

"자, 이제 돌아가자. 마을로 내려가 점심을 먹자. 이것도 인연이니 내가 사고 싶군."

✦

나쓰코는 일어서지 않았다. 언젠가 본 적이 있는, 두 무릎 위에 팔을 괴고 생각에 잠긴 조각상처럼 움직일 수가 없었다. 스커트 한쪽 끝으로 맨살의 흰 무릎이―어쩌면 그 희고 작은 무릎도 생각에 잠겨 있었는지 모르지만―살짝 드러난 것도 깨닫지 못한 모양이다. 뺨에 갖다 댄 손바닥이 나쓰코의 뺨을 묘하게 아이처럼 일그러뜨렸다. 지금이야말로 나쓰코가 결심을 내릴 때였다.

"자, 그만 가자."

청년이 거듭 재촉했다.

나쓰코는 불타오르는 눈으로 진지하게 청년을 올려다보며 말했다.

"있지, 나도 데려가 줘."

"그러니까 데려간다고. 얼른 점심 먹으러 가자. 배고파 죽겠다."

"있잖아, 나도 데려가 줘. 어디라도 상관없으니, 당신이 가는 곳으로 쭉 함께 갈래."

"오늘 하루 종일 하코다테를 빙빙 돌아봐야 지루하기만 할 텐데."

"아니." 나쓰코는 비로소 미소를 되찾았다. "오늘 하루 종일이 아니라 앞으로 쭉. 수도원에는 안 들어가도 돼."

움찔한 청년이 나쓰코를 응시했다.

"무슨 소리야."

"나, 원수를 갚는 일에 동참하고 싶어. 괜찮지? 어디든지 따라갈게. 내가 할 수 있는 일이라면 뭐든 시켜줘. 밥도 할 수 있고, 오믈렛도 만들 수 있어. 한 손에 프라이팬을 들고 함박스테이크 휙 뒤집는 것도 할 수 있어."

"그런 일을 할 수 있다고 해도 곰 사냥에는 도움이 안 돼."

"그래도 괜찮아. 자꾸 안 된다고 하면 나 내일 수도원 들어가기 전에 수면제를 먹을 거야. 전에도 먹은 적 있어서 아무렇지도 않아."

청년은 잠시 이 아름다운 소녀의 머리가 어떻게 된 게 아닌지 의심했다. 하지만 점차 나쓰코가 얼마나 진지한지 알게 되자 감수성 예민한 소녀의 마음을 자극하는 이야기를 꺼낸 자신의 경솔함을 후회했다. 이대로 그냥 두면 정말로 따라올 터다. 청년은 어떻게 하면 이 철없는 말괄량이를 적당히 떼어 놓을 수 있을지 궁리했다.

　나쓰코는 자기 결심을 밀어붙이겠다는 뜻으로 츠요시의 얼굴을 빤히 들여다보며 눈을 떼지 않았다. 이 청년과 함께 가는 것, 그것만이 진정한 정열을 따르는 길이다.

　"나 결심했어. 무슨 일이 있어도 같이 갈 거야. 난 어릴 때부터 한 번 뱉은 말은 꼭 지키거든. 그게 아니면…." 나쓰코는 말을 얼버무리며 얼굴이 살짝 붉어졌다. "…그게 아니면 나한테 같이 갈 자격이 없다고 생각해? 그렇다면 같이 갈 자격을 만들면 되겠지."

　여성의 이런 대담함에 익숙하지 않은 남성이라면 엉뚱한 오해를 할 수도 있겠으나, 나쓰코는 반소매 슈트에서 재빨리 흰 팔을 뻗어 젊은이의 목에 부드럽게 둘렀다. 얼굴이 가까이 다가왔다. 쏟아지는 햇빛에 감긴 눈꺼풀 아래로 속눈썹이 선명한 그림자를 드리운 모습이 청년의 눈에 들어왔다. 입술은 어디서 다가왔는지 알 수 없다. 그저 두 사람은 일이 초 동안 상대의 뜨겁고 향기로운 여름풀 같은 숨을 들이마셨다.

　몸이 떨어지자, 츠요시가 눈을 동그랗게 뜨고 말했다.

"대단한 아가씨네."

"이걸로 됐지. 같이 가자."

"알았어요, 알았어. 같이 갑시다. 내일 아침 열 시에 기차가 출발하니 아홉 시까지 내 숙소로 올 수 있겠습니까?"

나쓰코는 총명해 보이는 눈을 깜박였다.

"물론이지. 꼭 갈게. 손가락 걸고 약속해. 그동안 나는 엄마와 다른 사람들을 잘 구슬려 놓을게."

두 사람은 점심시간 동안 너무 멀리 산책을 나온 회사원 남녀처럼, 숨이 찰 정도로 빠른 발걸음으로 하코다테 산을 내려왔다. 구름이 더 많이 끼면서 두 사람 발밑에 구름 그림자가 어른거렸기에 삼나무 가로수길로 들어설 때까지 마치 구름 위를 걷는 듯한 기분이 들었다.

노면전차를 타고 마쓰바라초에 내리자 청년은 어느 레스토랑으로 나쓰코를 안내했다. 수프 접시가 나오기를 기다리는 사이 나쓰코는 화장실에 다녀오겠다는 듯이 자리에서 일어섰다.

그러고는 아래층으로 내려가 멍하니 벽에 기대서 있는 어린 종업원을 불렀다. 아름다운 아가씨에게 갑자기 팁 백 엔을 받은 소년은 어쩔 줄 몰랐다.

"전화번호부에서 사카에마치에 있는 숙소 호쿠에이칸

전화번호를 찾아줘요. 그리고 호쿠에이칸 주인이 받으면, '〈삿포로 타임스〉 기자인데요, 이다 츠요시 씨는 몇 시에 출발합니까'라고만 물어봐 줘요. 할 수 있겠죠?"

"네, 알겠습니다. 〈삿포로 타임스〉, 이다 츠요시, 〈삿포로 타임스〉, 이다 츠요시…"

헐렁한 유니폼을 입은 소년은 중얼중얼하며 전화실로 들어갔다.

나쓰코는 귀를 기울였다.

"네? 오늘 밤 여덟 시 반에 야간열차로 떠나십니까? 삿포로행? 아, 알겠습니다."

나쓰코는 한쪽 눈을 찡긋해 보이며 신이 나서 2층으로 올라갔다.

수프가 반쯤 식어 있었다. 이다는 점잖게 나쓰코를 기다리며 숟가락을 뜨지 않고 있었다.

'어머, 아무렇지도 않다는 듯한 저 얼굴 좀 봐. 뱃속은 분명 왜 이리 늦었어, 수프가 식잖아, 소리치고도 남았을 텐데.'

그런 생각이 들자 나쓰코는 더욱더 신이 나서 더할 나위 없이 귀여운 몸짓으로 자리에 앉았다. 그러더니 풀을 너무 많이 먹인 냅킨을 들고, "어머, 구운 오징어처럼 뻣

뻣하네."라고 하며 무릎에 펼쳤다.

그날 밤, 여덟 시 반 야간열차 삼등칸은 무척 한산했다. 밤이 되자 꽤 추워졌기에 츠요시는 점퍼 깃을 세우며 비어 있는 좌석으로 발걸음을 옮겼다. 투박한 군화를 신고 홀로 걷는 발이 어쩐지 몹시 쓸쓸해 보였다.

'툴툴대지 마라. 그렇게 화려한 짐을 짊어지고 어쩔 셈이냐. 이제 동화 같은 이야기에 휘둘릴 나이도 아니고.'

그러면서도 청년은 자신이 또 하나의 동화를 쓰는 데 열중해 있다는 사실을 깨닫지 못했다.

열차가 출발한다는 벨이 울렸다. 문득 들려오는 상냥한 목소리에 츠요시는 정신이 들었다.

"이 자리 비었나요?"

얼굴을 든 츠요시는 '앗' 하는 소리를 낼 뻔했다. 보스턴백을 들고 파란 카디건에 바지를 입은 승객은 나쓰코였다.

무슨 말을 꺼낼 틈도 없이 기차가 한 차례 후퇴하듯 흔들리더니 움직이기 시작했다.

제8장

아닌 온천 중에 홍두깨

저녁에 오겠다면서 나간 나쓰코가 의외로 일찍 돌아오자 할머니와 고모와 어머니는 기분이 좋았다. 저녁을 먹고 나란히 온천에 들어갈 때 욕실까지 따라온 나쓰코는 "어머, 수건을 놓고 왔네."라고 하며 방으로 다시 돌아갔다.

"내 걸 빌려줘도 되는데."

어머니가 그렇게 말했을 때는 이미 거기 없었다.

"아무래도 흥분이 되겠지. 평소 나쓰코답지 않아."

할머니가 말했다.

"정말이야, 가엾기도 하지."

고모가 곧바로 맞장구를 쳤다.

세 사람은 때마침 다른 온천객이 없는 텅 빈 로마식 목욕탕에 들어갔는데, 주변이 너무 환해서 마음이 놓이지 않았다. 세 사람 모두 별다른 말을 꺼내지 않았다. 한동안 빈 바가지 소리와 온천물 소리만이 수증기로 반짝이는 둥근 천장에 울려 퍼졌다.

"나쓰코는 아직인가."

온천물에 몸을 담그며 할머니가 말했다.

"금방 올 거예요."

약간 초조해진 말투로 어머니가 말했다.

세 사람은 다시 침묵했다.

"나쓰코가 진짜 늦네."

할머니가 또 말했다.

"금방 온다니까요."

어머니가 약간 화난 투로 말했다.

"화낼 것까지는 없잖니."

할머니는 진짜로 화가 나서 말했다.

그러고 있는데 고모가 혼자 주섬주섬 몸을 닦기 시작했다. 그야말로 대충 닦았다.

"나쓰코가 어쩌고 있는지 가서 보고 올게요."

목소리가 살짝 날카로웠다. 고모가 나가자, 할머니와 어머니는 욕탕 속에서 다시 입을 다물고 서로의 눈길을 피했다.

곧바로 우당탕하는 발소리가 나더니 목욕탕 유리문이 휙 열렸다. 고모가 크게 소리쳤다.

"큰일이야, 큰일! 나쓰코가 없어졌어!"

할머니와 어머니가 동시에 꺅하고 소리를 질렀다. 정말로 꺅하는 소리였다.

여관 손님들은 복도에서 풍기 문란이라고밖에는 할 수 없는 행렬을 마주하고 눈이 휘둥그레졌다. 행렬이라기보다는 차라리 한 줄기 바람이었다. 유카타를 입은 중년여성이 울며 달려가고, 그 뒤에 속치마 한 장을 겨우 두른 노파와 중년 여성이 2층까지 맨발로 뛰어올랐다. 사람들은 고개를 갸웃하며 복도 가득 남은 축축한 발자국을 수상하다는 듯이 보고 지나갔다.

방 테이블 위에는 편지가 놓여 있었는데, 펜으로 간략히 이렇게 적혀 있었다.

어머니, 고모, 할머니께. 수도원에 들어가기 싫어졌습니다. 이주일쯤 휴가를 주세요. 어디로 가는지는 말씀드릴 수 없습니다. 반드시 아무 탈 없이 돌아올 테니 안심하시기를. 실종신고 같은 걸 하신다면 또 수면제를 먹겠어요. 저를 믿으신다면 안심하고 기다려 주세요. 그리고 돈은 제가 가져갑니다. 도쿄에서 부쳐달라고 하세요.

— 나쓰코

솜씨가 재빠른 것으로 보아 분명 다 계획해 둔 것이리라. 쪽지도 미리 써두었을 것이다. 짐은 한참 전에 정리해 두었겠지. 돈은….

"아아, 다른 건 몰라도 나쓰코가 자기 옷만 가져간 게 아니라 불량소녀처럼 부모 돈까지 빼서 가출하다니 정말로 한심하네. 하기야 돈을 가져갔다는 건 죽으러 간 게 아니라는 거니까 다행이지만…."

이런 히스테리 섞인 어머니의 독백에는 프티부르주아 같은 사고방식이 담겨 있었다.

세 사람은 여관 지배인이 급보를 듣고 달려올 때까지 손을 놓고 방안을 서성거리며 가끔 방구석에 주저앉아 있을 뿐이었다. 고모는 처음부터 끝까지 울고만 있었다. 실종 직후에 쫓아갔더라면 가까스로 붙잡을 수 있었을지도 모르는데, 굳이 멀리까지 갈 틈을 준 것이나 마찬가지였다.

경찰에 전화를 걸어야 한다는 말이 오가자, 할머니가 맨 먼저 반대했다.

"그 아이는 정말로 또 수면제를 먹을지도 모르잖니. 하지 말라는 짓은 안 하는 게 좋아."

난처해진 어머니는 도쿄에 장거리전화를 했다. 전화를 건 게 여덟 시 반이었는데 하필 이용량이 많아서 밤 열두 시가 넘어 급보로 연락이 갔다.

"여보세요. 여보. 큰일났어요. 나쓰코가 수도원에 들어가기 싫어졌다면서 자취를 감췄어요. 아니, 들어가기 싫어졌으면 싫다고 말하면 되지. 우리가 억지로 넣을 사람들이 아니잖아요."

"됐어요. 됐어. 그냥 놔둬요. 조만간 태연하게 나타날 거요. 그게 신의 섭리예요. 나도 왠지 그럴 거라는 예감이 들었어."

"어쩌면 그렇게 태연해요. 자기 딸자식 얘기가 아닌 것처럼 말씀하네요. 흠, 알았어요. 우리는 우리대로 경찰에 신고할게요."

"잠깐, 세상 사람들 체면도 생각해야지."

"그것도 그렇네. 어쩌죠. 세상 체면도 무시할 순 없고.

그 애는 아직 시집도 안 갔고."

전화 도중에 쓰가루해협의 파도 소리 같은 잡음이 들려서 상대방 목소리가 희미해졌다.

"괜찮을 테니 셋이 도쿄로 돌아와요."

"싫어요. 경찰에 신고는 안 할 테지만 우리 셋이 힘을 합쳐 찾아낼게요. 이삼 주는 못 가니까 밥은 하녀가 차려주는 반찬으로 참고 있으세요."

한바탕 소동이 지나간 다음 날 아침, 삿포로에 도착한 급행열차에서 한 쌍의 경쾌한 남녀가 내렸다. 남자는 어깨에 엽총을 메고 있었고, 함께 온 아가씨는 천하태평으로 보스턴백을 손에 달랑거리고 있었다. 심심할 정도로 가벼운 차림이었다.

두 사람은 우선 기분 전환을 위해, 쾌청한 오전 역 앞의 구두닦이에게서 구두를 닦았다. 오전 햇살이 벌써 꽤 뜨거웠다. 삿포로의 구두닦이는 여름 동안 양산을 제공하는 서비스를 한다. 가게마다 햇볕 아래서 기다리는 손님에게 우산을 제공하는 것이다. 나쓰코는 검은 박쥐우산을, 츠요시는 빛바랜 빨간 파라솔을 들고서 얼굴을 마주 보며 쓴웃음을 지었다. 서로 우산을 바꾸자 나쓰코의 얼굴이 우산 색 때문에 빨간 개양귀비처럼 물들었다.

"어이."

누군가 어깨를 두드려 츠요시가 뒤돌아보았다.

"어, 마침 잘됐군."

"이쪽은 〈삿포로 타임스〉의 노구치 군입니다."

츠요시가 나쓰코에게 소개했다.

제9장
미덥지 못한 정열가

"이쪽은 〈삿포로 타임스〉의 노구치 군입니다."

츠요시의 소개에 나쓰코가 돌아보니, 통통한 체격에 유쾌해 보이는 청년이 서 있었다. 오픈칼라 셔츠를 입었고 모자는 쓰지 않았다.

나쓰코와 츠요시의 구두가 다 닦일 때까지는 시간이 좀 걸렸다. 두 사람은 기다리는 노구치가 팔짱을 끼고 자기들을 흥미롭게 바라보는 시선을 견뎌야 했다.

"와이프가 아름답군."

노구치가 특유의 새된 목소리로 갑작스레 말했다. 빨간 파라솔 아래 그늘진 나쓰코의 얼굴이 한층 더 붉어졌다.

츠요시가 나쓰코에게 존댓말 하는 걸 조금만 더 주의 깊게 들었다면 이런 경솔한 오해는 하지 않았을 텐데, 노구치는 뭐든 빨리 결정지어야 직성이 풀리는 성격이었다.

구두를 다 닦고 세 사람은 뒷골목 다방으로 들어가 냉커피를 마셨다. 창문 너머로 내다보이는 풍경은 도쿄의 상점가 뒷골목과 전혀 달랐다. 인적이 드물고 휑해서 맞은편 집들이 작고 초라해 보였다. 길은 비포장 도로였다. 나쓰코는 눈 덮인 그 길을 상상했다. 더할 나위 없는 식민지 분위기다. '개척'이라는 말이 떠오른다. 휑한 공터처럼 넓은 길을 보고 있자니 아득한 벌판의 한 장면이 느껴졌다. 해가 구름에 가리자, 한산한 길은 들판처럼 그늘이 졌다.

나쓰코는 우체국 위치를 묻고는 두 사람을 남겨두고 그곳을 나와 유노카와 온천장에 전보를 쳤다.

지금 삿포로. 안심하시길. 앞으로 어디 갈 때마다 유노카와에 전보 치겠음. 추적 필요 없음.

— 나쓰코

참으로 눈치 빠른 이 말괄량이 아가씨는 자기가 자리

를 비운 동안 츠요시에게 '와이프' 문제를 해명할 기회를 주고자 했다.

나쓰코는 화창한 여름 거리를 느긋하게 걸었다. 구두가 반짝인다. 손에는 짐도 없다. 마침 도심부를 걷고 있어서 출근하는 회사원 무리를 거슬러 반대로 걸었다. 하얀 여름용 셔츠와 가방을 든 무리는 도쿄와 별반 다르지 않았다. 맞은편에 커다란 상점 셔터가 위로 올라가고, 쇼윈도 옷자락이 셔터 아래에서 밝은 빛을 발하기 시작했다. 나쓰코는 눈을 가늘게 뜨고 그 모습을 지켜보았다. 폭이 넓은 푸른 옷감의 파도가 보였다….

'지루하기도 하지. 여기도 유행 따라 사는 사람들이 있나 보네.'

카페로 돌아오자, 노구치가 혼자 심심하다는 듯이 담배를 피우고 있었다.

"다녀왔어요. 이다 씨는요?"

"잠시 화장실에."

나쓰코는 입을 비쭉거리며 웃었다.

"화장실에 짐을 가지고 가나요?"

의자 위에 놓인 것은 나쓰코의 가방뿐이었다.

"그게, 저…."

밖으로 나가려는 나쓰코를 붙잡으며 노구치가 더듬더듬 말했다.

"그, 그러니까, 잠, 잠시, 할 이야기가 있습니다. 침착하세요, 아가씨⋯. 녀석은 당신을 진심으로 걱정하고 있습니다. 책임감이 강한 남자니까요. 가족분들에게 죄송하다고 하더군요. 애초에 둘이 같이 곰을 잡으러 가는 건 무리입니다. 녀석은 나중에 도쿄에서 천천히 교제하고 싶다고 하더군요. 제, 제가 지금부터, 책임지고, 당신을 하코다테로 송환할 겁니다. 아, 아시겠죠."

나쓰코는 나이에 어울리지 않게 이런 갑작스러운 상황에서 도리어 차분해지는 특이한 성격을 갖고 있었다. 아까 마시다 만 커피를 홀짝거리던 나쓰코는 가타부타 말도 없이 성냥갑에서 성냥을 세 개비 꺼내 젖은 테이블 위에 삼각형으로 만들었다. 나쓰코가 너무도 태연하게 말이 없기에 도쿄에서 날아온 끔찍한 히스테리를 받아줄 각오를 하던 노구치는 오히려 당황해 우물쭈물했다.

"믿음직하지 못한 면이 이상하게 믿음직한 사람이네. 모르겠어. 그런 사람은 본 적이 없어."

이윽고 나쓰코가 혼잣말처럼 중얼거렸다. 그런 뒤 노구치를 빤히 쳐다보고 웃으며 말했다.

"전 하코다테로 절대 안 돌아가요."

"예?"

"그 사람, 하코다테를 떠나기 전에 꼭 한 번은 당신한
테 연락이 올 거예요. 이렇게 빨리 이야기가 끝났을 리
없지. 전보를 치러 가서 돌아올 때까지 딱 십오 분 걸렸
어요. 나와 어떻게 만났는지, 어디로 갈지, 그런 이야기
를 하는 데만도 십오 분은 충분히 넘어요. 게다가 내가
언제 돌아올지 모르니 불안했겠죠. 언제 곰 사냥을 갈 건
지 그런 약속은 하지도 못했을걸. 좋아요. 난 앞으로 며
칠이든 당신 옆에 붙어 있다가 그 사람을 잡을 거예요."

"그것 참 놀랍군요."

평범한 아가씨라면 앞뒤 따지지 않고 울음부터 터뜨
렸을 터다. 희대의 여장부라 할 만한 나쓰코의 행동에
질려버린 노구치는 이런 여자라면 곰 한두 마리쯤은 넘
어뜨릴 수 있겠다고 진심으로 생각했다.

"어차피 오늘은 일 안 하실 거죠."

"아무래도, 우정을 위해, 어쩔 수 없이."

"혹시라도 제가 칭얼거려서 하는 수 없이 하코다테까
지 바래다줘야 하는 상황이었다면, 이틀 통째로 쉴 생각
이었죠."

"그렇더라도 회사에서 잘리지는 않을 자신이 있으니까요. 지금은 여름 불경기라 지방 뉴스가 거의 없습니다. 미친 사람이 소방서 망루에 올라가 안 내려온다거나, 곰이 작은 마을에 내려와 멍하니 기차를 바라본다거나, 감자 품평회가 열린다거나, 그 정도가 다라 지면은 어떻게든 채울 수가 있거든요."

"당신이란 사람, 참 정열이 없군요."

무슨 말인지 알 턱이 없는 노구치는 그저 어리둥절한 표정만 지었다.

"아무튼 오늘 하루는 당신을 따라다닐게요. 영화라도 보실래요?"

나쓰코가 말했다.

✦

두 사람이 다누키코지 상점가를 어슬렁어슬렁 걸으며 영화도 보고 중식도 먹는 사이 노구치가 줄곧 콧노래를 불러서 나쓰코는 이상하게 여겼다. 노구치가 즐기고 있다는 건 명백했다. 처음부터 노구치는 나쓰코의 가방을 들었고, 심지어 그걸 들고 있다는 사실이 기뻐서 신나게 흔들며 걸었기에 나쓰코는 어이가 없었다.

"깨질 수도 있는 물건이 들어 있어요. 취급 주의예요."

"깨질 수도 있는 물건이라는 게 뭡니까?"

"당연히 비밀이죠."

나쓰코는 사람을 궁금하게 만드는 데 일가견이 있었다.

영화는 B급 서부영화였다. 다누키코지 상점가의 두세 군데 영화관에서 나쓰코가 고른 영화다. 서부극을 무척 좋아하는 나쓰코는 눈을 가늘게 뜨고 총 쏘는 소리를 들었다. 그리고 옆에서 지루한 듯 흐리멍덩한 표정으로 화면을 보고 있는 노구치를 쿡쿡 찌르며 말했다.

"저기 좀 봐요, 지금 엄청난 장면이야. 놓치면 안 돼."

노구치가 지루한 듯 보인 것은 다시 말해 그가 행복했기 때문이다.

두 사람은 저녁나절까지 거리를 이리저리 돌아다녔다. 이제 더 볼 것도 없었다. 노구치가 낮 동안 느릅나무 그늘이 아름다운 식물원과 1881년에 미국인이 가지고 들어온 시계를 얹은 유명한 시계탑, 시냇물이 졸졸 흐르는 홋카이도대학 정원과 그곳 포플러 가로수, 보이즈 비 엠비셔스 비석과 허름한 메이지시대 목조건물 교실 등 대부분의 삿포로 명소를 보여주었기 때문이다. 버스 안내

양 못지않게 새된 목소리로 안내하며 자기가 가지고 있는 지식을 다 털어놓았다.

저녁 하늘은 무척 아름다워서 불 켜진 가로등 위에 분홍빛 먹이 번져나가는 듯한 모양을 그리고 있었다. 나쓰코는 환청처럼 안젤루스의 종소리를 들었다. 계획대로라면 나쓰코는 이미 수도원 문 안에 들어가 있어야 했다. 천국의 아름다움, 현세의 아름다움, 이 아름다운 저녁놀을 보고 있자니 그 차이가 덧없이 여겨졌다.

밤이 되었다. 불안해진 나쓰코는 말이 없었다. 오가는 노면전차를 보며 우수에 젖었다. 아아, 지금, 여기, 츠요시가 있었다면!

지루한 영화를 한 편 더 보며 시간을 때운 두 사람은 잠잘 데를 찾게 되었다. 노구치가 나쓰코를 위해 방을 잡아주겠다고 했지만, 츠요시를 만나고 싶다는 일념으로 가득한 나쓰코는 자기를 멀어지게 만들려는 노구치의 저의를 눈치채고 무슨 일이 있어도 노구치의 아파트까지 쫓아가겠다고 나섰다.

"지저분한 아파트예요. 게다가 남자 혼자 사는 아파트에 다 큰 아가씨가 말이 됩니까."

"왜 그렇게 절 떼어놓으려는 거예요? 수상하네."

이렇게 말하면서도 불안했던 나쓰코는 가느다란 자기 손목을 다른 한 손으로 쥐었다. 밤이 되니 기온이 크게 떨어져서 손목이 차가웠다.

'이 남자, 순진해 보이는 얼굴을 하고 있지만, 어쩌면 이게 함정인지도 몰라. 숙소를 다른 데로 잡아주겠다는 것도 일부러 그러는 척하는 것인지도 모르고. 내가 의심스러워하며 아파트까지 쫓아오기를 바라고 있는지도 모르지.'

열한 시가 다 되었다. 나쓰코는 불안한 마음이 커져서 살짝 짜증을 내며 무조건 아파트까지 따라가겠다고 밀어붙였다.

노구치는 하는 수 없이 홋카이도대학 앞 작은 아파트로 나쓰코를 데리고 갔다. 두 사람은 구두를 벗어 신발장에 넣었다. 계단 끝에 창문이 있었다. 거기로 삿포로역 불빛이 보였다.

노구치가 사는 단칸방에 있는 것이라고는 책상, 밥상, 책장이 전부였다. 스산함을 없애기 위해 벽에 미술 잡지에서 뜯어낸 피카소 그림 같은 것을 호들갑스레 액자에 넣어 꾸며 두어서, 오히려 그게 더 적적한 느낌을 자아냈다. 노구치는 혼자 사는 데 익숙해졌는지 가정주부처럼 분주한 발걸음으로 방을 이리저리 뛰어다니며 방석이며 찻잔이며 비스킷을 꺼내 와서 나쓰코에게 대접했다.

나쓰코는 울음이 터질 것만 같아 이렇게 물었다.

"이다 씨는 벌써 삿포로를 떠난 거예요?"

그때 삿포로역에서 구슬픈 기적이 울리더니, 거기에 한숨처럼 증기 소리가 섞였다.

"아뇨, 뭐, 됐습니다."

노구치는 어째서인지 나쓰코의 얼굴을 제대로 보지 못했다. 춥다면서 자기는 서둘러 스웨터를 머리에서부터 꺼입고는 나쓰코에게는 바람막이 점퍼를 빌려주었다.

그러고는 다쿠보쿠 시집을 가지고 오더니 일부러 활기차게 밥상 위에 펼치고는 가정교사처럼 정좌하고 앉아 소리 내어 두세 편 낭독했다.

"괜찮죠? 저는 아주 좋아합니다. 당신은 이시카와 다쿠보쿠 싫어하나요?"

"잘 몰라요."

나쓰코는 그렇게 말한 뒤 너무 무정했나 싶어 주석을 붙이듯 살짝 웃었다.

노구치가 눈을 책에 고정한 채 말을 꺼냈다.

"사실대로 이야기하겠습니다. 당신의 예리한 감에 저는 혀를 내둘렀습니다. 열한 시 반에 그 녀석이 이리로 오기로 되어 있어요. 만약 당신이 순순히 하코다테로 돌아간다면 저는 이리로 돌아와 녀석을 기다리고, 만약 당신을 하코다테까지 데리고 가야 하는 상황이 벌어진다면 이 방에 쪽지를 남기기로 했습니다. 저는 둘 다 제대로 해내지 못했군요. 한심한 우정이라고 생각할 테죠. 하는 수 없습니다. 인간이란, 늘 뜻대로 움직이라는 법이 없으니까요. …이제 십 분 남았군요. 열한 시 반까지 십 분 남았어요." 노구치는 수영경기를 중계하는 캐스터처럼 흥분해 있었다. "그전에 고백하겠습니다. 뭐냐 하면 말이죠, 음, 그게, 저는 당신을 좋아합니다. 아니, 오늘 하루 동안 좋아하게 되었습니다."

노구치는 고개를 푹 숙이고 주먹으로 자기 목덜미를 마구 쳤다. 그의 연정은 목덜미에 깃든 모양이다.

나쓰코는 츠요시가 올 거라는 말에 너무 기쁜 나머지 가슴이 터질 것만 같아서, 눈앞에 있는 남자가 자기를 좋아한다는 말 따위는 잊어버렸다. 그러고는 콤팩트를 꺼내 정성껏 화장을 고쳤다.

"나도 당신이 좋아요. 좋은 친구라고 생각해요."

그런 뻔한 말밖에 할 수 없었다.

그 십 분이 얼마나 길게 느껴졌는지 모른다.

문을 두드리는 소리가 났다. 츠요시가 들어왔다. 나쓰코는 일어섰고, 츠요시는 문 앞에 우뚝 섰다.

"어째서, 여기, 네가."

츠요시는 깜짝 놀란 표정으로 방 안을 돌아보았고, 말없이 고개를 숙인 노구치의 벗겨진 이마에 시선이 닿았다. 돌연 청년의 표정이 굳었다.

그 순간 츠요시가 오해하고 있다는 걸 깨달은 나쓰코는 당장에 오해를 풀어야겠다고 느꼈다.

"내가 집요하게 노구치 씨를 따라온 거야. 분명 당신을 만날 거라고 했지. 노구치 씨 잘못은 하나도 없어."

이런 변명이 더욱더 츠요시의 얼굴을 굳게 만들었다.

"정말이야. 찬찬히 다 말할게."

노구치가 말했다.

"알았어. …됐으니까 그냥 내일 아침에 내 숙소로 와주겠나. 사냥 이야기를 하고 싶어도 지금은 정신이 없으니."

츠요시가 곧장 내뱉은 이런 시원시원한 말투에는 남자다운 박력이 있었으나, 말없이 츠요시의 뒤를 따라 나온 나쓰코가 그의 숙소에 도착할 때까지 청년은 한마디 말도 하지 않았다.

'이 사람, 질투하고 있어.'

그렇게 생각하자, 나쓰코는 참을 수 없는 기쁨을 느꼈다. 깊이 숨을 들이마시며 아름다운 별하늘을 올려다보았다. 한 번 더 마음속으로 이렇게 중얼거리며, 다시금 그 행복을 맛보았다.

'이 사람, 질투하고 있어!'

제10장

사냥 첫날

그날 밤, 독자가 상상하는 갈등은 다행인지 불행인지 일어나지 않았다. 츠요시는 완전히 포기했고, 나쓰코가 이겼다.

츠요시는 아파트 근처 작은 러브호텔을 하룻밤 묵을 숙소로 잡아 두었다. 한밤중에 남자 손님과 함께 나타난 아리따운 아가씨가 방을 하나 더 달라고 했을 때, 꾸벅꾸벅 졸던 지배인은 졸린 눈을 비볐다.

나쓰코는 도망치기 선수인 츠요시를 이번에는 놓치지 않겠다며, 청년의 방 열쇠를 가져가 방 밖에서 문을 잠그고, 자기는 다른 방으로 가서 푹 잠이 들었다. 아침 일찍 노구치가 찾아와서 나쓰코는 츠요시의 방문을 열어 주었다. 젊은 죄수는 커튼도 치지 않고 얼굴 가득 아침 햇살을 받으며 늠름하게 숨을 몰아쉬며 자고 있었다. 빛은 머리맡에 세워둔 엽총 가죽 가방을 반지르르하게 비추고 있었고, 이런 지저분한 곳과는 어울리지 않는 순수한 광선이 실내에 가득 차 있었다. 벽에는 서양의 명화를 복제한 벌거벗은 여자가 어두운 숲속 샘물을 들여다보는 척하며 츠요시의 잠든 얼굴을 가만히 내려다보고 있었기에, 나쓰코는 질투를 느끼지 않을 수 없었다.

아침 식탁에 둘러앉아 세 사람은 스스럼없이 이야기를 나누었다. 변화라고 한다면 나쓰코가 이번 곰 사냥 계획에 확실히 동참하게 되었다는 점이었다.

그들이 향하는 목장은 시코쓰호를 중앙에 두고 란코시 고탑 반대편에 있었다. 노구치의 소개장을 받아 든 두 사람은 삿포로역을 출발해 목장에서 가까운 시라오이역으로 향했는데, 역으로 배웅을 나온 노구치가 온순한 동물처럼 촉촉한 눈망울로 차창 너머에서 손을 내밀더니 "나쓰코 씨, 악수해주십시오." 하고 말했다.

나쓰코가 악수하자, 손에 무언가 작은 물건이 남았다. 기차가 움직이기 시작했다. 수기신호처럼 양손을 열심히 흔들며 배웅하는 노구치의 모습이 작아졌다.

"무엇을 주던가요?"

"작별선물."

나쓰코는 손을 펼쳐 보였다. 새끼손가락만 한 상아 곰 브로치였다.

"좋은 추억이었어."

나쓰코는 그 브로치를 옷깃에 달았다.

"무슨 추억?"

"이 곰처럼 조금도 무섭지 않은 추억."

나쓰코가 말했다. 이제는 노구치에게 연민과 그리움을 느꼈다. '도시 청년이라면 이런 작별선물 같은 거 안 줬을 거야.'라고 생각했기 때문이다.

시라오이에서 내린 두 사람은 목장까지 가는 오르막 길을 2킬로미터 정도 걸었다. W목장의 통나무 기둥을 지나자, 눈에 들어오는 풍경이 돌연 푸르고 싱그러워졌다. 목초가 목장 울타리를 넘어 주변에 가득히 자라 있었기 때문이다.

외국 그림에 나올 법한 불규칙하고 소박한 나무울타리 안으로 들어가자, 경쾌한 말발굽 소리가 나더니 오른편에 있는 둥근 승마장에서 어린 말을 탄 마부가 나타났다.

더비 경마 대회에 출전하기 위한 훈련 중이었다. 말은 눈에 핏발을 세우고 숨을 몰아쉬다가 가끔 고개를 털어 고삐를 흔들더니 점차 두 사람에게서 멀어져 숲속으로 사라졌다.

그때 날카로운 까마귀 소리가 울려 퍼져 두 사람을 깜짝 놀라게 했다. 목장주 집으로 향하는 길 한가운데에 멋진 느릅나무 한 그루가 서 있었고, 그 가지에 무리 지어 앉아 있는 엄청나게 많은 까마귀가 일제히 날아오른 탓이다.

목장주의 평평한 집과 헛간과 그 옆의 아름다운 흰 벽돌 창고가 점차 가까워졌다. 밖으로 나온 주인에게 노구치의 명함을 내밀자, 주인은 벗겨진 머리를 쓰다듬어 올리며 말했다.

"아아, 하루만 더 빨리 왔더라면 좋았을 텐데…."

주인이 안내한 목장 뒤편 초원에서 두 사람이 본 것은 풀밭에 점점이 흩어져 여름날 햇볕에 금세 응고된 핏자국이었다.

제11장

포상은 일이 끝난 후에

목초는 이미 검붉어진 피로 물들어 있었다. 두 사람은 그 앞에 우뚝 섰다.

그곳은 목장 가장자리의 초목이 우거진 한산한 골짜기였다. 오늘도 여름 햇살이 화사하게 쏟아지고 있었고, 참나리 두세 그루가 근엄한 자세로 커다란 꽃송이를 피우고 있었다. 그중 한 그루는 밑동부터 꺾여 있고, 흰 꽃잎에도 피가 묻어 있었다.

"이것 보세요, 여기도, …이 핏자국을 따라가 보십시오."

직업에 어울리지 않게 유약한 몸집을 한 선량해 보이는 목장 주인이 말했다.

"골짜기를 따라 올라간 거군요."

"그렇습니다. 아까 그곳에서 아주 맛있다는 듯이 내장을 먹고는 남은 걸 끌고 떠났습니다."

세 사람은 풀이 꺾여 있는 흔적을 따라 골짜기를 올라 오리나무 숲속으로 들어갔다. 풀 사이로 목동이 모닥불을 붙인 흔적처럼 보이는 맨땅이 있었다.

"발자국이다."

청년이 땅에 무릎을 꿇고 발자국을 살폈다. 나쓰코도 그 커다란 발자국을 지켜보았다.

"어머, 발가락이 네 개야."

"바로 이 녀석입니다."

발자국을 아무리 살펴봐도 발가락은 네 개뿐이었다. 짐이 무거워 발톱 끝이 꽤 깊숙이 흙에 찍혀 있었다. 평평한 발바닥 앞쪽에는 발가락 네 개의 자국이 선명했다.

조금 더 들어가자, 커다란 졸참나무 밑동 이끼가 주위에 작은 영혼이 되어 흩날렸고, 그 일대의 흙이 난잡하게 파여 있었다. 나쓰코는 "아!" 하며 얼굴을 감쌌다.

흙 위에 어질러진 말의 머리가 슬피 울 듯이 이빨을 드러내고, 뿌연 눈을 부릅뜬 채 반쯤 파묻혀 있었다. 커다란 갈비뼈도 흙 위에 생생히 드러나 있었다.

"당했군요."

"아까운 말이었습니다. 가엾게도. 갓 태어난 망아지를 구하려다 당한 어미입니다."

"어째서 도망치지 않았을까요."

"곰 냄새를 몰랐나 봅니다."

츠요시는 숲속을 뚫어지게 바라보았다. 가지가 하염없이 뒤엉켜 있어서 안쪽은 엷은 녹색으로 녹아들어 있었다. 매미가 운다. 나쓰코는 말의 사체에서 눈을 떼고 청년의 뺨이 눈앞의 분노보다도 격렬한 회상의 분노로 인해 홍조를 띠는 모습을 바라보았다. 그의 눈빛은 멀리 있는 무언가에 이끌려 나쓰코의 존재는 조금도 시야에 들어오지 않는다는 사실을 나쓰코 자신도 분명히 알 수 있었다. 하지만 어쩐지 나쓰코는 그 사실이 기분 좋았다.

츠요시는 문득 생각난 사람처럼 담배를 꺼내 목장주에게도 권하며 사무적인 어조로 또박또박 질문했다. 나쓰코는 외부인이면서 비밀회담에 종사하는 비서처럼 진지한 얼굴로 경청했다.

"아맛포*는 설치하지 않으십니까?"

---

* 아이누어로 어딘가에 둔 물건이란 뜻으로 아이누식 사냥법.

아맛포란 동물이 지나는 길에 미리 두었다가 지나갈 때 요격하는 자동 발사 총이다.

"아맛포를 써도 되겠지만 사냥법에 저촉됩니다. 저희 목장은 불법을 저지르고 싶지는 않거든요. 실제로 작년 에도 아맛포로 사람이 두셋 죽었다고 합니다."

"노구치 군한테서도 들었습니다. 축제를 다녀오던 청년이 술에 취해서 '위험'이라는 표지판을 보지 못하고 총에 맞았다더군요."

"맞아요. 아맛포는 옳지 않지요."

그런 일만 없으면 아맛포는 간단하고 전통적인 방법이었다. 곰은 먹다 남은 말을 이렇게 구멍에 박아 놓는데, 현장에 반드시 나타나는 살인범처럼 다시 찾아오는일이 잦기 때문이다. 하지만 종종 잊어버리고 안 오기도한다. 짐승들은 인간보다 훨씬 더 물욕이 없고 뭘 잘 잊어버리는 성격을 지녔는지 다람쥐가 깜박한 나무 열매로 숲을 만들 수도 있다는 말까지 돈다.

결국 두 사람은 목장주의 집에 묵으며 곰이 다시 나타날 기회를 엿보기로 했다. 그날 밤 목장주 일가와 함께 먹은 저녁 식사는 무척 맛있었다.

식당 벽에는 액자에 넣은 상장이 전등불 아래 빛나고

있었는데, 자세히 읽어보니 이렇게 쓰여 있었다.

명예 대상 패

홀스타인 프리시안 품종 황소
(서 홈스테드 드골 12세)
홋카이도 모리야마 고이치

심사 성적에 따라
위와 같은 포상을 내린다

1914년 7월 1일

도쿄 다이쇼 박람회 총재
대훈위공2급 고토히로 친왕

이와 같은 젖소와 친왕의 조합은 평화롭고 풍요로운 시절의 일본을 그리워지게 했다. 친왕은 혈통이 이어져 온 황소의 평온한 풍채가 마음에 든 것이리라.

모리야마 씨 가족 구성원은 부인과 활기찬 세 아이였다. 아이들은 좀처럼 보기 드문 손님의 등장에 신이 나서 떠들어댔다. 츠요시가 선물로 가져온 초콜릿은 아이들을 기뻐 날뛰게 했다. 포장지를 소중하게 벗겨서 그걸 한창 만들고 있는 나무배 겉면으로 사용하기 위해 다 같이 서랍에 보관하러 갔다.

모리야마 씨는 곰을 반쯤 운명이라 생각하고 포기하고 있었다. 두부 찌꺼기처럼 종이 위에 가득 쌓인 위산을 털어 넣으며 "하는 수 없지, 세금으로 뜯긴 셈 쳐야지." 하고 말했다. 도시에서 자란 아름다운 부인은 남편이 말할 때마다 소리 내 웃었다. 그러는 통에 나쓰코와 츠요시는 조금도 웃기지 않았지만 웃지 않을 수 없었다. 부인은 웃을 때마다 풍만한 가슴이 신경 쓰여 모직 기모노 깃을 계속 끌어올렸지만, 제일 어린 남자아이는 벌써 세 살인데도 모유의 맛을 잊지 못하는 낌새였다.

"자, 부인, 한 그릇 더 드세요."

나쓰코는 부인이라는 호칭에 흠칫했지만, 아까부터 자신이 몇 번이나 부인이라고 불렸으면서 눈치채지 못하고 있었다는 걸 알아챘다. 돌아보니 츠요시는 태연하게 우적우적 밥을 먹고 있었다. 이미 익숙해져 버린 것이다.

그날 밤, 츠요시는 '현장'에서 가장 가까운 목장 인부 오두막에 재워달라고 청했다. 목장주는 친절하게도 인부 세 명을 붙여주겠다고 나섰다.

"부인은 본채에서 우리와 같이 주무실 거예요. 안심하고 다녀오세요."

모리야마 목장주의 말에 나쓰코는 분명히 거절 의사를 표했다.

"저도 숲속 오두막에서 자겠습니다."

츠요시는 위험하다며 끈질기게 말렸지만 아무리 말해도 듣지 않자, 화난 척하며 눈을 흘겼다. 순간 서로를 노려보던 젊은 남녀는 남자 쪽이 쉽게 져서 웃음을 터뜨렸다.

"잡아 먹히고 남은 부분이 곰의 '인간 통조림'이 돼도 나는 몰라."

츠요시가 말했다.

세 명의 인부와 오두막으로 향하는 그날 밤길은 아주 훌륭했다. 별들이 하늘 가득히 빛나고, 벌레가 목장 들판 전역에서 빨리도 울기 시작했다. 밤공기가 찼기에 츠요시는 점퍼를 벗어서 나쓰코의 어깨에 둘러주었다. 남자의 양손이 여자의 어깨에 걸쳐진 점퍼를 장난스럽게 큰 손동작으로 한 번 쳤다. 나쓰코는 곰의 손을 느꼈다. 차라리 이 곰에게 먹히고 싶다고 생각했다.

인부들은 무라타 총을 어깨에 메고 새것 같은 이불과 베개를 짊어지고 있었다. 다 함께 소리 맞춰 낮은 목소리로 노래를 불렀다. 유명한 마쓰마에 오이와케•다.

오쇼로, 다카시마까지는 못 가더라도 적어도
우타스쓰, 이소야까지는 가자, 가자.••

그들의 검고 소박한 총구는 어깨 위에서 허무하게 별을 겨누고 있었다. 목장 인부 오두막에 닿자, 나쓰코와

• 홋카이도 최남단 마쓰마에 지역의 이별 민요. 갈림길이라는 뜻의 오이와케에는 역참에서 헤어짐을 아쉬워하며 부른 노래라는 뜻도 있다. 에도시대 때 홋카이도는 대부분 아이누의 땅이었고 사무라이가 정착한 땅은 혼슈에 인접해 있던 손톱만 한 마쓰마에반도뿐이었다.

•• 오쇼로와 다카시마는 오타루 인근 청어잡이 지역이며 우타스쓰와 이소야는 마쓰마에에서 그리로 가는 길목에 있는 지명. 일하러 떠나는 남자와 집에 머무르는 여자가 이별을 슬퍼하며 조금이라도 같이 있고 싶어 여행길을 따라간다는 내용이다.

츠요시는 인부들이 떠메고 온 이불과 베개가 자신들을 위해 가져온 것임을 알았다. 그들은 이로리에 불을 약하게 지피고는 츠요시가 선물로 가져온 소주를 마음껏 마시고 기분이 좋아져서 그대로 마룻바닥에 누워 잠들었다.

찢어진 다다미 두 장 위에 두 사람이 나란히 누워 잘 수 있는 이부자리가 딱 붙어 깔려 있었다. 두 사람은 말없이 이불 속으로 파고들었다.

나쓰코는 잠이 오지 않았다. 밤의 정적 속에 부엉이가 울고, 파도 소리 같은 풀벌레 소리가 숲의 술렁임에 뒤섞여 멀어졌다 가까워졌다 했다. 바람이 불기 시작한 것이다. 나무판자 문 한 장을 사이에 두고 인부 두 사람의 코골이 소리가 들려왔다. 두 사람인 이유는 첫 보초를 서는 사람이 주변을 둘러보러 오두막을 나갔기 때문이다.

"벌써 잠들었어?"

나쓰코가 물었다.

"아니."

츠요시는 몸을 뒤척였다. 낮에 본 격렬한 풍경이 츠요시의 마음을 들끓게 했다. 그는 가만히 귀를 기울이고 있었다. 한 마리 짐승처럼. …그리고 숲속에서 저 사나운 짐승도 가만히 귀를 기울이고 있으리라.

나쓰코는 갑자기 마음이 불안해졌다. 손을 뻗자 츠요시가 자기 가슴에 얹어둔 손끝에 닿았다. 이 경우, 어디까지가 교태라고 오해받지 않을지 어디까지가 안전한지, 이에 대한 확고한 판단력이 나쓰코에게 없었다는 점은 어쩔 수 없는 부분이다. 그렇지 않아도 감정이 끓어오르던 청년의 손은 나쓰코의 손을 강하게 잡았다. 츠요시는 몸을 벌떡 일으켰다.

"안 돼…, 안 돼…."

나쓰코는 바늘처럼 작고 날카로운 목소리로 거부했다. 이때 한 번의 키스도 허락하지 않은 것은 현명했다.

청년의 뜨거운 눈빛이 어둠 속에서 여자를 응시했다. 어쩌면 나쓰코는 우에노역에서 그 눈을 본 순간부터 이 상황을 예감했는지도 모른다. 그렇게 생각하자 자기 자신에게 화가 치밀어 온 힘을 끌어모아 말했다.

"안 돼…, 안 돼…. 곰을 쓰러뜨리고 나서 하자. 그전에는 절대로 안 돼."

맞잡은 두 사람의 손은 한동안 떨려왔지만, 이윽고 청년이 베개로 머리를 떨구자, 손아귀 힘도 느슨해졌다. 나쓰코는 츠요시의 손이 머리맡에 세워둔 미들랜드 엽총으로 다가가는 걸 보았다.

'저런, 어쩔 셈일까.'

　하지만 그 힘센 팔은 검게 번뜩이는 그 총을 두 사람 사이에 놓더니, 천천히 벽 쪽으로 몸을 돌린 커다란 등판만이 나쓰코의 눈에 남았다. 말하자면 총은, 오랜 기사도 전설에 등장하는 검의 역할을 떠맡고 있었다.

제12장
한가로운 시간

한편, 나쓰코는 잠을 이루지 못했다. 두 시간 교대로 남자들이 보초를 서고 마지막으로 츠요시가 아직 어둑한 무렵 일어날 때까지, 잠든 청년의 숨소리가 조금도 흔들림이 없자 나쓰코는 오히려 불만스러운 기분이 들 지경이었다.

날이 밝았다. 츠요시가 돌아왔다. 나쓰코는 소란한 작은 새의 지저귐에 막 잠에서 깬 얼굴을 하며 몸을 일으켰다. 츠요시는 총을 자기 이부자리 위에 털썩 놓으며 말했다.

"결국 안 왔어."

"안됐네."

"세수하러 가자."

"어디로?"

"근처에 강이 있어."

두 사람은 새벽녘 목장 들판으로 나갔다. 살을 에는 듯한 냉기가 감돌았다. 풀은 흠뻑 젖어 있고, 자욱한 안개가 여기저기 짙고 옅게 끼어 있었다. 작은 새가 학교 운동장에서 장난치는 아이들처럼 재잘재잘 지저귈 뿐 주변에 방목한 소나 말의 모습은 보이지 않았다.

나쓰코가 반쯤 시든 채 피어 있는 달맞이꽃을 꺾어 귀 뒤에 꽂았다. 청년은 쉬지 않고 체조하며 걸었는데 거기에는 힘을 제대로 발휘하지 못했다는 한탄이 담겨 있었으리라.

안개 속에서 물소리가 들렸다. 츠요시는 나쓰코의 손을 잡고 경사면을 내려갔다. 강변의 돌 위에 두 다리를 지탱하고 서서, 먼저 양치질하고 세수했다. 나쓰코도 이를 따라 했다. 물이 너무 차서 칼날 같았다.

두 사람은 거기서 모닝 키스를 나누었다. 그것은 대단히 자연스러운 움직임이었고, 입에 남아 있는 차고 깨끗한 물이 서로의 입술 사이로 오가며, 어젯밤처럼 숨 막히는 분위기는 조금도 없었다.

"내가 어제 잘못했나?"

츠요시가 물었다. 이런 심약하고 바보 같은 질문이 나쓰코는 너무 싫었다.

"아니."

"나는 지금 곰을 잡아야 한다는 생각에 푹 빠져 있으니까, 네가 한 말은 옳았어. 곰을 향한 관심이 50퍼센트라면 나머지 50퍼센트만큼의 사랑만 받는 건, 너도 싫겠지. 맞는 말이야."

"그런 게 아니야."

"그럼….."

"당신이 하는 말, 전부 다 잘못 짚었어. 50퍼센트나 배려할 필요 없어. 지금 당신은 100퍼센트 곰을 생각하면 돼. 난 그런 당신이 좋아."

"혹시 너, 곰이 보낸 첩자 아니야?"

"곰 소녀를 본 적 있니?"

"오래전 아사쿠사 서커스단에 있었잖아."

둘 다 '곰 소녀'를 본 적은 없었다. 전쟁 중에 자란 그들은 신비로운 일을 놀라워하는 태평한 시절에 태어나지는 못했다.

일동은 본채로 돌아왔고 모리야마 씨는 차가운 우유와 뜨거운 된장국을 함께 내는 기묘한 아침 식사를 대접하며 노고를 위로했다. 나쓰코는 피로가 몰려와 작은 방에서 잠시 꾸벅꾸벅 졸았다. 일어나 츠요시의 이름을 불렀다. 어디에도 없다. 나쓰코는 두근거리는 가슴을 부여안고 목장으로 나갔다.

점심나절 하늘은 청명했다. 태평양 쪽으로 밀려가는 부드러운 실구름이 보일 뿐 다른 구름은 없었다. 본채에서 500미터 정도 떨어진 입구 쪽으로 달려가자, 승마장을 두른 참나무 울타리에 기대선 츠요시의 모습이 보였다. 어제 왔을 때 보았던 것처럼, 내후년 더비 승마대회에 출전할 어린 말이 기수가 탄 말의 뒤를 쫓고 있었다. 웅대한 반 마일 규모의 트랙을 안장도 얹지 않은 채 태어난 모습 그대로 질주했다. 매일 3마일씩 달리는 운동이 일과였다.

나쓰코가 츠요시 곁으로 다가가자 청년은 돌아보며 미소 지었다.

가벼운 모래바람을 일으키며 몇 바퀴째인가 돌고 있는 유도마가 달려오는 모습이 보였다. 기수가 입고 있는 빛바랜 푸른 셔츠가 바람에 나부꼈다. 가까이 다가올수록 말이 내뿜는 거친 호흡, 긴장한 귀, 핏발 선 눈이 선명히 보였다. 그러나 더욱 아름다운 건 그 말을 뒤따르는 맨몸의 어린 말 너덧 마리였다. 태어난 해 12월에 이미 더비 등록을 마친 이 말들은 자신들의 천부적인 힘과 아름다움에 취해 땀에 젖은 윤기 나는 갈기를 빛내며, 질주하는 음악처럼 두 사람의 눈앞을 지나쳤다.

"저 말들에게는 곰에게 살해당할지도 모른다는 두려움이 없을 거야. 돈줄이니까 애지중지하겠지."

그리 생각하니 이 어린 말들에게 다소 부르주아 학생 같은 느긋한 삶의 활기가 느껴졌고, 어떻게 보면 매우 인위적이고 취약한 모습으로도 보였다. 말들은 스포츠에 열중하고 있는 것처럼 보였다.

"낮에는 할 일이 아무것도 없네."

하품이 터져 나오는 입을 억누르며 나쓰코가 말했다.

"맞아, 사냥꾼에게는 어쩔 도리 없이 한가한 시간이지."

"당신도 따분할 때가 있어?"

"별로 없는 것 같은데. 도쿄에 돌아가면 바로 일해야 하고."

"나도 무료한 일은 안 만들어. 따분한 사람이 싫어."

"그거야 성격에 따라 다르지."

"따분한 사람은 그런 지루함을 뻐기는 구석이 있거든. 나는 전혀 지루하지 않아. …어, 당신 지금 지루해 보이는 표정을 지었어."

"아니, 잠시 너에 대해 생각하느라. 네 아빠와 엄마에 대해."

"그런 건 생각 안 해도 된다니까. 오늘 아침에도 전보 부쳤어. 매일 아침 부치고 있지. 그렇게 하면 유노카와 온천장에서 못 움직일 테니까 괜찮아."

츠요시는 이 훌륭한 생각에 놀라움을 금치 못했다. 나쓰코가 선보이는 이런 갖가지 음모는 그녀가 가끔 하는 작은 자선 행위처럼 보였다. 여자가 먼저 사랑을 고백할 때 남자는 대부분 질리곤 하는데, 츠요시의 곰을 향한 열정을 잘 헤아리고 딱 그만큼만 등 뒤로 몰래 잠입해 들어가려는 그 신기하고도 정열적인 의도에 츠요시는 끝 모를 흥미를 느꼈다. 이제 츠요시는 자신이 쫓고 있는 속도와 쫓기고 있는 속도, 이 둘이 서로 균형을 이루지 않으면 불안해질 것만 같은 기분이 들기 시작했다.

츠요시는 키 높은 느릅나무 그늘에 앉아 목장주의 붉은 벽돌집과 흰 창고, 그리고 그 앞에 포플러 가로수가 펼쳐진 아름다운 광경을 바라보며, 셰퍼드가 쉬지 않고 짖어대는 소리를 들었다. 그러다 불쑥 이렇게 물었다.

"어젯밤, 곰을 쓰러뜨리고 나서 하자는 말이 무슨 뜻이야?"

"…."

"결혼하자는 말인가? 그게 아니면."

"당연히 결혼이지." 나쓰코의 대답은 직설적이었다. 하지만 그녀의 감정이 담긴 흰 손은 목초 위로 날아든 호랑나비를 쫓으며, 어쩐지 남의 일을 대하듯 싱거워 보이기도 했다.

그때 두 사람 뒤로 자동차 한 대가 멈추었다. 그 소리에 까마귀 무리가 날아올라 푸드덕푸드덕 어수선한 날갯짓 소리를 냈다. 돌아보니 머리가 반쯤 벗겨진 중년 손님이었다. 다리에 두른 각반이 느슨해져서 발목 위에 지저분한 수건을 말아둔 것처럼 보였다.

자동차가 반짝이며 멀어지다 본채 앞에 나와 있던 모리야마 씨 앞에 멈춰 섰다. 두 사람이 두세 마디 이야기를 나누었다. 목장주가 "어이" 하고 부르는 소리에 츠요시와 나쓰코가 달려갔다.

"산도깨비 녀석이 어젯밤 이웃 목장에 나타났다는군.

이웃이라고는 해도 8킬로미터는 더 가야 해. 말 두 마리

가 당했다고 하네."

　안도의 낯빛을 슬쩍 엿보이며 목장주가 말했다.

제13장
생각지 못한 신의 가호

   실종 이튿날 도착한 전보에 유노카와 온천장에 있던 세 사람은 깊은 생각에 잠겼다. 그날 아침, 수도원에 들러 상황을 전한 뒤 숙소로 돌아오니 전보가 와 있었다.

   "이건 또 어쩐 일일까요."

   "만약에 앞으로 어디 갈 때마다 유노카와에 전보 치겠다는 말이 사실이라면, 유노카와를 떠날 수도 없잖니."

   고모와 할머니의 말에 가장 냉철한 어머니가 말했다.

   "그렇지 않아요. 삿포로에서 여기까지 세 시간이면 전보가 오잖아요. 그러니 여기서 삿포로까지도 같은 시간에 전보가 가겠지요. 여관 사람에게 돈을 주고 잘 부탁해서 여기서 곧장 다시 전보를 친다면, 우리가 어디에 있든 상관없지요. 그 역할을 여관 사람이 아니라 어머니나 고모님에게 부탁한다면, 한층 더 안심이 되고요."

"어머, 나만 혼자 여기 남겨두고 가겠다고?"

그럴 위험을 가장 크게 느낀 할머니가 반대했다.

"나는 싫다. 절대로 싫어."

"나도 그건 별로네. 나쓰코의 흔적을 쫓아 산을 넘고 들판을 건너 빙산이 끝나는 곳까지 간다고 해도 좋아."

"그럼, 저더러 남으란 말씀이세요? 저는 한가하게 여기에 남아 있고, 할머니와 고모님 같은 노인분들에게 나쓰코를 추적하라는 말씀은 못 드려요."

"어머, 예, 나도 노인은 아니다." 예순일곱 살의 할머니가 말했다. "어째서 나더러 노인이라는 거니. 이상한 트집은 잡지 말아다오."

"아유, 왜 여기서 싸우세요." 만사 완만히 처리하자는 주의인 고모는 반쯤 우는 목소리로 콧물을 들이마시며 말했다. "제가 혼자 여기 남겠습니다. 나쓰코가 돌아오지 않으면 그 애를 붙잡지 못한 죗값으로 제가 대신 수도원에 들어가겠어요. 그런 뒤 영원히 밖으로 나오지 않겠습니다. 제 생각이 나거든 이곳 2층 베란다에서 제가 있는 수도원 하늘 쪽 구름을 바라봐 주세요."

"멋있는 말이로구나. 행여 나쓰코에게 무슨 일이 생긴다면, 나도 수도원에 들어가겠다."

짜증이 치밀어오른 어머니가 말했다.

"저쪽에서 안 받아줄 텐데요."

"만약에 안 받아주면 어쩌나. 귀여운 손녀딸은 여행 중 헤어지고, 며느리한테는 죽을 때까지 구박만 받겠네."

"남들이 들으면 절 뭐라고 하겠어요. 그런 말 마세요."

세 사람은 머리가 복잡할 때마다 온천에 들어갔다. 그런 탓에 세 사람 모두 손끝이 쪼글쪼글 주름졌다. 저녁을 먹을 때는 할머니가 술을 주문했다. 셋이 투덜투덜 불만을 늘어놓으며 한 시간에 걸쳐 겨우 한 홉 마셨다.

그런 뒤 할머니는 고집스럽게 뜨개질을 시작했다. 뜨갯감은 나쓰코의 양말이었고, 이는 일종의 시위였다. 저녁 무렵, 도쿄에서 전보로 돈을 부쳐왔다. 이제 돈 걱정 없이 여관을 떠나도 된다.

오늘 밤도 어김없이 먼바다에 목걸이처럼 반짝이며 늘어선 등불과 오징어잡이 불이 창밖으로 내다보였다. 파도 소리가 높다. 멀리서 들려오는 떠들썩한 연회의 소음으로 이 방의 침묵이 한층 두드러졌다. 고모는 코를 홀쩍이며 혼자 트럼프 카드로 점을 쳤다. 하는 수 없이 어머니는 가져간 소설책을 펼쳐 읽기 시작했지만 조금도 진척이 없었다. 도중에 멈춰버린 영화 필름처럼, 집 나간 주인공 청년이 올라탄 애마가 언제까지고 같은 곳을 돌고 있었다.

"됐다, 됐어."

고모가 느닷없이 입을 열었다.

"징조가 좋아. 한 번에 이 카드가 나왔어. 분명 그 애를 찾을 거야."

할머니도 어머니도 대답이 없었다. 어색해진 고모가 가방에서 비스킷을 꺼내와 그리 크지도 않은데 무릎 위에 손수건을 깔고 양손으로 네 등분을 해서 작은 조각을 먹었다.

할머니가 말없이 한 손을 내밀었다. 고모가 그 손에 한 조각을 올려주니 반항적으로 입에 넣고 조금씩 녹여가며 먹었다. 뜨고 있던 양말 뜨갯감에 가루가 잔뜩 떨어졌다. 다 먹고는 이렇게 말했다.

"그래도 오늘 뵌 대모님은 좋은 분이셨지. 안심했어."

이것이 화해의 문구였다. 어머니도 맞장구를 치지 않을 수 없었다. 이야기가 진행되어 우선은 셋이 같이 삿포로에 가보기로 했다. 자리를 비운 동안 연락을 부탁할 여관 지배인에게 어떻게 사례할지에 대한 건으로 또다시 논쟁이 벌어졌다. 할머니는 5백 엔이면 된다고 했다. 고모는 5천 엔을 줘야 안심이라고 했다. 결국 2천 엔으로 합의를 봤다.

불려 온 지배인은 2천 엔이라는 사례금이 나쁘지 않았지만, 세 사람이 끈질기게 당부하고 또 하는 통에 질려버렸다.

"전보가 오면 곧바로 삿포로에 있는 숙소로 보내줘야 합니다."

"일각을 다투는 일이니까요. 부탁드려요."

"혹시라도 잊어버리시면 안 됩니다."

"눈에 넣어도 안 아픈 딸아이의 생사가 걸린 전보니까요. 아시겠죠."

지배인은 혹시 깜먹기라도 한다면 이 세 사람에게 앙갚음당할 것이 확실하다고 생각했다.

그때 이처럼 계획성 없이 감정대로 움직이는 세 사람에게 대단히 이성적이고도 기쁜 소식이 들려왔다. 도쿄에 있는 아버지에게서 급보로 전화가 걸려 온 것이다.

"여보, 나쓰코한테서 전보가 왔어요."

이렇게 시작한 어머니는 혼자서 하염없이 말을 쏟아내서 상대방이 말할 기회도 주지 않았다.

"그래요, 잘 알았어요."

아내의 수다에 익숙한 중후한 목소리가 상대방을 다독이는 편안한 어조로 말했다.

"나도 이런저런 생각을 해보았는데, 그쪽에 유능한 사립 탐정이 있을지 없을지 의문스러워. 그래서 홋카이도 지방신문 사장에게 연줄을 대보니, 〈삿포로 타임스〉라는 신문과 〈하코다테 타임스〉라는 신문을 둘 다 경영하는 남자가 내 절친의 친한 친구라는군. 그래서 이런저런 궁리를 해본다고 했어요. 삿포로에 가고 싶다면 가도 좋은데, 〈삿포로 타임스〉 편집장을 찾아가 봐. 사장이 전화를 걸어서 잘 부탁해 둘 테니까. 그쪽 사장이 다가올 선거 준비로 지금 도쿄에 와 있어. 내가 정계 인물을 소개해 주기로 했거든. '따님 사건은 맡겨주십시오, 비밀은 반드시 지켜드리겠습니다' 그러더군. 잘 알겠지. 사장 이름은 마쓰무라, 편집장 이름은 나루세, 장소는 삿포로에 내려서 물어보면 금방 찾을 수 있을 거야."

"어머, 큰 도움이 되겠네. 이걸로 나쓰코도 안심이야."

"아직 안심하긴 일러요. 확실한지 어떤지 모르니까."

"그렇다면 더 확실한 쪽으로 손을 좀 써주지 그래요."

"아아, 시끄럽군, 알았어."

"시끄럽다니 무슨 말을 그렇게 해요. 딸아이한테 일생 일대의 중대한 상황인데."

수화기를 놓는 소리가 들리고 장거리전화는 거기서 끊겼다.

시어머니는 이런 경우 세상 시어머니들과 상반된 흥미로운 반응을 보였다. 부부 싸움이 시작되면 며느리 편을 든다. 아들의 얄미우리만치 침착한 태도는 자신의 정열적인 기질과 맞지 않았던 것이다.

✦

대절 택시를 타고 유노카와에서 하코다테역으로 가면서 세 사람은 왠지 모르게 들떠 있었다. 할머니는 딱히 용건도 없으면서 운전수에게 말을 걸었고, 고모는 혼자서 공연히 맞장구를 쳤다.

역 앞 대형 식료품점에서 여행할 때 먹을 과자를 사면서 세 사람은 마치 긴자의 포목점에서 기모노나 장식용 깃을 살 때처럼 명랑함을 되찾았다.

"어머니, 이걸로 하세요. 그 초콜릿은 땅콩이 들어 있어서 씹기 힘드세요."

"이건 어떠니? 좀 읽어다오. 내가 영어를 못해서."

"잠깐, 잠깐, 이게 좋아 보인다. 일단 포장지 모양이 예뻐."

"그건 비누잖아요."

이 세 사람이 한 집에서 사이좋게 지낼 수 있는 것도 지당한 노릇이다.

하코다테 본선을 달리는 열차에 오르자, 연선을 따라 눈에 들어오는 재미난 역명에 세 사람은 탄성을 질렀다. '제니바코'°라니 얼마나 유쾌한 역 이름인가. 그 역에서 기차는 바다로 뻗은 이시카리만과 작별을 고하고 삿포로를 향해 달려 나갔다.

시내에 있는 한 숙소에서 한시름 놓은 세 사람은 이 도시 어딘가에 나쓰코가 있을 거라는 기대감에 더욱 유쾌해졌다. 마침 같은 기차로 도쿄의 유명한 레코드 가수가 도착하는 바람에 숙소는 인파로 북새통을 이루고 있었다. 현관에는 아무리 몰아내도 다시 몰려드는 팬들이

• 일본어로 돈통이라는 뜻.

환성을 질러댔다. 원래 목욕탕으로 갈 때는 그 현관 앞을 지나야 하는데 인기 가수는 뒤편으로 난 좁은 계단을 살금살금 내려가 종업원 전용 목욕탕을 썼다. 그렇지 않으면 정신 나간 소녀 팬들이 목욕탕 창문으로 몰래 들여다볼 위험이 있었기 때문이다.

마쓰우라 나쓰코의 식구들은 일부러 현관까지 가서 인기 가수가 오는 걸 구경하고는 방으로 돌아와서 한참 악담을 늘어놓았다.

"어디 백화점 안내원보다 못하네요."

"요즘 애들은 겨우 저 정도에 저리도 소란을 피우다니."

"아무리 목소리가 좋대도 저 얼굴로는."

"옛날 배우 중에서도 리처드 바델메스 같은 사람은 얼마나 멋있었다고."

할머니가 아오이관에서 자주 본 무성영화 배우 이름을 댔다.

점심을 먹은 뒤 세 사람은 여행의 피로가 쌓여 낮잠에 들었는데, 할머니의 코골이 소리가 한층 더 대단해졌다. 고모와 어머니는 꿈결에 그 소리가 어제 우치우라만을 달리던 기차가 어느 작은 역에서 울렸던 기적이라고 여기며 잠이 들었다. 그러나 저 고독한 바다 동물의 포효

와도 같았던 기적은 이 떠들썩한 할머니와 전혀 어울리지 않았다.

밤 기차 여행이 힘들었던 모양인지 세 사람은 모두 여섯 시간 가까이 잠이 들어버렸다. 눈을 떠 창문을 열자, 자동차 헤드라이트가 가까이 다가왔고, 다누키코지 상점가 쪽 하늘이 네온사인으로 빨갛게 보였다.

셋이 앞 사람을 졸졸 따라 목욕탕에 가다가 로비에 들러 전보가 오지 않았느냐고 물으니, 지배인이 크게 사과하며 전보를 전했다. 아까 인기 가수 소동으로 정신이 없어서 오전 중에 도착한 전보를 이제껏 잊고 있었다.

지금 시라오이 근처에 있음. 안심하길.

― 나쓰코

"어머, 벌써 삿포로를 떠났네."

어머니가 낙담한 듯하면서도 반쯤 안심한 듯한 목소리로 말했다.

"못 말리겠네."

세 사람은 목욕탕으로 가는 걸 중단하고 방으로 돌아와 지도를 펼쳤다. 다행히 그리 멀지 않은 곳인 듯하여 안심했다.

두 번째 전보는 첫 번째 전보보다 훨씬 효과가 좋았다. 이것으로 나쓰코가 가족과의 연락을 끊지 않을 거라는 사실이 분명해졌다. 쓸데없는 걱정은 하지 않기로 했다.

거기서 또 고모가 "아무 일 없어야 할 텐데." 하고 훌쩍거리기 시작하자, 이번에는 할머니와 어머니가 공동전선을 펼치며 "아무 일 없다는 건 알잖아요." 하고 화를 냈다.

세 사람은 지금 당장 시라오이까지 쫓아갈 필요는 없다고 합의를 보았다. 조사본부를 삿포로에 둘 필요가 있다. 우선은 〈삿포로 타임스〉 편집장을 찾아가 거기서 수사망을 펼치면 된다.

"지금은 신문사를 찾아가 봐도 소용없겠지요."

"내일 아침 일찍 가봐요."

갑자기 이야기가 아주 순탄하게 흘러갔다. 결국은 나루세 편집장에게 전화를 걸어, 내일 아침 방문하겠다는 약속을 하고 일단락을 지었다.

그날 밤은 이 여성들이 삿포로에 와서 처음으로 여유롭게 보낸 날이었다. 활기를 되찾은 일행은 목욕탕을 나선 뒤 다누키코지로 산책을 나왔는데, 물가가 도쿄와 조금도 다르지 않아서 쇼핑은 그만두었다. 이삼일 전, 나쓰코가 노구치와 둘이 같이 들어간 영화관 앞을, 그런 일이 있었을 거라고는 꿈에도 상상하지 못한 채 지나쳤다.

길거리 모퉁이 한 상점에서 상하로 흰 슈트를 입은 여성이 나오는 뒷모습을 본 어머니가 "앗" 하고 외마디 소리를 냈다. 할머니와 고모도 뒤돌아보았다. 나쓰코다. 헤어스타일을 보아도 그랬다.

여자가 너무나 씩씩하게 걸어가는 바람에 쫓아가기가 쉽지 않았다. 세 사람은 다누키코지 상점가 중간쯤까지 추적했는데 여자가 갑자기 반찬가게로 들어가 버렸다. 그 순간 어머니의 머릿속에는 나쓰코가 남자 문제로 고생하고 있다는 비참한 상상이 떠올랐다. 세 여성은 강렬한 냄새를 풍기는 반찬가게로 슬금슬금 들어갔다. 뒤를 돌아본 여자의 금니가 번쩍였다. 웃는 게 아니라 입술을 야무지게 다물고 있지 않아서 금니가 즐비하게 보였고 눈썹은 진하게 그렸으며 속눈썹을 붙였다. 이쪽을 노려보는 얼굴에 곱게 자란 세 부인은 가슴이 철렁했다.

"어서 오세요."

인사를 받은 이상 물건을 안 살 수 없었다. 할머니는 도로로콘부* 세 봉을 샀다.

"그런 걸 어디다 쓰시려고요."

146

"이건 가벼워서 도쿄로 들고 가도 큰 짐은 안 되잖니."

개를 좋아하는 고모는 숙소로 돌아가며 현관 앞으로 마중 나온 숙소의 포인터에게 도로로콘부 한 가닥을 꺼내 코끝에 흔들어 보였다. 손님들한테서 이것저것 얻어먹어 배가 꽉 찬 팔자 좋은 개는 그런 건어물 같은 건 콧바람으로 잠시 흔들어 보았을 뿐 그 뒤론 거들떠보지도 않았다.

● 말린 다시마를 길게 찢어 놓은 음식.

第14장

우정이 빛을 발하는 순간

〈삿포로 타임스〉는 아침 열 시에 뜻밖의 손님을 맞아 분주했다. 세 사람은 나루세 편집장을 상대로 도쿄식 사교 인사를 늘어놓았다. 도무지 이야기가 본론으로 들어가지 못하자, 바지 속 복부가 폭탄처럼 부풀어 오르기 시작한 나루세 씨는—여기 와서 날마다 맛있는 맥주를 마시느라 부모에게서 물려받은 복부와는 요만큼도 안 닮은 복부가 되고 말았다고 누가 묻지도 않았는데 변명했지만—장거리전화로 사장한테 자세한 사정을 들었다고 고했다. 그제야 여자들은 은밀한 가정사를 남에게 밝히고 싶지 않은 부르주아의 피로감에서 어느 정도 벗어났다.

"그러니까요, 뭘 하러 간다는 말도 없이 꼭 돌아오겠다는 말만 남기고 사라졌으니."

"복장은 어땠습니까?"

"그게 뭘 입고 갔는지 확실히 알 수는 없지만, 들고 간 옷으로 보자면 상하 흰 슈트, 스코틀랜드 격자무늬의 블라우스, 파란 카디건, 연한 쥐색 바지…."

어머니는 새된 소프라노 음성으로 최대한 다른 사람에게 안 들리게 조용조용 이야기하려고 했으나, 편집장 근처 자리에서 할 일 없이 원고지에 다쿠보쿠의 시를 끄적이며 별생각 없이 듣고 있던 노구치에게 다 들렸다.

"파란 카디건, 연한 쥐색 바지, 사라진 것이 ×일 밤, …아마도 그날 밤 탄 선로는 하코다테 본선, 그렇다면 도착은 이튿날 아침…."

잊을 수 없는 그날이다. 노구치는 의자에서 벌떡 일어났다.

"편집장님! 제가 압니다. 그 사람, 제가 알고 있어요."

나루세 씨는 몹시도 무능한 이 청년이 끼어들자 의심스러운 눈초리로 바라보며 "어디서 보았나. 말해보게." 하고 사무적인 태도로 물었다. 그 순간 노구치는 자신이 경솔했음을 깨달았다. 자신이 밀고할 경우, 그녀가 얼마나 불리한 상황에 빠질지, 평생 자신에게 얼마나 나쁜 인상을 가질지 알 수 없다. 하지만 이미 늦었다. 말할 수밖에 없다. 그는 낯빛이 변해버린 세 여성 앞으로 나가 입을 열었는데, 그가 꺼내는 나쓰코의 인상착의 하나하나가 전부 딱 들어맞았다.

"어머나, 그래서 혼자 뭘 하던가요?"

"혼자요?"

"혼자가 아니었나요? 같이 있던 사람은 남잔가요, 여잔가요?"

"아, 뭐."

"그러니까 어느 쪽이냐고요."

"아, 남자요."

"세상에, 남자래요."

"남자라고? 어머나, 누굴까. 어디서 굴러먹던 말 뼈다귀인지 알 수가 있나."

"이런 곳에 와서 끌린 남자라면 뻔하지. 감독 부주의인지도 모르겠지만 너무 순식간에 일어난 일이라 손쓸 도리가 없었으니까."

깜짝 놀란 세 여성이 평소 고상한 취향을 벗어던지고

침착하지 못하게 요란을 떨었다는 점은 인정해야 한다. 이러한 말은 노구치의 정의감을 크게 자극했다.

"아가씨의 동행인은 결코 한심한 남자가 아닙니다. 제 친구입니다. 훌륭한 남자죠."

이 한마디에 모두 제정신이 들었다.

"어머, 이거 참, 실례했습니다. 그래서 딸아이가 그분과 상당히 친해 보이던가요?"

"예에." 안타깝게도 노구치는 그 점을 인정하지 않을 수 없었다.

"어디 조용하게 이야기 나눌 장소를 부탁드려도 될까요."

어머니가 말했다. 나루세 씨는 신문사에서 종종 이용하는 장어집에 전화를 걸었다. 자신도 책임이 있으니 그 자리에 함께 가야 했고, 근무 시간 중에 느닷없이 마시게 된 생맥주의 맛을 떠올리며 침을 삼켰다.

장어집 2층 좌석에서 세 사람의 앞길에 서광이 비치기 시작했다. 이들은 갑작스럽게 질문을 퍼부으면서도 마치 남의 연애 소문을 나눌 때처럼 열띠게 이야기꽃을 피웠는데, 나쓰코와 남자 사이를 알아챌 수 있는 노구치의 다음과 같은 증언에 일동 안심했다.

"아침에 호텔로 갔더니 나쓰코 씨와 동행한 그 남자는 열쇠가 잠긴 다른 방에 갇혀 자고 있었습니다."

명문가에서 자란 이 부인들은 여자가 열쇠를 갖고 있다면, 여자의 몸에 아무 일도 일어나지 않았으리라는 결론을 삽시간에 유추해 냈다.

제15장

두 번째 사냥

나쓰코가 실종된 원인과 목적, 코스까지 알게 된 세 사람은 이제 이 민첩하고 작고 아름다운 동물을 어떻게 붙잡을지 고민에 빠졌다.

"곰하고 다르게 생포해야 하니까 더 성가셔."

할머니가 말했다.

"불길한 말을 잘도 꺼내세요."

고모가 불평을 늘어놓았다.

그러더니 할머니는 나쓰코가 돌아오면 뭘 사줄까, 뭔가 사줘야지, 축하연은 어디서 할까, 나는 일본요리보다 중화요리가 좋더라, 그러고 보니 한동안 중화요리를 안 먹었구나, 나는 송화단 먹고 싶어, 같은 말을 늘어놓았다. 어머니와 고모는 편집장 앞에서 민망함에 애를 태웠다. 게다가 할머니처럼 덮어놓고 안심하는 모습을 보면 오히려 불안해지기 마련이었다.

아무튼 이 소란스러운 회의는 노구치를 파견하는 쪽으로 의견이 모아졌고, 이는 당연하다면 당연한 일이었다. 어쩌다 보니 결국은 노구치에게 책임이 있으며, 그가 저지른 과실로 인해, 아니 그가 짜낸 나쁜 계략으로 인해 나쓰코를 삿포로에서 놓치고 말았다는 식으로 이야기가 흘러갔다.

노구치는 사명을 받아 삿포로를 떠났다. 두 사람이 있는 W목장을 향해 시라오이에서 내렸다.

그날은 하늘이 잔뜩 찌푸려 비가 올 듯했고, 여름인데도 쌀쌀했다. 녹음만큼은 선명하여 지면에 어두운 밤과 같은 숲 그늘을 만들었다. 오르막길을 한참 올라 뒤돌아보니, 끝없이 긴 새카만 화물열차가 보였다. 바람이 나부끼는 들판을 가로질러, 바다에서 조금 떨어진 선로를 대단히 굼뜬 속도로 달리고 있었다. 차체가 마치 담뱃갑 열 개가 들어 있는 상자쯤 되는 크기로 보였다.

그 화물열차에 친근함을 느낀 노구치는 은근하게 배

어 나오는 땀을 닦으며 "어이" 하고 외쳤다. 외침이 메아리쳤다. 그와 동시에 "메에" 하는 신기한 울림이 있었다. 소였다. W목장은 의외로 가까웠다.

노구치는 목장 입구에서 목장주가 사는 집까지 길게 난 길을 터벅터벅 걸었다. 풀이 길을 덮을 만큼 높이 자라 있었고, 전방에는 희고 아름다운 창고와 흰 벽돌 탑이 보였다. 이 중세 시대 탑 같은 풍경은 그 일대 작은 새의 지저귐 속에서 노구치에게 기묘한 착각을 불러일으켰다. 노구치에게는 아름다운 나쓰코가 성 탑에 유폐된 공주처럼 여겨졌다.

목장주의 집 앞에서 갑자기 셰퍼드 한 마리가 요란하게 짖어댔다. 노구치는 개 앞에 웅크리고 앉아 그 길고 날렵한 얼굴을 빤히 바라보았다. 개는 기분이 언짢아져서 이 기묘한 손님을 노려보며 으르렁거렸는데, 멋대로 인터뷰하자고 들이대는 게 싫어서였으리라.

목장주의 아내가 문 앞에 나타났다. 하얀 앞치마를 멘 갸름한 얼굴이 약간 까무잡잡하게 타서 오히려 더 생기 있게 보였다.

"어머, 노구치 씨 아니세요."

노구치는 올봄 '봄의 방문'이라는 기사를 쓰기 위해

카메라맨과 함께 이곳을 방문한 적이 있어서 부인은 그에게 어느 정도 호의를 갖고 있었다.

"네, 노구치입니다."

"멀리까지 어서 오세요. 남편은 지금 잠시 목장에 나가 있어요. 어서 안으로 들어오세요."

"이다 군이 왔었지요."

"네, 부인하고 함께요."

"지금, 있습니까?"

"아니요, 그게 말이죠, 그저께 밤에 이웃 목장으로 가셨어요. 곰이 또 나타났거든요."

"이웃이라면 바로 옆인가요?"

"그래도 8킬로미터는 더 가야 해요. 자, 우선은 들어오세요."

집으로 들어가 우유를 마시던 노구치는 한 치의 의심도 없이 나쓰코를 이다 츠요시의 아내라고 믿고 있는 부인의 말투에 완전히 우울해졌다.

"부인이 정말로 예쁘더라고요. 약간 신경질적이라 그대로 중년이 되면 꽤 히스테리를 부리겠지만, 젊었을 때는 그런 부인이 있으면 아주 즐거울 거예요. 게다가 여기서는 도쿄 스타일의 근대적인 아가씨 같은 타입을 거의 보기 힘들잖아요. 여자인 나도 눈 호강했어요. 패션이 어찌나 세련되었는지. 상당한 부르주아 아가씨인가 봐요."

이런 뒷담화에 찬탄과 반감이 섞여 있는 것으로 보아, 나쓰코가 이 부인에게 호감만을 안겨준 것은 아니라는 사실을 알 수 있었다. 그러자 노구치는 나쓰코가 더욱더 그리워지면서, 동성이 갖는 반감은 나쓰코의 매력과 정비례한다는 걸 느끼지 않을 수 없었다.

"그럼, 잠시 이웃 목장에 다녀오겠습니다. 급한 용건이라서요."

"어머, 지금 막 오셨는데. 안 피곤하세요?"

부인은 노구치가 안절부절못하는 모습을 보고 마음이 살짝 식었다. 이 남자가 만나고 싶은 사람은 나쓰코라는 사실을 여자의 직감으로 알아차린 것이다.

제16장

이제 돌아가자

　Y목장은 W목장보다 더 고지대에 있었다. 그리로는 쭉 오르막길이다. W목장을 관통하는 강을 따라가는 게 지름길이라는 말을 듣고, 노구치는 목이 마르면 맑은 강물로 목을 축여가며 강 상류를 향해 걸었다. 강은 여기저기 황토색 땅을 드러내며 구불구불 흘러서 나무가 우거진 강 상류 연안으로 노구치를 데려갔다. 자세히 보니 노란 선이 있는 작고 재빠른 물고기가 헤엄치고 있었다. 황어였다. 그중에는 물살에 나부끼는 수초 그늘 속으로 몸을 숨기고 꼼짝하지 않는 녀석도 있었다.

　처음으로 사람을 만났다. 세 명의 소년이었다. 포도색

셔츠를 입은 한 소년은 통발을 들었고, 다른 두 소년은 어깨에 그물을 멨다. 셋 다 맨발이었다.

"Y목장까지 얼마나 가야 하죠?"

"아, 금방이에요. 4킬로미터만 더 가면 됩니다."

한 소년이 말했다. 그렇다면 겨우 반밖에 오지 않았다는 말이다.

이윽고 양쪽 숲속에서 밝은 빛이 흘러나와 하늘 모퉁이에 푸른 하늘이 나타났다. 그러자 기다렸다는 듯이 작은 새가 일제히 지저귀기 시작했다. 그즈음부터 강바닥이 험해지며, 바위틈을 소용돌이치는 강물이 눈부시게 햇살을 흩뿌렸다.

경사진 강둑에는 말발굽이 가득 남아 있었다.

노구치는 발이 푹푹 빠지는 그 부드러운 흙 사면을 오르기 시작했는데, 양쪽에서 늘어진 나뭇가지가 깊은 그림자를 드리운 곳에서 갑자기 말의 기다란 얼굴이 나타나 깜짝 놀랐다. 말이 물을 마시러 내려온 것이다. 노구치는 나뭇가지를 붙잡고 길을 터주었다. 말 세 마리가 위엄있는 자세로 한 걸음 한 걸음 주의 깊게 발을 내디디며 눈앞을 지나 강가로 내려갔다. 그 불그스름한 어깨 근육의 어두운 움직임이 생생히 보였다. 말들은 노구치를 완전히 무시했다. 기수도 안장도 없는 이 자연 그대로의 큼지막한 동물에는 어딘가 신비로운 구석이 있었다.

노구치는 경사면을 다 올라가 가문비나무 숲길을 지났다. 그러자 눈앞에 Y목장의 광활한 풍경이 펼쳐졌다. 북동쪽 지평선 위로 해발 1024미터의 다루마에산이 밥그릇을 뒤집어 놓은 듯한 독특한 산 정상을 흐릿하게 드러내고 있었다.

돌연 뒤쪽 나무 끝에서 깍깍 소리가 들리더니 날갯짓 소리가 났다. 이 근방에 많은 어치다.

땅의 기복으로 인해 목장이 거대한 초록빛 파도처럼 요동쳤고, 그 너머로 아까처럼 흰 원탑형 창고가 작게 보였으며 그 주위에 마구간과 건물 두세 채가 모여 있었다. 거기 완만한 언덕을 따라 성냥개비 같은 전봇대가 지탱한 전깃줄이 보이지 않는 곳까지 끝없이 이어져 있었다. 노구치는 가슴이 두근거렸다.

'저기 나쓰코 씨가 있는 게 틀림없다.'

노구치는 자신의 사랑에 희망이 없었기에 울고 싶어졌다. 누구의 눈치도 보지 않고 소처럼, 음메, 하고 울 수만 있다면 얼마나 좋을까.

신문기자는 견딜 수 없어서 목장 한가운데를 가로질

러 흰 탑을 향해 달려 나갔다.

귓가에 바람이 울렸다. 그때 바람 소리에 섞여 그를 부르는 여자의 외침이 들렸다.

"노구치 씨! 노구치 씨!"

환청이라고 생각한 노구치는 신경 쓰지 않고 계속 달렸다. 목초에 부는 바람 속에서 다시 같은 목소리가 들려왔다.

"노구치 씨! 노구치 씨!"

깜짝 놀라 제자리에 멈췄다. 어느 틈엔가 뒤에 숨을 헐떡이는 나쓰코가 서 있었다. 노구치는 이윽고 이렇게 말했다.

"아, 저, 노구치입니다. 오래간만입니다."

첫 만남인 양 당황해하는 그 인사에 나쓰코는 여전히 밭은 숨을 내쉬며 웃었다.

"어떻게 왔어요?"

"그게…."

"나도 할 말이 있었는데."

"실은…."

"방금 혼자 강가로 가던 참이었거든요. 숲속에서 맞은편 길을 지나는 사람을 본 거지. 아무래도 목장 사람은 아닌 것 같아서 누군가 싶어 보러 왔어요. 그랬더니 당신이잖아. 말을 걸려는데 갑자기 막 뛰어가지, 뭐예요. 너무해."

"그랬습니까. 저는 또, 당신이 저기 있는 줄로만 알았죠."

노구치는 땀을 닦으며 멀리 흰 탑을 가리켰다.

"저 안에 있다가는 사료가 될 거예요."

"어, 그러니까 저는, 그 옆에 있는 집에…."

노구치의 어설픈 변명을 가로막으려는 듯 나쓰코가 말했다.

"여기 앉을래요?"

"예."

노구치가 기세 좋게 앉으려고 한 풀밭에 말똥이 있었다. 깜짝 놀라 몸을 일으켜 흰 들국화가 활짝 핀 꽃밭에 몸을 파묻었다.

나쓰코는 어째서인지 츠요시의 이야기를 꺼내지 않았다. 이런 부분에는 완전히 무신경한 노구치가 입을 열었다.

"이다 군은 어디에 있습니까?"

"마구간에. 말이 재미있는지 마부 아저씨의 말 강의를 듣고 있어."

"아. 그건 그렇고, 저는 엄청난 역할을 떠안고 여기 왔습니다."

"무슨 역할?"

"당신을 도로 데려가려고 왔어요."

나쓰코는 깔깔거리며 웃어댔다.

"나를? 미아 찾기 같은 거야?"

노구치는 삿포로에서 있었던 일을 상세히 설명했다. 나쓰코는 조금도 화를 내지 않았다.

"그랬구나." 나쓰코는 흘러가는 구름을 올려다보며 잠시 생각에 잠겼다. "가도 좋아요."

"예?"

이번에는 노구치 쪽이 놀랐다. 그 대답이 너무 싱거워서 바싹 긴장했던 '중대 임무'와는 거리가 멀게 느껴졌기 때문이다.

"정말입니까? 저하고 같이요?"

"아직 결정된 건 아니고. 하지만 잠깐 그런 생각이 들었다는 게 신기하네. 어머니와 할머니, 건강하시던가요?"

"네, 지나치다 싶을 정도로 건강하십니다."

두 사람은 일어나 마구간 쪽으로 걸어 나갔고, 구름은 더 늘어 목초를 지나는 바람의 세기가 귓가에 느껴졌다.

마구간까지는 그리 멀지 않았다. 한참 멀리 있는 것처럼 보였던 이유는 달리 비교할 건물이 없던 탓이었다.

두 사람은 마구간 냄새를 맡았다. 양지의 냄새와 짐승의 냄새와 목초의 냄새가 친밀하게 뒤섞인 냄새였다. 말이 널빤지를 걷어차는 소리가 들리고, 가름대가 덜컹거리면서 건조한 나무에 마찰이 생겨 천장까지 울리는 소리가 났다.

두 사람이 마구간에 들어가자, 콧노래가 섞인 여유로운 노랫소리가 들려왔다. 그리운 음정이지만 가사는 알아들을 수 없었다. 소녀의 목소리다. 어쩐지 힘없고 무척이나 투명한 목소리였다.

노랫소리가 마부의 방에서 들려왔기에 두 사람은 그 작고 지저분한 방을 들여다보았다. 찬장이 놓여 있고, 찻상이 있다. 벽에 커다란 달력이 걸려 있고 그 아래 다리를 뻗고 기대어 있는 소녀가 있었다.

볼품없는 원피스는 마을에서 흔하게 팔리는 작은 꽃무늬 프린트였다. 머리는 양 갈래로 땋았다. 고개를 숙이고 있다가 들어 올리는데 눈썹은 약간 짙고 눈은 심연처럼 아름다웠다. 소녀는 무릎 위에 점퍼를 펼쳐두고 터진 부위를 깁고 있었다.

나쓰코는 재빨리 그 점퍼에 시선을 주며 물었다.

"이다 씨는 어디 갔니?"

"저쪽에." 소녀는 목장주 집을 가리켰다. "아빠랑 바둑 둬."

"그 점퍼, 이다 씨가 부탁했어?"

"응, 찢어져서."

"그래, 고맙다."

'그랬구나.' 노구치는 조금 전 나쓰코가 왜 그렇게 뜻밖의 말을 꺼냈는지 알 것 같았다. 신문기자의 감으로 '됐어, 터진 곳은 내가 기울게.'라고 말할 수 없었던, 혹은 말하지 않은 나쓰코의 심정을 당장에 파악했다. 나쓰코는 바느질을 해본 적이 없었다.

마구간을 나와서도 소녀의 아무 거리낌 없는 눈빛이 노구치의 마음에 남았다. 몸은 호리호리했지만 얼핏 봐도 겨우내 살이 트고 가벼운 동상에 걸려 단련된 손은 크고도 단단했다.

목장주의 집 응접실에서 바둑을 두고 있던 츠요시는 두 사람이 함께 들어오는 걸 보고 놀라 벌떡 일어섰다.

"어떻게 된 거야."

"날 데리러 오셨어. 내가 어디 있는지 들켜버렸네."

나쓰코는 냉정하게 말하고는 츠요시의 눈을 응시했다. 츠요시는 곧바로 상황을 파악했다.

이 목장에 온 지 겨우 이틀째인데 츠요시와 늙은 마부의 외동딸은 눈꼴사나울 정도로 사이가 좋았다.

소녀의 이름은 후지코였다. 처음 만난 곳은 마침 오늘 노구치가 강가에서 황어를 잡는 소년을 본 그 근방이었다. 나쓰코와 츠요시는 한 소녀가 강물이 굽이치는 강가 바위 위에 맨발로 앉아 있는 모습을 발견했다.

소녀는 감은 머리를 말리는 중이었다. 반쯤 마른 소녀의 머리칼이 어깨 부근에서 나부꼈다. 강물은 상당히 차가웠다. 소녀는 원피스 자락을 걷어 올리고 물에 닿지 않도록 맨발을 앉은 바위에서 한 걸음쯤 떨어진 이끼 낀 바위 위에 올려 두고 있었다. 나무 사이로 쏟아지는 빛이 반짝이는 흰 맨발에 레이스 달린 양말을 신겨주고 있었다. 이 신비로운 소녀는 뜻을 알 수 없는 노래를 흥얼거렸다.

"Y목장까지 얼마나 남았나요?"

"요 앞이야. 4킬로미터도 안 돼."

츠요시가 묻자 소녀가 퉁명스레 대답했다. 나쓰코의 눈에도 그 소녀가 아름답게 보였다. 더군다나 그 야생의 소녀가 순진한 눈으로 나쓰코를 본 순간, 나쓰코는 여자가 여자를 보는 시선을 느꼈다.

"고맙다."

"좋아, 안내할게. 우리 집은 Y목장에 있어."

소녀는 강가에 놔두었던 운동화를 신었다. 물보라 탓에 운동화가 젖어서 소녀가 살짝 혀를 찼다.

세 사람이 걷기 시작하자 대화가 끊어졌다. 츠요시도 나쓰코도 이 소녀에 관한 이야기를 하고 싶었지만, 눈앞에서 걷고 있으니 그럴 수도 없었다.

소녀는 뒤돌아서 나쓰코를 향해 웃으며 말했다.

"언니, 예쁜 옷을 입었네."

"네가 입은 옷도 예뻐. 머리를 감고 있었니?"

"응."

"이렇게 멀리까지 와서?"

"응. 나, 혼자서 멀리까지 잘 걸어. 걷다가 씻고 싶어지면 씻기도 하고."

조금 화난 듯이 소녀가 말했다. 나이는 열여섯이나 열일곱 정도 되어 보였지만 몸은 성숙한 스무 살의 여자다.

햇볕에 검게 그을려 반짝이는 소녀의 가슴은 새하얀 가슴을 지닌 나쓰코에게 옅은 열등감을 안겨 주었다.

"아빠, 손님을 데려왔어."

아이 같은 이 한마디를 시작으로 소녀의 헌신적인 서비스가 시작되었다. 처음에는 나쓰코도 흐뭇한 기분으로 지켜보았다. 그러다 어느 시점부터 불쾌해졌다. 이 아이는 아침부터 밤까지 두 사람에게 딱 달라붙어 츠요시의 손수건을 세탁하기도 하고, 나쓰코가 보는 앞에서 까끌까끌 자라난 턱수염을 만지기도 했다.

"얼른 면도해."

"귀찮아. 네가 해줄래."

"그러지 뭐."

나쓰코는 조바심이 났다.

처음에는 도쿄에서 온 사람을 신기해하는 마음인가 싶었지만, 이 소녀의 눈코 뜰 새 없는 서비스를 보고 있으면 나쓰코는 어쩐지 마음이 무거워졌다.

"그래서 떠나겠다고?"

츠요시가 태연하게 물었다.

"떠날 생각이야."

나쓰코가 말했다.

제17장
친절의 종류

　불과 이틀 동안 전개된 상황이었다. 나쓰코는 후지코의 마음을 확실히 파악하고, 츠요시의 마음도 분명히 꿰뚫은 뒤 질투하는 게 아니었다. 그저 괜스레 자기가 못하는 일, 가지지 못한 것을 노골적으로 대신한 후지코가 마음에 안 들었을 뿐이다. 나쓰코가 이런 식으로 자신에게 부족한 부분을 의식하게 된 것은 태어나 처음 있는 일이라 해도 좋았다. 사랑이 그녀를 나약하게 만든 것일까?

　"떠날 생각이야."

　나쓰코가 이렇게 대답한 데는 그리 큰 이유도 없었다.

　"놀랍네."

츠요시는 아까 들고 일어난 흰 돌을 다시 바둑통에 돌려놓았다. 늙은 마부는 넋 놓고 바둑판만 보고 있었다. 츠요시가 잠시만 기다려 달라며 흰 돌을 바둑통에 떨어뜨리자, 층층이 쌓여 있던 흰 돌무덤이 쓰러지는 소리가 어렴풋이 들렸다.

"음음."

늙은 마부는 그렇게 말한 뒤 계속해서 바둑판을 들여다보았다. 검은 울타리를 넘어 흰 양 떼가 세찬 기세로 도망치는 듯한 흑백의 배치였다.

츠요시가 기다란 의자에 앉으며 자기 옆자리를 가리키고는 나쓰코에게 앉으라고 손짓했다.

"싫어."

나쓰코가 말했다.

츠요시가 태연한 표정으로 말했다.

"그럼, 노구치 군이 앉지."

노구치가 서둘러 츠요시 옆에 앉았다.

"자네가 나쓰코를 잘 돌려보내 줘. 그런데 갑자기 무슨 일이지?"

"가족분들이 삿포로까지 나쓰코 씨를 찾아왔어. 우리 회사까지 부탁하러 오셨고, 내가 편집장에게 나쓰코 씨를 데리고 오라는 명령을 받는 바람에 오게 되었지."

"그건 나쓰코가 결정할 문제지."

"그러니까 나쓰코 씨가 가겠다는군."

"그렇다면 가는 수밖에 없겠지."

나쓰코는 응접실 테라스 기둥에 기대어 서서 츠요시를 쏘아보았다. 나쓰코의 얼굴 뒤로는 드문드문 자란 분비나무 숲 너머로 푸른 목장이 펼쳐져 있었다. 그 녹음이 반짝반짝 빛나는 푸른 바다처럼 보였다. 나쓰코의 얼굴은 역광으로 어두웠다. 하지만 자기도 모르게 뺨을 타고 흘러내린 눈물이 그늘진 얼굴에 낀 돌비늘처럼 보였다.

나쓰코가 울고 있다!

이는 유사 이래 큰 사건으로 어머니나 할머니가 보았다면 기겁했을 일이다. 츠요시는 나쓰코가 울고 있다는 걸 알아챈 순간 그걸 뭐라고 해석해야 할지 알 수 없었다.

"다했어!"

큰 소리가 들리더니 테라스에서 후지코가 나타났다. 츠요시의 헐렁한 점퍼를 입은 후지코는 그대로 응접실로 올라왔다.

"어이, 발바닥은 잘 닦았냐. 응접실을 더럽히면 안 돼."

그러더니 늙은 마부는 후지코의 모습을 보고 웃음을

터뜨렸다.

"그 차림새는 뭐냐."

후지코는 대답하지 않고 나쓰코의 등을 가볍게 간질였다. 그리고 이렇게 말하는 것이었다.

"어이, 나쓰코. 내가 나가서 곰을 잡아 오겠다."

나쓰코는 돌아보지 않았다. 후지코는 지지 않고 뒤에서 나쓰코의 어깨에 달라붙어 발돋움하며 턱을 어깨 위에 올리더니, "근데 오빠, 나쓰코 언니 왜 울어?" 하고 물었다.

그러자 늙은 마부가 눈으로 꾸짖었다. 후지코는 주눅드는 기색도 없이 나쓰코의 얼굴을 빤히 들여다보며 이렇게 말했다.

"오, 예쁘다. 만져보고 싶은 눈물이야."

후지코가 나쓰코의 뺨에 손가락을 가져가자, 나쓰코는 더 이상 무관심한 척할 수 없어져서 웃으며 말했다.

"장난꾸러기 후지코."

이 미소는 비 온 뒤 나무 사이로 반짝이는 햇살과 같아서, 나쓰코에게는 눈물도 어울린다는 걸 모두에게 인식시키기에 충분했다.

여기서 나쓰코가 꺼낸 말은 더할 나위 없이 나쓰코다

워서 모두가 놀라고 감탄하며 들었다.

"후지코, 말해봐. 너 이다 씨를 좋아하지. 나 대신 이다 씨와 함께 곰을 잡으러 가 줄래?"

후지코가 나쓰코를 흘끗 돌아보며 웃더니 아닌 척하며 늘 그렇듯 콧노래를 불러댔다.

"나쓰코, 무슨 말도 안 되는 소리야."

츠요시가 말했다.

"이런 꼬마를, 부인이."

늙은 마부가 입을 우물거리며 일어서다가 손으로 바둑판을 짚는 바람에 바둑이 와르르 바닥에 떨어졌다.

나쓰코는 여자의 직감으로 후지코가 아이처럼 시중을 들고는 있지만 어린이의 친절이 아니라 여자의 친절이 분명하다고 느끼고 있었다. 이제껏 그 생각을 그대로 입 밖에 꺼내지 못했다.

후지코는 살짝 대담할 정도로 강렬한 눈빛을 츠요시에게 보냈다. 두 손을 점퍼 주머니 속에 찔러 넣고 빤히 응시한 탓에, 츠요시는 동물원 속 동물의 기분이 이럴까 싶은 생각으로 웃음을 참고 있었다. 잠시 후 후지코가 이렇게 말했다.

"흥, 좋기는 어디가 좋아."

이 결정적인 한마디에 다들 웃음을 터뜨렸다. 노구치 같은 경우는 가장 순수하게, 이 가여운 친구에게 웃음을 보냈다.

츠요시는 남편 같은 태도를 취할 필요가 있었다. 자리에서 일어난 츠요시는 나쓰코에게 다가가 학생에게 하듯 어깨를 세게 두드렸다.

"너 정말 바보구나. 이제 떠난다는 말 하지 마."

"응." 나쓰코는 희미하게 대답했다. "떠나지는 않을게. 하지만 나, 저 아이를 질투해서 떠나겠다는 말을 꺼낸 건 아니야. 떠나고 싶은 마음이 약간 들어서 그랬어. 줄곧 같이 다니면 당신에게 안 좋을 것 같다는 생각이 문득 들었거든."

"무슨 소리야. 줄곧 함께 가자. 내가 떠날 줄 알고."

츠요시는 낮고 강한 목소리로 말했다. 나쓰코는 그 순간, 아주 잠깐이지만 이런 생각이 들었다.

'어머, 잘난 척은.'

부부와 마찬가지로 맑고 깨끗한 연인 사이에도 권태기는 찾아오는 법이다.

✦

목장 주인은 외출 중이었다. 이 별난 홀아비는 응접실에 독일 철학책을 두는가 하면 취미가 기다유*라 조루리 전집 따위를 갖추고 있었다. 두 사람이 이 목장을 거북하게 생각한 이유는 속을 알 수 없는 주인이 두 사람에게 집을 자유롭게 쓰라고 하고는 츠요시가 납득할 수 없는 묘한 눈빛으로 나쓰코를 바라보곤 했기 때문이다.

다른 사람들을 놔두고 둘이 이야기하려고 테라스를 나서던 중 츠요시가 후지코 쪽을 돌아보며 말했다.

"고맙다."

두 사람은 오솔길을 걸었다. 암수 나비 한 쌍이 풀밭 위를 오가며 낮게 나는 모습이 마치 키가 큰 풀 사이에서 숨바꼭질하는 것처럼 보였다. 나쓰코는 네잎클로버를 꺾어 손가락으로 돌렸다. 풀잎 색 프로펠러가 돌아가면서 이파리의 흰 문양이 희고 작은 반지처럼 보였다.

"고맙다, 라니?"

나쓰코가 물었다.

• 샤미센 반주의 이야기곡인 조루리의 일파로 간사이 지방의 악곡.

"옷을 기워줬으니까."

"아, 그거."

목장 끝에는 여름 구름이 솟아오르고 있었다.

이런 대화는 마음을 뒤숭숭하게 했다. 나쓰코는 자신의 신경질적인 성격에 스스로 화가 나 견딜 수가 없었다.

"나 말이야. 이 목장에서 이삼일 더 곰을 기다리다가는 다시 이런 기분에 사로잡힐 것 같아. 그렇다고 그런 이유로 같이 여길 떠나버린다면 당신의 곰 사냥에 지장이 생길 테고. 그래서 나 혼자 돌아가야겠다는 생각이 든 거야."

"신경 쓸 필요 없어."

"당신 지금, '그러니까 따라오지 말라고 했잖아'라고 하고 싶지. 그건 잘 알겠어. 하지만…."

"됐어. 나는 말이지, 요즘 미신적인 생각이 들어. 네가 옆에 없으면 곰을 쓰러뜨리지 못할 것 같다는 생각이 들기 시작했어."

이것은 가장 훌륭한 사랑 고백이었기에 나쓰코는 오늘 밤 그 앞에서 모든 것을 다 벗어던지고 싶다고 생각했을 정도였다. 하지만 곧바로 다람쥐처럼 총명한 그녀의 영혼이 돌아와 '아직 너무 일러' 하고 귓가에 속삭였다.

응접실로 돌아오니 목장주가 이미 집에 와 있었다. 전쟁통에 정치가가 되려다 실패한 이 목장주는 그 덕에 추방은 면했지만, 그 배짱 좋은 성격을 발휘하기에 소와 말로는 부족하던 참에 신문기자라는 최적의 상대를 찾아내 위스키를 대접하고 있었다.

"어이, 두 사람, 어서 들어와. 같이 마시지."

목장주는 술집 광고 같은 말을 꺼냈다. 장례식이 있어 마을에 다녀온 터라 검은 예복을 입고 있었는데 하오리•는 이미 벗었다. 80킬로그램의 거구가 안락의자에 앉아 흔들거리며 전후 정치계의 타락과 비열함에 비분강개를 금치 못하고 있었다. 말도 안 되는 대목에서 취미인 독일 철학 용어를 끄집어내는 통에 노구치는 총알 콩을 삼킨 비둘기 같은 얼굴을 하고 있었다.

목장주는 전통 예복도 입었겠다, 완벽하게 옛날 정치가 스타일을 연기하고 있었다. 말을 하는 와중에 분명 언젠가 장관이 된 적이 있는데 언제였는지 잊어버린 듯한 기분이 들기 시작했다. 애초에 노구치의 목적 같은 건 묻지도 않고 명함을 받은 목장주는 노구치가 자기를

•   일본의 전통 겉옷.

취재하러 왔다고 생각했다.

그래서 츠요시가 들어오자, 의자에서 일어서지도 않고 거만한 태도로 노구치를 소개했다.

"이쪽은 〈삿포로 타임스〉 기자 노구치 군, 저쪽은 이다 군인데 사냥개로 유명한 곰을 사냥하러 도쿄에서 일부러 여기까지 온 청년입니다. 그 옆에 미모의 여성은 이다 부인. 아름답지요."

츠요시는 아무리 생각해도 '여동생'이라고 소개하는 게 나을 뻔했다 싶었지만, 그저께 여기까지 바래다준 이웃 목장주가 보자마자 '부인'이라고 소개하고 말았다.

두 사람의 태도를 보고 목장주가 말했다.

"오, 두 분이 친구입니까?"

"네, 조금 전 갑자기 찾아와서 깜짝 놀랐습니다."

"음, 절 취재하러 오셨다는군요."

"다 끝나셨습니까?"

"어, 대충은. 지금부터는 시원하게 한 잔씩 들지요."

그때 츠요시가 장난스럽게 노구치의 어깨를 치며 말했다.

"하지만 자네, 빨리 가지 않으면 편집장한테서 불호령이 떨어질 텐데."

제18장

습격

　노구치를 친구처럼 친근하게 대하지 못하고 있다는
것은 츠요시도 인정하는 부분이었다. 그날 하룻밤 묵고
가게 된 노구치에게 츠요시는 사건의 전말을 자세히 설
명했다.

　츠요시는 나쓰코를 가족들에게 돌려보내기로 한 삿포
로에서의 계획이 실패로 돌아갔기 때문에 결국 상황이
이렇게 되었다고 변명했는데, 이에 대해 노구치는 한마
디도 하지 않았다. 나쓰코와는 곰 사냥을 마치고 결혼할
계획이지만 가족들에게 그 이야기는 하지 않았으면 좋
겠다, 다만 나쓰코는 책임지고 안전하게 데리고 가겠다,

라고 츠요시가 남자답게 맹세했기에, 노구치로서는 더더욱 반박의 여지가 없었다.

"그렇담 지금은 자네도 곤란하다는 이야기군."

노구치가 얼빠진 질문을 했다.

"응, 그런 셈이야. 다루기 힘든 아가씨이긴 하지만."

츠요시는 솔직하게 털어놓으며 웃었다. 나쓰코는 술자리에 참석하지 않았다. 이미 침실로 가 오늘 밤 마부와 사냥개를 데리고 떠나는 츠요시가 잘 돌아오는지 망을 볼 계획으로 잠시 자고 있었다.

"무슨 이야기들을 그리 수군수군하십니까."

목장주가 말했다. 노구치는 머리가 멍해져 있었기에 자기도 모르게 진실을 털어놓았다.

"제가 실연당한 이야기입니다."

'나쓰코와 츠요시가 결혼한다. 아아, 저 두 사람이 지금 어디까지 갔는지 알 수 없다.'

노구치는 술잔을 빤히 들여다보았다. 그 안에 몸을 던지기에는 너무 좁다.

목장주가 화장실에 갔다. 나쓰코는 방에 누워 자기 침실 앞을 지나가는 발소리를 들었다. 멀리서 목장을 지키는 개가 짖는 소리를 들으며, 무서운 생각이 든 나쓰코

는 이불 속에서 알고 있는 영화배우의 이름을 다 끄집어
냈다.

"리타 헤이워드, 그레고리 팩, 마리아 몬테스, 제임스
스튜어트…."

주문처럼 이 이름들을 외다 보면 졸음이 왔기 때문이다.

발소리를 듣고 문득 누구인지 불러보고 싶다는 생각
이 들었다.

"누구세요? 츠요시?"

"음, 나다."

목소리가 이상하다고 생각하는 사이 문이 열리고 목
장주가 들어왔다. 흡사 슈텐도지° 같았다. 허우대만 멀쩡
할 뿐 술이 약해서 문 앞에 쓰러져 주저앉았는데, 일어
서려다가 이번에는 옷자락이 발에 걸렸다.

나쓰코는 침상에서 일어나 잠시 풀어 둔 등 뒤의 단추
를 다시 여몄다.

가문의 문장이 박힌 예복을 입은 거물 정치가는 곰이
일어선 것 같은 모습이었다. 손이 앞발처럼 덜렁거렸고,

• 6미터가 넘는 장신에 얼굴은 벌겋고 머리는 헝클어진 모습을 한 일본
  의 술주정뱅이 귀신.

스탠드 불빛을 등지고 서서 시커멓고 거대해 보였다. 목장주는 말없이 딱딱한 웃음을, 다시 말해 반쯤 웃으며 입을 움직이지 않는 미소를 띠며 나쓰코 쪽으로 다가갔다.

나쓰코는 테라스 유리창에 부딪혔는데 잠겨 있지 않다는 걸 눈치채고 재빨리 창문을 열어 맨발로 풀밭에 내려섰다. 그러고는 풀벌레 소리 가득한 뜰을 맨발로 달렸다. 거실 불빛이 드리우는 곳으로 가 유리창을 똑똑 두드렸다.

"어떻게 된 거야?"

나쓰코는 말없이 츠요시를 올려다보았다. 그러면서 대담하게 웃으며 말했다.

"곰이 나타났어."

"뭐?"

노구치가 새된 소리를 내질렀다.

"앗, 곰이!"

"가봐요. 내 방에서 자고 있으니까."

다들 나쓰코의 침실로 달려가니, 과연 거물 정치인이 여름 이불을 뒤집어 덮고, 나쓰코의 침상에 웅크리고 누워 큰 소리로 코를 골고 있었다.

그날 밤, 보초를 서기 위해 오두막으로 나간 일행은

마구간 옆을 지나며, 구슬프고도 우울한 콧노래를 들었다. 오늘 밤도 별하늘이 아름답다.

"있잖아, 후지코 말이야, 곰한테 살해당한 아키코 씨랑 닮지 않았어?"

불현듯 나쓰코가 물었다.

"왜?"

"어쩐지 그런 기분이 들었어."

나쓰코는 그렇게 말하며 츠요시의 팔에 가만히 자기 팔을 기댔다.

그날 밤도 곰은 나타나지 않았다. 이튿날 아침, 신문사에서 노구치에게 전보가 왔다.

손가락 네 개 달린 곰이 시코쓰호에 나타났다. 한 명 중상. 당장 나쓰코 씨를 데리고 와라.

전보를 읽은 세 사람은 머리를 맞대고 상의했다.

"여기서 시코쓰호까지는 24킬로미터다."

"잘도 거기까지 갔군. 날개가 달렸나."

"곰의 행동반경은 16킬로미터야. 32킬로미터는 날아다닐 수 있다는 얘기지."

"자네는 어쩔 셈인가?"

노구치가 물었다.

"지금 당장 시코쓰호에 가겠네. 젠장, 이번에야말로 놓치지 않겠어. 시코쓰호 주변 숲은 곰의 서식지야. 곰이 원정을 그만두고 근거지로 돌아갔다는 걸 알 수 있지. 우선 저쪽으로 가서 부상자에게 자세한 이야기를 들어야겠어. 자네, 삿포로에 돌아가면 더 자세한 정보를 부탁하네."

"신문에 나오겠지."

"신문기자가 한가한 소릴 하는군."

츠요시의 눈에는 이제 곰밖에 안 보였다. 그런 츠요시를 보는 게 나쓰코는 기뻤다. 그럴 때야말로 이 남자를 독점하고 있다는 기분이 드는 것이다.

"자, 나쓰코도 같이 갈 거지."

츠요시가 반짝이는 눈으로 나쓰코를 응시하며 말했다. 그러자 노구치가 비명에 가까운 소리를 지르며 말했다.

"제발 부탁입니다. 나쓰코 씨. 저하고 같이 갑시다. 안 그러면 저는 회사에서 잘려요."

나쓰코는 노구치가 가여워졌다. 잘린다는 말은 진짜일까? 나쓰코는 말이 없었다. 어쩌냐고 묻듯이 츠요시를 처다보았다. 그 눈에는 어둡고 격렬한 숲속의 신비로운 동굴 속 수정과 같은 반짝임이 있었다. 나쓰코는 온몸이 그리로 끌렸다.

"미안하지만…, 나 안 돌아가."

나쓰코가 그렇게 말했을 때, 바깥에서 높이 달린 창문이 열리며 쏟아지는 햇살과 함께 후지코가 얼굴을 들이밀었다. 후지코는 말을 탄 채 엿듣고 있었다.

마치 천사의 음성처럼 ― 단순히 높이의 문제였지만 ― 후지코가 이렇게 말했다.

"혼자서는 가기 힘들잖아, 가엾게. 노구치 씨, 내가 삿포로까지 같이 가줄게."

제19장

취재

한편 이 목장에는, (아무래도 목장주가 정치에 대한 야심이 있다 보니) 전화기가 놓여 있었다. 신문사에 전화를 걸어 상황이 실패로 돌아갔음을 보고하는 게 두려웠던 노구치는 전보로 곰 뉴스를 문의했다. 곰의 공격을 받은 남자는 치토세 병원에 입원했다고 했다. 나쓰코를 데리고 돌아오는 길에 중상자를 인터뷰하고 오라는 사명이 떨어졌다.

나쓰코와 츠요시도 이 남자를 만나야 했다. 후지코는 자기가 가야 노구치 씨가 잘리지 않을 거라고 당당히 주장했고, 바람막이 후지코가 삿포로까지 따라오는 게 노구치에게는 묘한 안도감을 주었다. 치토세는 삿포로까지 가는 도중에 있는 역이므로 어쨌든 거기까지 네 사람이 다 같이 가기로 했다.

치토세는 현재 미 공군의 마을이다. 병원까지 가는 길에 있는 교각 아래에 화려한 여성 두세 명이 기대 있었다. 홋카이도의 시골 마을이 도쿄의 피서지가 되었나 했는데, 그게 아니었다. 양산보다도 화려한 재킷과 스카프, 그리고 어린아이가 그린 그림처럼 선명한 화장은 피서 따위가 아닌, 생활의 필요에서 비롯된 훨씬 더 절실한 것이었다.

여성들은 자기들 앞을 지나가는 남녀 두 쌍을 보더니, 헤이 헤이, 하고 휘파람을 불며 장난쳤다.

"어라, 이쪽 오빠, 잘생겼네."

나쓰코가 이 말에 아무 생각 없이 돌아보자, "여자가 노려보네, 무서워." 하고 야유했다.

"노려볼 생각도 없었는데 노려본다고 하니, 나, 사팔뜨기인가."

나쓰코가 시무룩하게 말했다.

나쓰코로서는 처음 접하는 마을이었다. 츠요시가 해준 이야기 속에 종종 등장해서 지명만큼은 친근했던 치토세마을은 상상했던 것과 전혀 달랐다. 이 개척 마을은 하숙집 방들을 아무렇게나 죽 이어 붙인 것처럼 삭막한 복도를 연상케 했고, 마을 한가운데를 새 포장도로가 신나게 가로지르고 있었다. 지프가 지나간다. 고급 승용차가 지나간다. 가끔 근처 비행장에서 날아오르는 전투기가 무시무시한 폭음을 내며 급강하하여 도로 위에 정교한 그림자를 드리웠다.

병원은 강가에 있는 고풍스러운 서양관이었다. 나쓰코는 오래전 가지고 놀던 집짓기 놀이 장난감에 이런 서양 건축물 모델이 있었던 게 떠올랐다. 칠이 벗겨져 일어난 페인트, 슬레이트 지붕, 복잡한 세공이 들어간 난간이 있는 발코니, 덧문이 달린 창문….

네 사람은 마차 정거장을 지나 병원 접수대 앞에 섰다. 상쾌한 소독약 냄새가 났다. 이 냄새를 맡자 젊고 건강한 네 사람은 어쩐지 병에 대해 그리운 기분이 들었다.

병원 앞 꽃집에서 산 위문 꽃다발은 나쓰코와 후지코가 하나씩 들었다. 평범한 달리아와 백합과 패랭이꽃이었다. 그 속에 주문한 기억이 없는 시들어 가는 작은 장미가 있었다.

'이 한 송이는 서비스인가?' 병원 복도를 걸으며 나쓰

코는 생각했다. '초대받지 않은 손님처럼 작은 장미가 풀이 죽어 있네. 이건 내가 가져가자.'

나쓰코는 그 장미를 뽑아 머리칼에 꽂으며 후지코를 향해 웃어 보였다. 그러자 놀랍게도 후지코는 흉내라도 내듯이 자기 꽃다발에서 가장 화려한 붉은 달리아를 뽑아 머리칼에 꽂았다.

"어이어이, 그러다가 병실에 들어가기도 전에 꽃이 다 없어지겠어. 너희들은 정말, 코끼리에게 줄 과자를 자기들이 다 먹어버리는 어린애 같네."

츠요시가 말했다.

병실에는 다행히 병문안 온 다른 사람은 없었다. 얼굴의 반쪽을 붕대로 감싸고 눈과 머리칼로만 겨우 젊음이 엿보이는 청년이 침대에 드러누워 있었다. 노구치가 인사하며 곧바로 머리맡 진료카드를 보았다.

'혼다 기쿠조 님, 29세'라고 쓰여 있었다.

이 나무꾼 청년은 하루 종일 나무를 상대하는 사람인 만큼 과묵하고 말주변이 없어 보였다. 이야기가 끊어지기라도 하면 일행은 상처가 아픈 게 아니냐고 걱정했는데 그렇지는 않았다.

혼다의 눈은 깜짝 놀란 사람처럼 나쓰코에게 고정되

어 있었다. 왕의 병문안을 받은 충직한 병사처럼 직립 부동의 자세로 일어서려 했는지, 몸을 너무 크게 움직이는 바람에 간호사에게 혼이 났다. 하지만 이야기를 시작하자 눈이 붕대 속에 파묻힌 탓인지 여전한 공포가 전해졌다.

"목적은?"

노구치가 수첩을 꺼내며 물었다.

"예?"

"당신이 산으로 간 목적은?"

"아아. 삼촌 댁에 일이 생겨서 산을 넘어가려고 했죠. 그게 지름길이고, 요즘은 곰이 사람 사는 마을 근처로 내려오는 계절도 아니라, 안심하고 산속으로 들어갔습니다. 집 뒷산으로 바로 들어갔어요…."

✦

…그곳은 시코호반 인근 목재소와 여관과 작은 조선소가 있는 중심부에서 북쪽으로 약 1.5킬로미터쯤 떨어진 치토세강 유역이다.

기쿠조의 집 뒤편은 바로 산이었고 아래로 향하는 길

은 마른 늪지대로 이어지며, 위로 향하는 길은 허리춤까지 오는 조릿대 사이로 난 오솔길이었다.

기쿠조는 위쪽으로 발걸음을 옮겼다.

이 길은 걸어본 적이 별로 없었다.

여름이었지만 나무 그늘 밑은 선뜩했고, 하늘이 흐려서 나무 사이로 비치는 빛도 이파리 끝을 반짝거리게 하지는 못했다. 졸참나무, 오리나무, 단풍나무, 마가목이 빽빽한 나무 그늘에는 온통 조릿대 천지였다.

기쿠조는 휘파람을 불었다. 알고 있는 노래라고는 탄광의 노래 정도다.

우듬지를 올려다보니 지저귀는 새도 없고 달려가는 다람쥐의 그림자도 없다. 바람이 없어서 얇은 이파리 한 장조차 흔들리지 않았다. 구름 낀 하늘 아래 잎사귀와 나뭇가지가 은판 위에 부조한 그림처럼 보여서 어딘가 풍경 전체가 조각처럼 굳어진 느낌이었다.

천지에 소리라고는 없었다. 기쿠조는 기가 죽어 휘파람을 멈췄다.

어느 지점까지 오자 조릿대가 말라 있었다. 약 10미터 반경 범위의 조릿대가 거의 다 닳아 없어진 것처럼 고사해 있었다.

'작년에 이리로 왔을 때는 이렇지 않았는데.'

기쿠조는 생각했다.

그때 기쿠조는 수상한 냄새를 맡았다. 어쩐지 기분 나쁘게 비릿한 악취였다. 전쟁터에 다녀온 기쿠조는 근처에 시체가 있는 게 아닐까 하는 생각이 들었다. 하지만 시체 냄새와는 달랐다. 살짝 맡은 것만으로도 입속이 검푸르게 변할 것만 같은 느낌의 냄새였다.

조릿대가 사각사각했다.

문득 앞을 보았다.

맞은편에 곰이 있었다. 그 순간, 곰이 이상하리만치 크게 보였다.

기쿠조는 주위를 둘러보며 도망칠 곳을 찾았다. 대체로 평평한 지형이었다. 몸을 숨기려면 나무에라도 올라가야 했다.

근처 졸참나무 거목으로 올라가자고 생각했다.

그때 기쿠조의 눈에는 곰이 보이지 않았다. 자신이 붙잡고 올라갈 나뭇가지만이 보였다. 이는 화재 현장에서 도망치는 사람에게 불을 본 기억이 거의 없는 것과 마찬가지다.

나뭇가지는 모조리 손이 닿지 않는 높은 데 있었다.

나뭇가지를 찾는 동안 몸을 숙여야 했기에 한층 더 절망적으로 높아 보였다. 마침 적당한 나뭇가지 하나를 발견하고 손을 뻗었지만, 머리 크기 하나 정도가 부족했다.

곰이 등 뒤로 바짝 다가온 느낌이 들어 하는 수 없이 거목 주위를 돌아 도망쳤다. 나무 뒤에 숨어 물색을 살피자고 판단했다.

물색을 살필 여유는 없었다. 견딜 수 없는 냄새를 풍기는 곰의 입김이 바로 등 뒤에서 느껴졌기 때문이다.

기쿠조는 소리쳤다.

뭐라고 소리쳤는지는 자신도 모른다. 소리를 지르며 거목 주위를 돌았다.

이 졸참나무는 지름이 1미터 50센티미터는 되리라. 한 바퀴 도는 데 긴 시간이 걸린 듯했다.

여전히 곰이 쫓아왔다. 그래서 아까보다 더 빠르게 나무 주위를 돌았다.

두 번 돌았는지 세 번 돌았는지, 기억이 분명치는 않다. 정신없이 빨리 달리다가 곰을 따라잡고 말았다.

눈앞에 있는 것은 반쯤 서 있는 무시무시하게 거대한 곰의 등이었다. 지저분하게 엉킨 털이 시야를 막았다. 말 그대로 눈앞이 어두워진 기쿠조가 "앗!" 하고 외마디 소리를 질렀다. 그러자 곰이 무척이나 재빠르게 움직였다. 그 거대한 몸집으로 야구 투수처럼 몸을 획 돌려 방향을 바꾸더니, 번개처럼 빠르게 앞발로 기쿠조의 빰을 쳤다.

"픽!" 하는 소리가 들린 건 곰의 앞발이 기쿠조의 왼쪽 눈 밑 빰을 가격했을 때다.

그 순간 기쿠조는 번개가 내리꽂힌 기분이 들었다. 아마도 그는 멍하니 서서 곰을 보고 있었으리라. 곰의 입이 열리더니 기쿠조의 위팔을 물었다.

그때 기쿠조의 몸이 엄청난 기세로 휘둘렸다. 고통의 감각이 아직 확실히 전해지지 않았다. 태풍에 휩쓸린 기분이 들 뿐이었는데, 곰은 기쿠조의 팔을 물고 휘두르고 있었다.

기쿠조는 키가 큰 편이 아니다. 160센티미터가 채 안 된다. 하지만 완력에는 자신이 있어서 병역 검사 때는 쌀가마니를 열 번도 넘게 머리 위로 높이 들어 올렸었다. 싸울 때도 남에게 져본 적이 없다. 그런 기쿠조가 이토록 쉽게 휘둘려지며 불현듯 떠오른 생각은, '마을에 이렇게 강한 놈이 있었나'였다.

기쿠조는 시든 조릿대 위에 내던져졌다.

엎드린 채 가만히 있었다.

곰은 죽은 척하면 자리를 떠난다는 옛말이 떠올랐기 때문이다.

한참을 수상한 침묵이 흘렀다. 기쿠조는 눈을 감고 있었다. 매미 소리가 들리는 듯했지만 귀울림인지도 모른다. 심장 박동이 하도 거칠어 입으로 심장이 튀어나올 것만 같았다.

자기도 모르게 오른쪽 다리가 움직이고 있었다. 곰은 가만히 보고 있는 듯하더니 갑자기 움직이는 발목을 덥석 물었다. 그러고는 기쿠조의 몸을 휘둘러 4~5미터 앞에 있는 나무 밑동에 내동댕이쳤다. 기쿠조는 아직 정신을 잃지 않았다. 하지만 눈을 뜰 수가 없었다. 곰의 움직임을 몸 전체로 느끼려고 애썼다. 곰은 마구 주변 냄새를 맡으며 걷는 듯하더니, 이윽고 "후웅" 하는 소리를 내며 자리를 떠났다.

기쿠조는 안심했다. 하지만 아직 방심하기에는 일렀다.

계속 죽은 척하지 않으면 또 언제 돌아올지 알 수 없었다. 기쿠조는 온몸으로 죽은 자를 연기했다. 자신을 죽었다고 상상하며, 눈을 떠서 곰의 행방을 확인하고 싶은 유혹을 꾹 참았다.

하지만 등 근육이 움직이고 있었다. 숨이 가빠져서 아

무리 참으려 해도 등 호흡이 요동쳤다. 기쿠조도 거기까지는 생각이 미치지 않았다. 하지만 위에서 보면 기쿠조의 카키색 셔츠를 입은 등이 두더지가 뚫고 나오려는 땅처럼 들썩이고 있었다.

어느 틈엔가 곰이 돌아와 있었다.

기쿠조의 등을 손바닥으로 두드렸다. 기쿠조는 등뼈가 부러지는 줄만 알았다.

곰은 "후웃" 하고 콧김을 내뿜으며 물러났다.

그렇게 되는 동안 기쿠조는 거의 곰을 보지 못했다. 곰은 그저 시커멓고 거대하며 무시무시한 그림자처럼, 눈에 보이지 않는 어둠의 힘처럼 그의 주변을 서성대다가 악취를 풍기며 떠나갔다. 정신이 든 후 주변을 둘러보며 곰이 흔적도 없이 사라졌다는 걸 알았을 때, 기쿠조는 방금 자신이 한 체험을 객관적으로 그려볼 수가 없었다. 자신이 곰을 상대했다는 생각이 들지 않았다. 주변은 다시금 깊고 한산한 대낮의 산이다. 기쿠조는 망연히 걸어 나갔다.

그는 코피가 쉬지 않고 쏟아지고 있음을 느끼고 있었다. 코피 따위는 아무래도 좋았다. 하지만 자꾸 입속으로 들어와 귀찮았기에 수건으로 피를 닦았다. 그러자 피가 흐르는 방향이 달라졌다. 수건으로 감싼 손가락을 뺨에 가져다 댔다. 그러자 볼살에 손가락이 쑥 들어갔다.

기쿠조는 '앗' 싶었다. 심장 박동이 갑자기 빨라졌다.

뺨을 감싸고 늪지대까지 내려왔다. 다리가 점점 더 아팠다. 그러나 찌르는 듯한 통증은 아니고 뜨거운 것을 덴 듯한 통증이었다. 내려다보니 작업화 위가 너덜너덜해져서 피가 배어 나오고 있었다. 기쿠조는 주머니를 뒤져 더러운 수건 하나를 더 찾아내어 다리를 묶었다.

숲길로 올라갔다가 다시 늪으로 내려와 한동안 늪 가장자리를 걸었다.

늪으로 내려온 물새가 격렬하게 날갯짓하며 날아올랐다. 그 날갯짓 소리가 귓가에 굉음처럼 울려서 온몸의 통증이 더욱 심해지는 기분이 들었다.

조용하고 신비로운 호수다. 저편에 잔 구름이 떠가며 푸른 하늘이 올려다 보였다. 자투리 옷감 같은 그 작고 푸른 구름이 호수에 그림자를 드리웠다.

오른쪽으로 에니와산, 왼쪽으로 훗푸시산과 활화산 돔을 품은 다루마에산이 이어져 있다. 호반의 자작나무는 미풍에 이파리가 흔들렸고, 호수는 구름 낀 하늘에 드리운 차분한 빛으로 가득했다. 오늘은 배 한 척 떠 있지 않왔다.

기쿠조의 눈에 호반의 산림청 선착장이 들어왔다.

최근 크림색으로 새로 칠한 산뜻한 오두막이었다. 창문에는 흰 커튼이 바람에 나부끼고, 푸른 물의 목장 울타리처럼 배가 들어오는 곳에 돌출된 흰 울타리가 호수 안으로 세워져 있었다.

기쿠조는 선착장 문 앞에 다다라 문을 두드리며 큰 소리로 친한 산림청 직원의 이름을 불렀다. 그러던 중 갑자기 힘이 빠져 문 앞에서 정신을 잃고 쓰러졌다….

✦

…너무도 무시무시한 이야기에 일동은 얼굴을 마주 봤다.

츠요시는 들으면서 뺨의 근육이 긴장으로 뻣뻣해졌다. 다 듣고 난 후에는 중요한 질문을 잊지 않았다.

"그래서 그 곰이 바로 그 네 손가락 곰이라는 건 어떻게 아셨습니까?"

"그건." 젊은이는 간호사가 건네주는 물을 맛있다는 듯이 마시며 말을 이었다.

"그때는 곰의 모습을 볼 여유가 없었습니다. 나중에 현장을 갔던 사람이 곰의 발자국을 조사했어요. 발자국에는 곰의 발가락이 네 개뿐이었습니다. 게다가 이런 계절에 곰이 사람 사는 마을로 어슬렁어슬렁 내려오는 일은 잘 없어요. 가을이 되어서 옥수수가 열리거나 왕머루가 익을 때쯤 내려오는 게 일반적이니까요. 그런 걸 보면 이 곰은 보통의 습성을 벗어나 있습니다."

"그렇군요."

일동은 제각기 기쿠조의 용기와 침착함에 찬사를 보냈고, 용사에게 보내는 꽃다발을 침대맡에 꽂으며 하루빨리 쾌차하기를 빌었다.

노구치는 메모한 수첩을 주머니에 넣고는 나쓰코를 보며 말했다.

"어떻습니까, 나쓰코 씨. 지금 이야기를 들으니 무섭지 않습니까."

나쓰코는 시든 장미를 머리칼에서 뽑아 마침 거기 있던 작은 병에 물을 붓고 장미를 꽂으며 장난스럽게 웃었다.

"전혀!"

후지코도 가슴으로 크게 숨을 내쉬었다.

"나도 같이 곰 사냥 가고 싶어졌어."

나쓰코가 파티에 사람을 초대하는 기분으로, 이번에는 선뜻 동의했다.

"좋아. 같이 가자."

츠요시가 무언가 말하려 했을 때, 총명한 후지코는 곧장 그걸 깨닫고 말했다.

"됐어. 여자가 둘이나 있으면 힘들겠지. 나는 노구치 씨와 함께 가겠어. 노구치 씨가 직장에서 안 잘리게 나쓰코 씨가 빌어줘."

이런 조숙한 부탁이 일동을 웃음 짓게 했다. 하지만 츠요시는 웃음에서 잠시 한 발을 빼듯 진지한 얼굴로 돌아와 혼잣말처럼 말을 꺼냈다.

"이 정보로 곰의 행동반경을 알게 되었어. 행동반경이 점차 좁아지고 있군. 이번에야말로 곰을 기다렸다가 잡을 수 있겠어. 시코쓰호반의 아이누 부락 전원에게 도움을 요청할 거야. 노구치 군, 자네는 삿포로 사냥 협회 지부장에게도 연락을 해줘. 자네에게는 적당한 때에 연락할 테니 지부장이 아이누를 움직여주었으면 해. 그게 좋겠다. 사냥 협회도 작년까지는 냉담했지만, 이번에는 편의를 봐주겠지. 혹시 그것도 안 되면….."

나쓰코는 츠요시의 다음 말을 기다리며 그 말을 점쳤다. 이어지는 말은 나쓰코의 예상대로였다.

"나 혼자서라도 간다!"

제20장

후지코, 증인이 되다

〈삿포로 타임스〉 신문사로 돌아온 노구치는 2층 편집실로 향하는 발걸음이 무겁기 그지없었다.

후지코가 뒤에서 등을 두드리며 위로했다.

"괜찮아. 기운 내. 할 만큼 했잖아."

나루세 편집장은 점심 도시락을 막 먹으려던 참이었다. 이 도시락으로 말하자면 얼핏 봐도 큼직한 전화번호부만 했다. 따로 반찬통까지 챙기고 다녔으니, 나루세 씨의 술꾼답지 않은 대식가의 면모가 엿보이는 대목이다. 식량 사정이 좋지 않았을 무렵, 그가 쓴 논설을 참고삼아 소개하면 다음과 같다.

'최근 미국의 사냥 애호가가 홋카이도로 와서 일본인 몰이꾼을 여럿 고용해 사냥하는 게 유행이다. 몰이꾼은 공짜로 제공되는 점심 식사―외국인 것과 양이며 질이 같다―로 오렌지 한 개, 치즈 두 쪽, 샌드위치 일 인분을 맛있게 먹어 치운 뒤, 각자 가져온 도시락까지 말끔히 비웠는데, 한 사람 앞에 두 개씩 챙겨온 특대 주먹밥을 본 외국인은 일본의 식량 사정이 나빠질 수밖에 없겠다고 개탄했다고 한다. 이런 일화를 보더라도 일본인의 식생활이 얼마나 불합리한지….'

노구치는 편집장의 책상 앞으로 가 고개를 숙이며 말했다.

"다녀왔습니다. 멀리까지 일부러 전보를 주셔서 감사했습니다. 인터뷰도 잘 해왔습니다."

"수고했네, 수고했어."

나루세 씨는 재빨리 입에 넣은 밥을 차로 삼키며 말했다.

"마쓰우라 아가씨는 모시고 왔나."

"아, 그게."

"뭔가?"

"아, 그게."

"모시고 온 건가. 안 온 건가."

노구치는 모기만 한 소리로 말했다.

"그게, 같이 못 왔습니다."

"음."

잠깐의 침묵이 흐르고, 편집장 뒤에서 불어오는 바람으로 책상 위 서류가 펄럭이는 소리만이 들렸다. 편집장은 반찬통에서 먹다 남은 햄을 집어 서둘러 먹었다. 햄을 씹어 삼키더니 별안간 호통을 쳤다.

"무슨 이유인지는 몰라도 자네는 책임을 다하지 못했어. 내 체면까지 짓밟았네. 자네가 생각해도 부끄럽지 않나. 예를 들면 말일세, 예를 들어서야, 문제를 이성적으로 생각해 보면 신문기자에게 사람을 찾는 직무는 없지. 그건 문제를 이성적으로 생각했을 경우다. 하지만 이 경우는 혹시라도 만약에 자네가 말이야, 이런 이성적인 논의를 방패로 자기의 태만함을 변명하려 한다면 그런 행위 자체가 태만이야. 그렇지 않나, 그 사실 자체가 말이다."

화가 나면 나루세 씨는 장황하게 말이 많아져서 자기 자신도 무슨 말을 하는지 알지 못하는 버릇이 있다. 동의어를 한참 늘어놓기도 하고, 동어반복에 빠지기도 하고, 문법상 오류를 범하기도 한다. 나루세 씨의 머릿속은 고장 난 타자기가 되어 활자가 제멋대로 튀어나왔다.

　노구치가 쭉 들으면서 파악한 내용은 다음과 같았다.

　편집장은 도쿄의 사장으로부터 하루 세 통이나 전화를 받고 있다. 사장은 나쓰코의 아버지에게 최선을 다하고 싶기에, 기쁜 소식이 들리기를 매일 목이 빠지게 기다리고 있는 모양이다. "나쓰코는 돌아왔나"라는 질문부터 "도대체 뭘 그리 꾸물거리나"라는 질책까지 쏟아지고 있다. 그때마다 나루세 씨는 식은땀을 흘려야 했다. 사장의 복심이자 충복이기 때문이다. 나루세 씨가 사장으로부터 받은 은혜는 그야말로 바다와도 같고 산과도 같다. 이런 기회에 만분의 일이라도 은혜를 갚을 수 있다면, 나루세 씨로서는 더더욱 맥주가 맛있어지리라. 나루세 씨가 노구치에게 '논리적으로 생각할 것'을 강조한 것은 요즘 상황을 잘 생각해 보라는 의미였다.

　노구치는 고개를 숙인 채 듣고만 있었다. 하여간 변명에 서툰 남자다. 노구치가 무슨 말을 하려 했을 때, 편집장은 그의 말허리를 자르며 한도 끝도 없이 성질만 냈다.

　마침내 나루세 씨는 노여움에 지쳐 말했다.

　"어이, 차 좀."

　여자 급사가 마침 잠시 자리를 비워서 차를 가져올 사

람이 없었다.

"어이, 차 좀."

나루세 씨가 한 번 더 큰 소리로 외쳤다. 구석의 빈 의자에 앉아 기다리고 있던 후지코를 여자 급사라고 착각하고 이렇게 말했다. "어이, 자네. 뭘 그리 멍하니 있어. 어서 차를 가져와."

후지코가 돌아보니 가까이 있는 전열기에 알루미늄 주전자가 끓고 있기에 침착하게 전기를 끈 뒤 한 손에 주전자를 들고 걸어왔다. 후지코가 다가가자, 나루세 씨는 눈이 휘둥그레졌다.

"어, 자네는?"

"아, 이 사람은 손님입니다."

노구치가 옆에서 허둥지둥 소개했다. 후지코는 말없이 침착하게 주전자를 들고 와 편집장의 찻잔에 차를 따르고, 어느 틈엔가 한 손에 들고 온 다른 찻잔을 노구치 앞에 놓으며 거기에도 천천히 차를 부었다.

나루세 씨는 벌레라도 씹은 것처럼 오만상을 찌푸리며, "저런, 실례했습니다. 고마워요." 하고 차를 마셨고, 노구치도 고마워서 고개를 숙였다.

편집장이 가볍게 사과하고 넘어간 것은 창피해서이기

도 했지만 후지코가 아직 열대여섯 정도의 어린애로 보였기 때문이었다. 그래도 이 차 사건으로 분위기가 어느 정도 가라앉았다.

"당신은 누구를 찾아오셨습니까. 누구 여동생인가요."

후지코가 눈앞에 버티고 서 있기에 나루세 씨는 상냥하게 물었다.

✦

후지코는 도시로 나와서도 신비로운 아름다움을 발했다. 덩치는 작아도 쭉 뻗은 몸 하며, 요정처럼 반짝이는 순수한 눈, 짙은 눈썹, 숲속의 동물처럼 재바르고 고독한 분위기가 있는 데다가 꿈결 같은 동작으로 움직이는 팔다리에는 약간의 머뭇거림도 없었다. 그런 모습에 저렴한 꽃무늬 원피스가 정말이지 자연스럽게 잘 어울렸다. 머리칼을 아무렇게나 묶어 값싼 셀룰로이드 핀을 꽂았지만, 그마저도 귀여웠다.

"노구치 씨와 함께 왔습니다."

"노구치 군. 자네에게 여동생이 있었나."

"아니요, 여동생이 아니고요, 그게."

"부인인가." 나루세 씨는 장난처럼 그렇게 말했는데 언뜻 후지코의 성숙한 가슴을 보자 특유의 구름 같은 공상이 떠올라 노구치를 추궁했다.

"설마하니 자네, 나쓰코 씨를 데리러 갔다가 자기 로맨스를 쌓느라 일을 내팽개치고 있다 온 건 아니겠지."

"아닙니다, 아닙니다. 이 아이는 저를 도와주기 위해 스스로 여기까지 와주었습니다. 말하자면 증인 같은 것이죠."

"증인?"

후지코는 재빨리 끼어들어 우등생이 교과서를 낭독하듯 큰 소리로 말했다.

"아저씨, 노구치 씨를 해고하지 마세요."

편집장은 눈이 동그래졌다. 이건 기삿감이라고 생각했기 때문이다.

"해고하고 말고 그런 생각은, 딱히."

"거짓말이죠. 아저씨는 노구치 씨를 해고할 생각이잖아요. 그건 옳지 않아요. 노구치 씨는 좋은 사람이고, 내가 거기서 다 보았기 때문에, 노구치 씨가 나쓰코 씨를 삿포로에 데리고 올 수 없었던 이유를 잘 알아요."

"허허, 무슨 이유인가."

후지코에게 의자를 권했다. 편집장은 흥미로워져서 책상 밑 서랍에서 평소 즐겨먹는 서양과자를 꺼내 후지코와 노구치에게 건네고 자기도 먹었다. 후지코는 과자에 곧장 손을 대지는 않았다. 즐거움은 중요한 용건을 끝낸 뒤 취해도 늦지 않다. 후지코는 데스크 끝에 한 손을 짚고 침을 삼키며 증언을 시작했다.

"나쓰코 씨는 곰을 쫓는 그 이다 씨라는 분을 무척 좋아합니다. 둘 다 곁을 떠날 수 없을 정도로 좋아해요. 그래서 나쓰코 씨가 나를 상당히 의심했죠. 내가 딱히 나쁜 짓을 한 건 아니고, 말하자면 너무 친밀했던 거예요."

나루세 편집장은 노구치와 얼굴을 맞대고 쓴웃음을 지었다. 이것은 화해의 제스처였다.

"그야, 이다 씨는 아주 멋있어요. 뭐, 노구치 씨하고 비교하면 백 배쯤 멋있죠. 하지만 노구치 씨는 정말로 좋은 사람이고요. 이다 씨도 좋은 사람이지만요."

"그래서 나쓰코 아가씨는 어떻게 된 겁니까."

"나쓰코 씨는 거기까지 간 이상 곰 사냥을 마칠 때까지 절대로 돌아오지 않을 거예요. 노구치 씨한테 책임은 없어요. 나쓰코 씨는 무슨 수를 써도 안 돌아올 테니까요. 이다 씨와 끝까지 함께할 거랬어요."

"그것참 난처하게 됐군요. 그래서 아가씨는 어느 댁 따님입니까."

"Y목장에서 태어나 쭉 거기서 살았어요. 아버지는 카우보이예요."

"이야기는 잘 알았습니다. 노구치 군은 해고하지 않겠습니다. 안심해요."

나루세 씨는 평소대로 방긋방긋 웃는 살찐 신사로 돌아와 책상 위 전화 수화기를 들어 올렸다. 그리고 마쓰우라 집안사람들이 묵고 있는 숙소에 전화를 걸어 당장 회사로 오시라고 전했다.

"이런, 이런. 우선 이것부터 정리할게요."

편집장은 손수건으로 땀을 닦으며 남은 도시락에 젓가락을 가져갔다. 그제야 후지코도 손을 뻗어 처음으로 아까 그 서양과자를 입에 넣었다. 기가 막히게 맛있는 과자 맛에 후지코는 크게 만족한 나머지 노구치를 간질였고, 노구치는 간지럼을 타며 개구리 소리 비슷한 걸 냈다. 나루세 씨는 입속에 밥을 밀어 넣으며 의아하다는 듯이 두 사람을 쳐다보았다.

제21장

전투 준비

나쓰코의 할머니와 어머니와 고모가 소란스럽게 신문사로 올라왔을 때는, 마침 점심시간이 끝나 밖에서 캐치볼을 하던 사원들이 사무실로 돌아오는 시각이었다.

세 사람은 마치 10년 만에 보는 사람처럼 나루세 씨와 인사를 했다. 젊은 사원들은 글로브 낀 손으로 공을 던졌다 받으며 자기들끼리 속닥거렸다.

"어이, 저 시끄러운 할머니들 또 왔군."

그들의 귓가에까지 들리는 높고 격앙된 목소리는 확실히 신문사 내부 공기와 이질적인 면이 있었다.

나루세 씨가 그들에게 후지코를 소개했다. 하지만 후

지코는 조금 전 기세와 달리 이 노년 대표와 중년 대표 부인들 앞에서 겁에 질려 마치 현장에서 덜미가 잡힌 소매치기 여자아이처럼 몸을 움츠린 채 호기심 어린 눈만 끔벅거렸다.

"그래서 나쓰코는 돌아왔나요?"

어머니가 물었다. 당황한 편집장이 서둘러 고개를 저었다.

"아니요, 아직 돌아오지 않으셨습니다. 아주 건강히 잘 계신다는 것은 확인되었어요. 자, 후지코 씨, 부인들께 아까 한 이야기를 해주세요."

후지코가 입을 열었지만, 도무지 아까처럼 이야기가 술술 나오지는 않아서 입을 다물고 노구치에게 바통을 넘겼다. 세 사람의 발언에 익숙한 노구치가 오히려 어떻게 된 상황인지 제대로 보고할 수 있었다.

"어머, 바쁘신 와중에 정말로 감사드립니다. 신세를 이 만저만 진 게 아니네요."

"이로써 우선은 안심입니다."

"아직 안심하긴 일러요. 나쓰코는 그 남자하고 상당히 깊은 관계까지 간 게 틀림없어요."

"이를 어쩌면 좋아. 하필 나쓰코한테 이런 일이." 고모는 그러면서 손수건에 코를 풀었다.

"제 오랜 세월 감으로 여자가 거기까지 쫓아갔다는 건 분명 거기에 어떤 사연이 있었던 거예요. 하지만 나쓰코가 먼저 그렇게 칠칠치 못한 행동을 했을 리가 없어. 남자가 상당히 막돼먹은 놈이라고요."

"분명 곰 같은 남자일 거야."

"곰처럼 여자를 집어삼키는 남자라고."

후지코가 작은 새의 지저귐처럼 소리 내 웃음을 터뜨렸다.

"어머, 이상하네. 곰 같은 남자라니. 전혀 아닌데. 아주머니, 만나면 깜짝 놀랄걸. 이다 씨 아주 멋진 남자니까. 노구치 씨의 백 배쯤 멋진 남자니까."

노구치는 쓴웃음을 지었고, 현실적인 어머니는 그 자리에서 가장 현실적인 판단을 내렸다.

한숨을 내쉬고는 주위를 둘러보며 말했다.

"이야기를 들어보니 여기에는 아무래도 결혼 문제가 얽혀 있는 것 같네요. 나쓰코는 곰 사냥이 끝나면 돌아오겠다고 하는 모양이지만, 아무리 곰 사냥이 끝난다 해도 우리가 결혼을 허락하지 않으면 돌아오지 않을 생각인 거야. 그 아이 성격으로 보자면 분명 그래."

이 말에는 역시 어머니다운 정확한 관찰력이 들어 있다. 다들 그 말을 경청했고, 막상 중대한 문제가 되자 할머니와 고모는 그들이 지금 어디에 있는지도 잊은 채 큰 소리를 냈다.

"하지만 누가 그런 남자 곰에게 귀여운 손녀를 준답니까?"

"그러다 만약에 우리가 다 반대해서 동반자살이라도 한다고 나서면 어쩔 거야? 아무튼 지금까지 나쓰코가 한 행동과는 거리가 멀어. 이번에는 진짜 같달까." 고모는 오늘 절대로 울지 않기로 약속했기에 부지런히 침을 삼켜 목구멍에서 올라오는 울먹임을 억제하며 촉촉해진 눈으로 말했다.

"그렇다면 부디 여러분이 나쓰코의 기분을 이해해 주세요."

"이해하고 말고 할 것도 없어요." 나쓰코의 어머니가 담담하게 말했다. "이제 나쓰코의 결혼 상대는 나쓰코에게 맡길 수밖에 없잖아요. 선교사든 복서든 나쓰코가 데려온 남자가 마쓰우라 가문을 이으면 돼요."

"어머, 마쓰우라 가문이 권투의 명가가 되다니. 안 된다, 조상님 뵐 면목이 없잖니."

"예를 들면 그렇단 이야기예요."

세 사람은 신문사에 민폐를 끼치고 있다는 생각에 근처 카페로 자리를 옮기기로 했다. 비가 내리기 시작했다.

"아이, 비가 오네."

"이거 큰일났군!"

세 여인은 나란히 손수건을 머리에 얹었고, 노구치는 할머니가 가여워 챙이 달린 자기 모자로 할머니 머리 위를 가리며 걸었다. 차라리 모자를 씌워드리는 편이 좋았겠지만, 그건 실례라고 생각했기 때문이다.

✦

카페에서 할머니는 블랙커피를, 고모는 신기하다며 위스키가 들어간 커피를 주문했다. 이 사람들에게는 미우라 다마키*가 자전거로 통학하던 시절의 멋스러움이 남아 있었다.

의제는 결혼 문제로 옮겨갔고, 이쪽에서 '결혼을 허락한다'라는 전보를 치지 않는 이상 나쓰코는 돌아오지 않

---

* 일본에서 처음으로 국제적 명성을 얻은 20세기 초 여성 오페라 가수.

을 거란 점에서 의견이 일치했다. 어떻게든 그것만큼은 피하고 싶다는 보수적인 의견도 나와 분쟁이 일어나는 사이, 이 늙은 여자들은 아직 본 적 없는 신랑의 모습에 언제부터인가 환상을 품게 되었다. 그 이유는 할머니가 돌연 이런 말을 꺼냈기 때문이다.

"난 말이야, 아무튼 그 남자, 한 번은 만나봐야겠어."

"저도 어쩐지 만나고 싶어졌어요."

"집안은 좋은 분이라지요. 노구치 씨가 그랬잖아요, 아버지가 사업가라고."

"나쓰코가 푹 빠질 정도니까 어쩌면 아주 멋진 사람인지도 몰라. 나쓰코는 외모를 보니까 남자다운 사람인 건 분명하겠지."

"다 같이 만나러 가는 게 일이 빠르겠네."

할머니의 이 제안에 다들 어안이 벙벙했다. 저쪽 두 사람은 이리저리 곰을 쫓아 이동 중이었고, 노인의 발걸음으로 쫓아가기에는 무리가 있었다. 차라리 곰 사냥을 빨리 마치도록 협력하는 편이 낫다는 나루세 편집장의 의견에 다들 찬성하여 이야기가 정리되었다. 노구치가 이다 츠요시의 전언을 이야기하자, 그렇다면 그 사냥 협회 지부장이라는 사람이 있는 곳으로 부탁하러 가서 도움을 주자는 말을 어머니가 꺼냈다. 할머니도 찬성했다. 할머니는 창밖에 내리는 비를 바라보다 문득 생각난 듯이 나쓰코의 어머니를 돌아보며 당부했다.

"날 두고 갈 생각하지 마라. 나도 결심이 섰어. 곰 사냥을 할 때는 그 장소에 가서 지켜볼 테다."

다들 지금은 그냥 두고 그때가 오면 둘러대자는 표정으로 눈빛을 교환했다.

나루세 씨가 전화를 걸어 회사 차를 불렀다. 여기서부터 곧장 나루세 씨와 부인들이 사냥 협회 지부장의 집으로 찾아갈 계획이었다.

"노구치 군은 어쩔 셈인가?"

"지금 이 친구가 집으로 돌아간다고 합니다. 역까지 바래다주고 오겠습니다."

"그런가."

일동은 감사했다고 사과했다가 울다가 웃다가 소란을 피우며 차에 올라 떠나버렸다. 후지코와 노구치는 빗속을 걸어 역까지 갔다. 후지코는 머리를 덮지도 않았다. 비가 야생의 나무로 쏟아지듯이 귀에서 그 부드러운 목선으로 떨어졌다. 후지코가 할 일, 후지코의 역할은 모두 끝났다. 후지코는 한시라도 빨리 목장에 있는 아버지에게 돌아가고 싶었다.

"고마웠습니다."

역 앞에서 산 과자 꾸러미를 후지코의 손에 쥐여주며 노구치가 말했다.

"나 아까 그 부인들 너무 싫어. 좋은 사람 같았지만 나는 싫어. 그런 사람들 보면 얼른 산으로 돌아가고 싶어져."

후지코가 중얼거리듯 말했다. "동감이야." 하고 노구치도 말했다. 부르주아의 악취가 야성의 소녀 코에도 민감하게 느껴졌다는 사실이 재미있었다.

기차가 움직이자 창문 밖으로 내민 단단한 호두알 같은 후지코의 손을 잡으며 노구치가 물었다.

"너는 솔직히 나와 이다 군 중에 누가 더 좋아?"

기차의 삐걱대는 소리에 뒤섞여 후지코의 작은 목소리가 멀어졌다. 하지만 그 음성은 확실히 들렸다.

"당신이야."

제22장

사냥꾼 기질

신문사 자동차가 나카지마 공원 근처 미나미주이치조 니시 9초메의 고풍스러운 서양식 건물 앞에 멈춰 섰다.

오른쪽 기둥에는 '구로카와 치과 병원'이라는 간판이, 왼쪽 기둥에는 '일본 사냥 협회 삿포로 지부'라는 간판이 걸려 있었다. 둘 다 새로 건 간판이었고, 상업과 취미 둘 다 균등하게 반짝반짝 관리하는 듯했다. 마치 새로 산 엽총처럼 말이다.

나루세 씨와 나쓰코의 할머니, 고모, 어머니 네 사람은 치과 현관으로 줄줄이 들어가 안내를 청했다. 진찰 중이라 2층 대합실 겸 응접실로 올라갔다. 창가 발코니의 등

나무가 젖어 있었다.

구로카와 선생은 어린이 환자를 보고 있었다. "아, 해 보세요, 아." 하는 선생의 목소리가 들렸다. "옳지, 아, 해 야지. 선생님 말씀을 잘 들어야지." 옆에서 격려하는 젊 은 엄마의 목소리가 들렸다. 삐걱삐걱하는 기계음이 나 기 시작했다. 그 순간 어마어마한 울음소리가 났다. 엄마 가 기를 쓰고 막는 소리가 들렸지만 우는 소리는 더욱더 커지기만 했다. 컵이 바닥에 떨어져 깨지는 소리가 났다.

"오늘은 여기서 그만합니다. 기분이 좋은 날 다시 오 세요. 하지만 집에 가서 아파도 선생님은 몰라요."

최선을 다해 냉정하면서도 명랑하게 훈계하는 선생님 의 목소리가 들렸다. 엄마는 하염없이 조곤조곤 사과를 했다.

커튼을 젖히고 나오는 모자를 보며 대합실에서 기다 리던 일동은 실소를 참을 수 없었다. 젊은 엄마는 면목 이 없어 눈만 내민 채 손수건을 코에 대고 있었지만, 손 에 이끌려 나오는 개구쟁이 소년은 얼굴 전체가 눈물과 콧물로 범벅이 되어 있으면서도 대합실에 있던 어른들 을 보자 지금까지 울다가 돌연 회심의 미소를 지으며 혀 를 쏙 내민 것이다.

구로카와 선생은 부끄러움이 많은지 좀처럼 나타나지 않았다. 여름인데도 대합실 바닥에는 사냥한 곰 모피가 깔려 있었다. 선반에는 박제한 홋카이도 뇌조가 유리 눈알을 반짝이고 있다. 벽에 누렇게 바랜 사진이 걸려 있었는데, 한쪽 다리는 쓰러진 곰의 머리에 올리고, 한쪽 손은 지면에 총을 세우고 선 젊은 시절 구로카와 씨의 의기양양한 모습이었다.

구로카와 선생이 흰 진찰복을 벗고 나타났다. 나루세 씨가 세 여성을 각기 구로카와 씨에게 소개했다. 구로카와 씨는 "오오, 그래요." 하고 머리를 깊이 숙이며 영광이라는 취지의 감정표현을 해치웠다.

벌써 쉰예닐곱의 나이인데도 그에게는 어딘가 어린아이에게 수염을 붙인 듯한 인상이 있었다. 뺨은 빨갛고 덩치는 작았으며, 위엄은 없는 대신 놀고 있는 어린이처럼 정력적으로 보였다. 사냥을 취미로 하는 사람들에게는 어딘가 어린이의 잔혹함이 깃들어 있는 모양이다.

우선 나루세 씨가 상황을 설명하고 기기묘묘한 세 여성이 나란히 고개를 숙였다.

"제발 부탁이니 부디 힘이 되어 주시길 바랍니다."

"오우, 오우, 오우."

의사 겸 지부장은 머리를 숙이지 마시라고 부탁이라도 하듯이 손을 휘저었다. 그러면서 자신도 고개를 숙이다가 여름용 삼베 상의 안쪽에 밥풀 한 개가 붙어 있는 걸 보고 그걸 떼며 말했다. "무슨 말씀이신지 잘 알았습니다. 저도 애초에 이다 군에게 비협조적인 사람은 아니었어요. 단지 그 곰을 잡겠다는 것이 어리석다고 생각했기 때문입니다. 수렵인은 등산가와 다릅니다. 조금 더 탐욕스럽지요. 에베레스트 정상을 정복했다 해도 포획물이 없다면 의미가 없지요."

"이상주의만으로는 안 된다는 말씀인가요."

나루세 씨가 말했다.

"그렇습니다. 하지만 이다라는 청년은 수렵인으로서 솜씨는 좋아도 정신적으로 조금 부족한 면이 있습니다. 그가 쫓는 건 곰이 아니에요. 어딘가 별을 쫓고 있는 듯한 분위기가 있어요."

늙은 부인들은 신기하다는 듯이 그 문답을 듣고 있다가 이윽고 안달이 난 듯 할머니가 먼저 입을 열었다.

"하지만 선생님, 의를 보고도 행하지 않으면 용기가 없다는 말이 있는데, 수렵인의 길에서 의를 보고도 말없이 보고만 있을 선생님은 아니지 않습니까. 아무리 이다라는 청년이 우리 입장에서는 귀한 딸을 훔쳐 간 사람이라고 해도 생각은 반듯한 사람이라는 느낌이 듭니다. 원수를 갚겠다는 일념으로 보수 한 푼 받지 않고 그토록 곰을 쫓는 데는, 뭐랄까 마음에 감동을 주는 면이 있지 않겠습니까?"

만약 나쓰코가 할머니의 이런 언사를 옆에서 듣고 있었다면, 자신이 이분의 손녀라는 사실을 다시금 실감했으리라.

"하지만 수렵인은 의로움에 몸 바치는 사람이 아닙니다." 구로카와 씨는 빙긋이 웃으며 말했다. "수렵인이 노리는 건 짐승이지 원수가 아니에요. 포획물이지 상대의 악의가 아니란 말입니다. 곰에게 악의를 품는다면 우리는 쉽게 쏠 수가 없어져요. 그저 짐승일 뿐이라고 생각할 때만이 쫓기도 하고 쏠 수도 있는 겁니다. 곤충 채집자가 해충이라는 이유로 곤충을 잡지 않는 것과 같은 원리입니다."

이 논리는 참으로 합당하여 문외한인 방문객들도 납득이 갔다.

구로카와 선생의 온화한 눈빛은 이야기를 들으면 들을수록 일동에게 그럴 만하다는 마음이 들게 했다. 이 부드러운 눈빛 속에야말로 어린아이 같은 수렵인의 잔혹함이 숨어 있었으며, 사냥할 새와 짐승에게 불필요한 감정을 이입하지 않기에 그 온화한 빛을 유지할 수 있다는 사실을 깨달을 수 있었다. 구로카와 씨의 신념은 이러했다. 사냥할 대상의 동물 안에 그 어떤 '마음'을 품는 일, 그것은 마음이 마음을 노리는 일이며, 인간끼리의 살상이나 다를 바가 없었다.

✦

그로부터 나흘 동안 숙녀 삼인조는 구로카와 씨를 설득하기 위해 매일 열심히 찾아왔다. 할머니는 온 김에 틀니 수리를 맡겼고, 이틀째에는 마침 고모가 볶은 콩 과자를 먹다가 이를 다쳐서 진료 의자에 앉으며, "선생님, 이렇게 저를 도와주시는 것처럼 부디 조카 부부(라고 했다!)도 도와주세요. 아아아아."라고 했고 말이 채 끝나기도 전에 입을 헹궈야 했다.

부인들은 도심 여관에서 미쓰코시 백화점 앞까지 걸어가 거기서 노면전차를 타고 나카지마 공원 길에서 내렸다.

거듭 맑은 날이 계속되었다. 삿포로시 중앙을 가로지르는 대로—대로라고는 하지만 마차가 지나가지 않는 반쯤 녹음이 우거진 지대—에서, 한여름인데도 오피스의 점심시간을 주체하지 못하고 거리로 나온 젊은이들이 캐치볼을 하고 있었다.

누구에게 보여줄 것도 아닌데 세 사람은 한껏 멋을 내며 옷 갈아입을 시간이 적다고 한탄했다. 할머니 같은 사람은 하는 수 없이 목덜미까지 분을 바르며 말했다.

"오늘은 미인계를 써서 구로카와 선생님 입에서 예, 라는 말이 나오게 하자."

장난 섞인 말이었지만 그럴 가능성을 반쯤 믿고 있었다.

공원 대로에는 벌채를 피한 거대한 느릅나무가 시원하고 짙은 그늘을 드리웠고, 외판원처럼 보이는 사람이 나무 밑동에 기대 낮잠을 즐기고 있었다. 유아차에 아기를 태운 살찐 여자가 휴가를 얻어 나온 듯 보이는 예비 대원과 소곤소곤 이야기를 나누며 걷고 있었다. 그러는 사이 시립 도서관 시계탑 종이 한 번 울렸고, 물뿌리는 살수차 탓에 물벼락을 맞은 개가 날카롭게 짖었으며, 햇볕 아래 금색으로 빛나는 묵직한 날갯짓 소리를 내며 등에가 날아들었다.

부인들이 치장하고 싶었던 데에도 다 이유가 있었다. 처음으로 자신들이 할 수 있는 일과 정열을 찾아낸 것이다. 특히 닷새째 되는 날 오전에 세 사람은 의기양양하게 숙소를 나섰다. 친절한 나루세 편집장이 아침 일찍 숙소로 전화를 걸어 새로운 뉴스를 제공했기 때문이다.

　구로카와 치과 병원 대합실 겸 응접실에서 세 사람은 잡지를 뒤적이며 선생을 기다렸다. 아침 햇살에 발코니의 등나무 아랫부분이 환했다.

　"어머, 끔찍해라."

　붉은색과 푸른색으로 물들인 세균을 찍은 현미경 사진을 보고 할머니가 말했다. 스페인 가수 결혼식 사진을 보고는 "아이, 예쁘네." 하고 위험한 서커스와 요트 경기 사진을 보고는 "아이, 무서워." 했다. 평소 틈만 나면 부딪히는 이 세 사람은 신기하게도 만사에 의견이 잘 맞았다. 하기야 이런 의견이라면 안 맞는 게 이상한 일이겠지만.

　구로카와 선생이 이번에는 흰 수술복 차림으로 나타났다. 어머니가 대표로 발언했다.

　"저, 소식을 전해드리려고 왔는데요, 그 곰이 그날 이후 두 번이나 같은 마을에 나타났다고 합니다."

"같은 마을이요?"

"네."

옆에서 할머니가 지도를 펼쳤다. 시코쓰호에서 치토세 마을 쪽으로 치토세강이 흘렀다. 그 유역에 70호 정도인가가 있는 작은 부락이 이미 빨간 색연필로 체크되어 있었다. 부락 이름은 고타나이 고탐으로 위치는 이전 부상자가 나온 시코쓰호반 부락과 몬베쓰산 산기슭 사이에 있었다. 이다 츠요시에게서 아름다운 소녀를 앗아간 란코시 고탐은 8킬로미터가량 상류였다.

"아아, 고타나이 고탐이구나." 구로카와 씨는 거기가 자기 집 앞마당이라도 되는 것처럼 이야기했다. "그 마을 사람들이라면 제가 잘 압니다. 그래서요?"

나루세 씨의 정보에 따르면, 부상 사건 다음 날부터 식인 곰이 슬그머니 진로를 바꾸어, 양을 잡으러 부락으로 내려오게 되었다. 곰은 원정이 귀찮아져서 근거지 인근을 엉망으로 만들어 놓는단다. 벌써 두 번이나 네 손가락 곰이 고타나이에 나타났다. 그때마다 양 두세 마리가 희생됐다. 어젯밤부터 이 부락에 청년이 여자를 데리고 나타났는데, 곰이 출몰하는 방향이 매일 다르기에 망을 보기 어렵다는 점과 함께 온 여자에 대한 반감 때문에

부락 사람들은 함께 곰을 잡을 생각을 하지 않는다고
했다.

"흠, 그렇습니까."

구로카와 씨는 턱수염을 잡고 고민에 빠졌다. 그도 이
곰에는 관심이 많은 모양이었다.

"지금까지의 행방을 고려한다면 이번이 가장 가능성이
있어 보이는군요. 흐음, …그래요, 흠."

구로카와 씨는 한동안 생각에 잠겨 병원 안을 빙빙 걸
었다. 박제된 뇌조 앞으로 가서 짐짓 점잔빼는 얼굴로
그 부리를 가만히 잡았다.

"저, 그 마을 수장에게 명함이라도 받아올까요."

"아니…, 그게, 흠."

정처 없이 서성거리던 구로카와 씨는 하마터면 계단
을 올라오던 여자 손님과 이마를 부딪힐 뻔했다.

"어서 진찰실로 가세요. 곧 뒤따라갑니다."

여자 손님은 의아한 얼굴로 커튼을 젖히고 들어갔다.
이윽고 구로카와 씨는 어린아이 같은 얼굴을 반짝이며
소리쳤다.

"결정했습니다. 가겠습니다, 제가 가겠어요."

삼인조는 기쁨에 넘쳐 "어머! 선생님." 하는 외마디 소리만 나왔을 뿐 달리 말이 나오지 않았다.

"일단 오늘 밤 출발하겠습니다. 고타나이 고탑 사람들은 저에게 호의를 가지고 있으니, 일이 잘 풀리도록 힘써보겠습니다."

구로카와 선생은 진찰실을 향해 말했다. "당신은 운이 좋군요. 오늘의 마지막 진료입니다."

제23장

고난의 연인

여행이 막바지에 이르자 마침내 나쓰코도 인간 세상의 냉혹함을 알게 되었다. 몇 차례 걸친 여행의 실망감과 피로감으로 나쓰코의 흰 뺨은 햇볕에 그을렸고 눈에는 피곤의 그림자가 드리웠다.

그렇다고 나쓰코의 아름다움이 쇠한 건 아니었다. 아직 아무도 본 적 없는 나쓰코의 수수한 아름다움이 드디어 겉으로 드러난 것이다.

부상자 병문안을 마친 뒤 두 사람은 치토세 여관에 묵었다. 따로 방을 얻었고 츠요시는 여전히 인내의 시간을 보내고 있었지만, 그 상황에 익숙해지면서 정신적으로 묘한 기분이 되어 이 학대가 그리 괴로운 고행이라고도 느끼지 않게 되었다. 특히 그는 타고나기를 건강한 숙면이 몸에 배 있었다.

그리 멀지 않은 고타나이 고탑에 곰이 나타났다는 소문은 곧바로 치토세마을로 전해졌다. 이 근대화된 마을에 있으면 좀처럼 곰을 향한 공포가 느껴지지 않는다.

하지만 전쟁 중에는 이런 일도 있었다. 학교 정원에 곰이 나타나 돌담 위에 걸터앉은 채 아이들이 노는 모습을 지켜보는 모습이 목격되어 큰 소동이 일었다. 벼랑 위에서 책상다리하고 앉은 곰이 희고 큰 기선을 뚫어지게 바라보고 있는 모습을 연안 항로를 지나던 선원이 발견한 적도 있었다.

맑게 갠 어느 가을날, 치토세마을 한 모퉁이에 있는 고지대 무덤가 사이에서 거대한 곰 한 마리가 천천히 나타나 도로를 가로질러 가는 모습을 본 사람이 있었다. 그 사람은 서둘러 마을 사무소로 달려갔다. 볕이 잘 드는 신축 목조건물 안에는 열 명쯤 되는 사무원이 업무를 보고 있었는데 곰을 발견하고 당황한 사람은 사무소로 뛰어들자마자 이렇게 물었다.

"축산 담당 직원 계십니까?"

축산 담당 직원은 노인이었는데 종이로 싸고 있던 궐련이 바람에 날아가지 않도록 천천히 신문지에 싸 서랍에 넣었다. 그런 뒤 방금 싼 담배 한 개에 불을 붙이며 느긋하게 일어나 얼굴이 창백하게 질린 손님 앞으로 나아갔다. 애초에 축산 담당 직원에게 얼굴이 창백해질 만한 용건이 있을 리가 없다. 노인은 유유히 이렇게 물었다.

"제가 축산 담당인데요, 무슨 일이십니까?"

"지금 이러고 있을 때가 아닙니다. 고, 곰이 나타났어요."

"에엣?"

그즈음 곰은 도로를 건너 철도선 울타리를 넘어서 작업 중인 선로 인부들 앞에 나타났다. 제자리에 주저앉을 만큼 놀란 인부들은 들고 있던 곡괭이를 내팽개치고 삼십육계 줄행랑을 쳤다.

갑작스러운 소식을 전해 들은 치토세 주재 해군 분대가 출동했을 때는 곰의 모습이 흔적도 없이 사라진 뒤였다.

츠요시와 나쓰코는 그 곰이 네 손가락 곰이었다는 제보를 듣고 뒤를 쫓아야겠다는 의무감을 느꼈다. 그날 오후 시코쓰호로 가는 막차 버스에 올랐다. 란코시를 지나

한참 더 가서 내린 뒤 2킬로미터가량 걸어야 했다.

두 사람은 버스 차창 너머로 지나가는 여름 가로수와 그 사이로 떠오른 저녁 구름을 바라보았다. 좁은 길로 들어설 때는 놀란 새가 격렬하게 날갯짓하는 소리와 버스 창문을 긁어대는 나뭇가지 소리에 놀랐을 뿐, 맨 처음 목장에 도착했을 때처럼 경쾌함과 신선함으로 온몸이 꽉 차오르는 감동은 없었다. 고타나이에 가더라도 그 신출귀몰한 곰은 도망치고 말 거라는 예감이 들었기 때문이다.

두 사람은 버스에서 내려 치토세강을 따라 걸었다. 인적이 드문 길이었다. 츠요시의 어깨에 걸린 가죽 엽총 가방에도, 나쓰코의 머리에 씌워진 스카프에도 어느 틈엔가 흰 먼지가 쌓였다.

고타나이 부락이 보이기 시작했다. 강을 끼고 펼쳐지는 분지의 한 귀퉁이다. 소년 하나가 목장의 양 떼를 자기 집 오두막으로 데려가는 모습이 석양으로 인해 길게 그림자 졌다. 츠요시는 소년에게 과자를 주며 족장님 집이 어디냐고 물었다.

부락은 쥐 죽은 듯 조용했다. 지붕 위에 얹어둔 돌마저도 긴 그림자를 드리우고 있었고, 지붕 한쪽은 석양에 물들었으며 다른 한쪽은 어두웠다. 부락 중앙에 키가 큰 고로쇠나무가 늙은 촌장처럼 엄숙하게 서 있었다.

아이누 가옥은 위생상의 이유로 금지되었기 때문에 아이누 족장의 집 역시 작은 시영주택 중 하나였다. 인사를 청하자 깊은 어둠이 내린 실내에서 무릎으로 걸어 나온 사람이 있었다. 그 사람 얼굴을 확인한 나쓰코가 얼굴이 사색이 되어 뒤로 휙 물러섰다. 이는 두 사람이 부락에 좋지 않은 인상을 주게 된 첫 번째 요인이 되었다.

나쓰코가 놀라는 것도 무리는 아니었다. 두 사람을 맞이한 예순 줄의 촌장 부인은 옷차림이야 블라우스에 바지를 입고 있어도, 얼굴에는 요즘 보기 힘든 무서운 이레즈미를 새겨 넣고 있었다. 입이 귀까지 찢어진 듯한 문신이었다. 피부색마저 흙빛이라 죽은 사람 같았다.

"무슨 일이십니까."

츠요시가 곰 사냥을 위해 하룻밤 묵기를 청하자 노파가 말했다.

"안 됩니다. 돌아가세요."

츠요시는 선물로 소주를 헌상했다. 집안에서 음침한 기침 소리가 새 나왔다.

"폐병 기침이야."

나쓰코가 속삭였다.

"족장이 폐병인 모양이네. 아이누에게는 노인 결핵이 많아."

츠요시가 낮은 목소리로 대답했다.

"어쩌면 좋아. 이 집에서 묵기 무서워."

나쓰코가 말하는 사이 노파가 다시 무릎걸음으로 다가와 나쓰코를 빤히 보며 말했다.

"곰은 못 잡습니다. 포기하세요. 어두워지기 전에 돌아가요. 우리 집에는 묵을 수 없고, 어느 집에 가더라도 여자와 같이 가면 거절당할 겁니다. 식인 곰을 잡겠다는 사람이 여자를 데리고 다니다니 제정신이라고 생각하는 사람은 없을 겁니다."

노파는 눈을 치뜨고 웃었는데 그 입이 정말로 찢어진 것 같았다. 츠요시는 다른 집 두세 곳을 가보았지만 모두 매정하게 거절당했다. 노숙하려 해도 곰 때문에 위험했다. 그러는 사이 완전히 해가 져 두 사람은 밝은 창에서 흘러나오는 라디오 음악 소리에 귀를 기울이며 강가에서 쓸쓸히 야식 도시락을 먹었다.

"정말 냉혹한 마을이네."

츠요시는 나쓰코의 몸이 밤이슬에 젖을까 두려웠다.

룩색에서 담요를 꺼내 나쓰코의 어깨를 감쌌다. 흘러가는 강물 위 하늘에는 별이 반짝였다.

"곰이 나타나면 어쩌지?"

나쓰코가 불안한 듯 말했다.

"행운이 따로 없겠지."

츠요시의 말에도 어딘가 냉정한 울림이 있었다.

제24장

란코시 고탑의 밤

이래서는 언제 곰이 나올지 알 수 없었다. 여름이라지만 밤에는 상당히 추웠다. 츠요시는 마른 나뭇가지를 모아 불을 피웠다. 휴대 식량으로 식사를 한 뒤 기운을 차리기 위해 포켓 위스키를 조금 마셨다. 병뚜껑에 찰랑이는 호박색 술이 손에서 손으로 건네질 때 불꽃 그림자가 반짝반짝 어른거렸다.

"힘을 내서 두세 집 더 다녀볼까, 어때?"

"응."

츠요시는 평소와 다르게 즉각적인 판단을 내리지 않았다. 집들 처마 밑에서 아이누견이 늑대처럼 짖어대며 서로를 불렀다.

"그냥 란코시로 가자."

"지금?"

"응, 이 부락에서 잔다 해도 계속 찬밥 신세일 테니 해결이 안 나. 혼자 망을 보며 곰을 잡기도 어렵고."

"하지만 아무도 도와주지 않으면 혼자 하겠다고 당신이 그랬잖아."

"그때 그거 말인가. 센 척한 거지. 란코시에 가서 오오우시다 주조에게 부탁해야겠어. 이 마을 촌장을 다시 설득해 달라고 말이야. 오늘 밤 곰을 본대도 손 놓고 보는 수밖에 없을 거야."

영웅은 처음으로 약한 소리를 뱉었다. 그의 마음속에 견딜 수 없는 울분이 서려 있다는 건 알 수 있었지만, 나쓰코는 어린아이처럼 센 척하는 말을 조금 더 듣고 싶었다. 무엇보다 나쓰코는 식인 곰이 조금도 두렵지 않았던 것이다.

란코시까지 가는 길은 멀었다. 두 사람에게는 손전등이 있었지만, 달도 없는 어둠 속을 걷자니 오금이 저렸다.

란코시….

버스를 타고 그 부락(고탐) 옆을 지나갔을 때, 나쓰코는 츠요시가 가리키는 손끝에서 이곳과 다를 바 없는 평범한 집들을 보았을 뿐이다. 이제까지 츠요시가 란코시에 가고 싶지 않아 했던 이유를 알 것 같았다. 상식적으로 생각하면 그가 홋카이도에 오자마자 제일 먼저 왔어야 할 곳은 란코시였다.

츠요시는 아마도 그곳의 추억에 젖는 게 두려웠으리라. 그 기억 속에 나쓰코를 두는 게 꺼려졌으리라. 그는 말없이 원수인 적을 무찌르고 자기 혼자만의 생각에 취해 조용히 도쿄로 돌아갈 생각이었으리라.

아까 지나가면서 본 란코시 고탑의 하늘에는 은은한 저녁 구름이 번져 있었다. 두세 그루의 포플러가 솟아 있고, 길가의 호박밭이 먼지를 뒤집어쓰고 있었다. 길 위에는 사람의 그림자가 없었다. 고타나이에서 란코시까지는 치토세강을 따라가다가 깊은 숲으로 이어지는 길이었다.

나쓰코는 발이 아팠다. 먼 길을 걷는 데 익숙하지 않아서 신발 속에 잡힌 물집이 비명을 질러대고 있었다. 그러나 지기 싫어하는 나쓰코는 결코 우는소리를 하지 않았다.

손전등이 밝혀주는 길 양쪽에 기괴한 모양의 가로수

가 삿갓을 깊숙이 눌러쓰고 수행하는 승려처럼 보이다가, 목을 매단 시체처럼 보이다가, 노파처럼 보이다가, 인왕처럼 보였다. 나쓰코는 괴테의 〈마왕〉이라는 시가 떠올라 다소 섬뜩했다.

츠요시는 츠요시대로, "힘들어?"라고도 "조금만 더 가면 돼."라고도 하지 않았다. 그런 말이 이런 상황에서 여자에게 얼마나 힘이 되는지 모르지만, 그걸 뻔히 아는 츠요시도 상냥한 말을 걸어주지 않았다.

나쓰코는 걸으며 이렇게 생각했다.

'지금 이 사람에게는 내가 짐이 되고 있어. 여자를 데려왔다고 꺼려하는 촌장 부인 때문에 곰 사냥에 지장이 생겼다며 분해하고 있는 거야. 상관없어, 나도 미안한 기색은 요만큼도 없이 나아갈 거니까.'

숲속에서 밤의 새가 번갈아 울었다. 점차 물소리가 가까워지더니 강이 보이기 시작했다. 강물이 이상하리만치 밝아진 것을 보고 두 사람은 달이 떴다는 걸 알았다.

멋진 돌다리였다. 츠요시가 거기서 걸음을 멈추었지만, 나쓰코는 시치미 떼고 먼저 가려 했다.

"어이, 쉬었다가 안 가?"

츠요시가 말했다. 나쓰코는 돌아보며 미소 지었다.

"하나도 안 힘든데, 왜."

그대로 걸어 나가는 나쓰코의 발이 어린아이 같은 마음을 끄집어냈다. 츠요시가 성난 듯 소리쳤다.

"쉬었다 가."

그래도 나쓰코가 앞서가자 츠요시는 달려가 손으로 어깨를 잡았다. 나쓰코가 비틀거리자, 츠요시는 이 귀여운 악동을 갑자기 뒤에서 껴안아 키스했다. 그의 어깨에 맨 엽총 가방 띠가 나쓰코의 어깨를 짓눌렀다.

'어머, 싫어.' 나쓰코는 생각했다. '아까부터 이 생각을 하느라 말이 없었군.'

나쓰코는 그 긴 키스 동안 한쪽 눈을 살짝 떠 머리 위의 별하늘을 보았다. 별이 눈 속으로 떨어져 내릴 것만 같다. 그 뜨거운 물방울이 입속으로 흘러드는 것만 같다. 큰곰자리가 보이고 작은곰자리가 보였다. 어미 곰과 새끼 곰의 광택 나는 검은 털은 검은 밤하늘에 섞여 들어, 인간의 눈에 비치는 건 그저 발톱과 어금니의 찬란한 반짝임에 불과하다.

✦

　키스가 끝나자 두 사람은 팔짱을 끼고 걸었다. 다리는 피로를 잊었다. 츠요시의 야광 시계가 서머타임*으로 열한 시 반을 가리켰을 무렵, 란코시 고탑의 불빛이 드문드문 보이기 시작했다.

　우사쿠마이 다리를 건너서 마을로 들어서니 개들이 일제히 짖어댔다. 츠요시가 이야기한 그대로다. 어슴푸레 안개가 끼어 있고, 약간의 야간 작업 등불이 반짝였다. 이미 라디오 소리도 들리지 않았다.

　부락은 신비롭고 몽환적인 냄새에 휩싸여 있었다. 다시 말해, 때 이른 가을의 냄새다. 저녁 나절 모닥불 냄새의 잔향이면서, 마굿간 냄새, 강 냄새, 한낮의 더위에 시든 초목이 생기를 되찾으려 호흡하는 냄새다. 나쓰코는 발밑으로 이름 모를 작고 노란 꽃을 밟았다.

　츠요시는 오오우시다 주조의 집을 기억하고 있었다. 다행히 아직 잠들지 않았다. 그 시절부터 일가는 밤늦도록 자지 않고 깨어 있었다.

* 여름철 낮 시간을 절약하기 위해 시계를 한 시간 앞당겨 사용하는 제도.

오오우시다 주조라는 명패가 걸린 집 현관으로 다가
가자 개가 발에 차이기라도 한 것처럼 히스테릭하게 짖
어댔고, 집안에서 창문이 열리며 주조의 아내가 이쪽을
살폈다.

"누구세요?"

"이다입니다. 오래간만입니다."

"네? 이다 씨래요."

"재작년에 신세졌던 도쿄의 이다입니다."

"어머나! 이다 씨가 왔어. 여보, 노부코, 마쓰코, 이다
씨야."

창문에 일제히 네 명의 머리가 늘어섰다. 주조가 푸른
눈을 깜박이며 일어섰다. 현관 유리문에 곧바로 무시무
시한 그림자가 어른거렸다. 유리문을 열고 주조는 츠요
시 뒤에 서 있는 나쓰코의 모습을 확인하고는 "오, 부인
도 함께 왔어." 하고 말했다.

나쓰코는 상당히 수수한 차림이었지만 모두와 인사를
나누고 차분해지자 노부코와 마쓰코의 눈을 휘둥그렇게
만들기 충분했다.

주조는 소주에 취해 오랜만에 돌아온 아들 보듯 그 푸
르스름한 눈으로 츠요시를 자상하게 바라보았다. 주조의

눈은 촉촉이 젖어 있었다. 파르스름하게 수염을 깎은 턱으로 눈물이 한 줄기 흘러내렸다.

"어머, 아빠가 울어."

스물한 살 된 언니가 신기해했다.

"어머, 아빠가 울어."

열네 살 된 여동생이 따라했다.

"아빠가 울다니, 최근 일이 년 동안 못 본 일이야. 그날 이후…."

아버지는 츠요시의 손을 잡아끌더니, 말없이 불단 앞으로 데리고 갔다. 빛바랜 사진이 수수한 액자 안에 꽂혀 있었다. 그 모습을 본 나쓰코도 다가가 합장했다.

손을 모으면서도 나쓰코의 '여자'로서의 눈은 명함 크기의 초상 사진을 관찰하고 있었다. 아키코는 웃으며 손을 들고 있었다. 머리칼은 바람에 흐트러져 있고, 바람에 단련된 다부진 소년과도 같은 웃는 표정이 눈가에 새겨져 있었다. 어디에나 있는 흔한 얼굴이다. 천 개의 사과 가운데 하나처럼 오히려 흔하기에 신선한 얼굴이다. 나쓰코는 그 얼굴이 후지코와 조금도 닮지 않았다는 사실에 안도했다.

츠요시는 가만히 그 사진을 응시했다. 츠요시 자신도

자신의 모든 정열이 이 작은 사진의 형상에 걸려 있다는 사실을 믿을 수 없는 눈치였다. 향불 연기 속에서 아키코의 말수 적고 귀염성 있는 어투, 목소리, 눈빛, 작은 새와 같던 휘파람, 재빠른 몸놀림, 그 모든 것이 되살아나는 기분이었다. 츠요시의 눈에는 눈물 대신 새로운 분노가 반짝였다.

'그 곰을 반드시 죽이고 말겠다!'

옆에 있던 나쓰코는 츠요시의 눈 속에 자신이라는 존재가 완전히 무시당하고 있다는 사실을 느끼고, 자기 사랑이 이상한 모순을 떠안고 있음에 새삼 놀라지 않을 수 없었다.

제25장

등장인물, 한자리에 모이다

이튿날 아침, 두 사람 사이에는 약간의 암운이 드리워 있었다.

전날 밤 츠요시가 피로와 초조함, 되살아난 분노 탓에 발칙한 행동을 저질러댔기 때문이다. 나쓰코는 좁은 방 안에서 옆방에서 자는 사람들 귀를 꺼려 작은 목소리로 열심히 저항했다. 마침내 나쓰코가 이렇게 말했다.

"지금 당신 머릿속은 아키코 씨 생각으로 꽉 차 있잖아. 나, 죽은 사람 대역이 되기는 싫어. 나는 나쓰코야, 아키코가 아니야."…나쓰코의 음성은 남동생을 가르치 듯 따뜻하고도 침착했다.

"난 말이야, 첫날 밤을 당신 옛날 애인 대신으로 보내고 싶지는 않아."

얼마 후 츠요시가 침을 삼키고 이렇게 말했다.

"미안."

그러고는 조용해졌나 싶었더니, 어이없게도 코를 골기 시작했다.

이 사건이 딱히 둘 중 누군가의 마음에 원망을 심어준 것은 아니었지만, 이튿날 아침까지 응어리는 남아 있었다.

오오우시다 주조는 아침 일찍 자전거를 타고 고타나이 고탐으로 달려갔다. 츠요시를 위해 그날 일을 쉰 것이다. 주조는 츠요시가 이렇게 자신을 찾아온 이상, 같이 원수를 잡아달라는 부탁을 받지는 않더라도 역할 하나는 할 생각이었다. 주조는 고타나이 사람들을 설득할 자신이 있었다. 나쓰코와 츠요시는 아침의 길 위에서 주조의 자전거를 배웅했다. 배웅을 마친 나쓰코는 오오우시다의 집으로 다시 들어갔다. 츠요시는 들어가지 않고 이슬 젖은 오솔길을 걸었다. 이윽고 달려나갔다. 어쩐지 자기 몸을 주체할 수가 없었다.

어젯밤부터 노부코와 마쓰코는 나쓰코가 난처해 할 정도로 도쿄 이야기를 시시콜콜 캐물었다. 스물한 살인 노부코는 도쿄에서 어떤 옷이 유행하고 있는지, 열네 살인 마쓰코는 소녀 가극을 보고 싶은데 얼마나 아름다운지 물었다. 또 소녀 가극이 삿포로로 순회공연을 왔을 때 어머니를 졸랐지만 보여주지 않았던 게 생각나 어머니를 책망했다. 그런 질문을 받은 나쓰코는 난처했다. 불과 얼마 전까지만 해도 도쿄에 있었지만, 일 년도 넘게 못 본 듯한 기분이 들었다. 도쿄, 지도 위의 작은 점, 아득히 먼 곳에 있는 너저분하고 작은 도시, 그밖에 아무런 환상도 떠오르지 않는다. 도쿄를 뭐라고 설명해야 할까. 긴자에 무엇이 있다는 건가. 아무것도 없다. 꽉 찬 공허, 셀로판종이에 싸인 봉봉°과 같은 공허, 그뿐이다.

나쓰코는 창문 너머로 뒷산을 바라보았다. 여름날 햇살에 녹음이 타오르고 있었다. 이윽고 산 정상에 검은 사람의 그림자가 나타났다.

"나쓰코!"

자기를 부르고 있다는 걸 알았을 때 얼마나 기쁘던지. …나쓰코는 놀란 얼굴의 노부코와 마쓰코를 남겨둔 채 재빨리 운동화를 꿰어신고 산 정상으로 향하는 오솔길

• 과즙이나 브랜디 따위를 넣어 만든 사탕.

을 달렸다. 암사슴처럼 가볍게 달려 올라가며 화끈하게 달아오른 발뒤꿈치가 아침 이슬에 젖어 시원해졌다. 조릿대를 헤치며 달려 올라갔다. 정상에 오르자 강한 팔뚝이 뻗어 나와 나쓰코의 몸을 끌어 올렸다.

"저기 봐."

츠요시가 말했다.

멀리 산골짜기 고타나이 고탑의 지붕들이 빛나고, 그 너머 몽베쓰산이 옅은 보라색으로 떠 있었다. 전망 일대에 아침 안개가 자욱이 끼어 있었다. 마침 고타나이만 안개가 걷혀 치토세강이 수은색으로 굽이쳐 흐르고, 이를 감싼 안개가 금빛 아침 햇살에 물들어 있었다. 게다가 안개가 천천히 움직여서 근처 산허리의 나무숲 기둥을 한 그루 한 그루 분명히 셀 수 있었다.

츠요시는 나쓰코의 어깨에 손을 걸쳤다. 두 사람은 같은 마음으로 고타나이 쪽을 응시했다. 숲의 저편, 흐르는 계곡 안쪽에 두 사람이 노리는 한 마리 흉악한 곰이 있다. 지금쯤 거처로 돌아가 잠을 자고 있으리라. 두 사람은 그 곰이 원수인지 이상(理想)인지 더 이상 분간이 가지 않았다.

저녁나절, 집으로 돌아온 주조는 어두운 얼굴을 하고 식탁에 앉아 이렇게 말했다.

"어젯밤에도 고타나이에 곰이 나타나서 양을 세 마리 잡았다는군. 하지만 고타나이 녀석들은 손놓고 있어. 촌장이 병으로 앓아누운 탓인지 아무도 기력이 없는 거야. 도쿄에서 명사수가 와도 그런 마물을 쓰러뜨릴 수는 없을 거라더군. 마물이 마음을 바꿔 먹기만을 기다리겠다고 하네."

"상관하지 말고 우리끼리 가면 안 됩니까."

"아무도 도와주지 않을걸세."

그렇게 말하며 주조는 한숨을 쉬었고, 일동은 보리 섞인 밥을 앞에 두고 수저를 놓은 채 맥이 빠졌다.

눈앞에 먹이를 두고 기다리라는 말을 들은 개와 같다고 나쓰코도 생각했다.

여기까지 곰을 쫓아 왔는데 한 걸음 앞에서 곰을 놓치는 상황이다.

"하루만 더 기다려보고 저쪽에서 아무 말이 없으면 주조 씨와 제가 둘이 가서 그물을 칩시다."

츠요시가 말했다.

"흐음, 그것도 좋지만." 러시아인처럼 움푹 파인 눈구멍 안쪽에서 푸르스름한 눈이 깊은 생각에 잠긴 듯 말을 이었다. "이틀 정도 더 교섭을 해보고 모레도 안 되면 그때 가도 늦지 않겠지. 대체로 곰은 이틀 간격으로 출현해. 어젯밤 출몰했다면 오늘하고 내일은 안 나올걸세."

"주조 씨에게 맡기겠습니다."

츠요시는 이 일 때문에 주조가 생업을 쉬는 게 마음에 걸렸지만, 그 말은 꺼내지 않고 묵묵히 주조의 호의에 감사했다.

하지만 이튿날도 교섭은 성사되지 않았다. 고타나이 부락에는 죽은 듯한 무기력이 지배하고 있었다. 오래전 무예를 숭상하던 민족은 마치 한 차례 콜레라가 휩쓸고 간 지역처럼 쇠퇴하여 무언가를 할 기력 자체가 없는 듯했다.

사흘째 되는 날, 츠요시와 나쓰코는 주조가 돌아오기를 얼마나 기다렸는지 모른다.

츠요시는 온종일 엽총을 손보았다. 미들랜드 총을 검게 빛이 날 때까지 닦은 뒤 총구 내부를 들여다보면, 고등어의 등처럼 푸른 강철이 광택을 발한다.

츠요시는 몇 번이나 "아직인가"라고 혼잣말처럼 말했다. 그때마다 나쓰코도 밖으로 나가 고타나이 방면에서 기쁜 듯이 벨을 울리며 달려올 자전거 그림자를 찾았다. 그날 주조는 좀처럼 오지 않았다. 길이 어두워지기 시작했다. 어렴풋이 끼기 시작한 안개 속에서 불빛을 밝히며 다가오는 자전거를 보고 혹시나 했지만 전부 다 일을 마치고 돌아오는 나무꾼들이었다.

그들은 주조의 집에 새로 들어온 소문난 여자 손님 얼굴을 호기심 어린 눈으로 빤히 쳐다보며 지나갔다. 저급한 말로 놀리며 가는 젊은이도 있었다.

밤이 되었다. 일동은 저녁 밥상 앞에 앉았다.

다들 거의 말이 없었다.

"혹시 다치기라도 하신 건 아니겠지?"

어머니의 말에 마쓰코가 그런 말 하지 말라며 두 손으로 귀를 덮었다.

노부코가 기분 전환을 위해 라디오를 켰다. 소란스러운 음악이 흘러나왔다. 평소 재즈 같은 건 안 듣는 가족이었지만, 오늘밤은 진지하게 굳은 얼굴로 핫재즈에 귀를 기울였다.

"미국의 풍물패로구나."

어머니가 말했다.

밤 여덟 시가 지났다.

자동차 클랙션이 울렸다. 차가 멈추는 소리가 들리고 엔진이 웅웅거렸다.

오래전 주조에게서 들었던, 아키코의 수상한 어머니를 태운 차 소리가 생각난 츠요시는 가슴이 철렁했다.

주조의 집에 자동차가 멈춰설 리가 없다.

가족은 몸이 굳어서 바깥 소리에 귀를 기울일 뿐이었다. 주조의 목소리가 들렸기에 다들 안심했다. 현관문이 열리고 "나 왔어."라며 주조가 소리쳤다. 그 명랑한 목소리에 성공을 직감한 츠요시는 현관으로 달려나갔다.

"어떻게 됐나요?"

"잘됐어. 잘됐어. 전부 다 구로카와 선생이 도와주었어."

"구로카와 선생?"

주조 뒤에서 작고 통통한 체격의 수염 난 신사가 나와 악수를 청했다.

"수렵단체 삿포로 지부장 구로카와입니다. 작년에는 실례했습니다. 고타나이에는 제가 말해두었습니다. 지금부터 같이 고타나이로 갑시다."

츠요시는 말없이 구로카와 씨의 손을 잡았다. 감격에 젖었던 학창 시절이 떠올랐다. 학교 대항전 때 친구와 나눈 열광적인 악수가 생각났다. 그때에 비하면 구로카와

와 씨의 손은 주름이 너무 많았다.

츠요시가 조수석에 타고, 구로카와 씨와 주조와 나쓰코가 뒷좌석에 올라탔다. 치토세 읍사무소 공용 자가용은 오오우시다 일가의 배웅을 받으며 달려 나갔다.

고타나이에 도착했을 때, 마을 입구에는 또 한 대의 자동차가 신문사 깃발을 펄럭이며 정차해 있었다. 구로카와 씨의 명으로 그 앞에 차를 세우고 모두 내렸다. 그러자 맞은편 차도 문이 열리고 사람들이 내렸다.

나쓰코는 "앗" 하고 놀라 소리쳤다.

할머니, 어머니, 고모, 그리고 노구치가 차례로 내렸다. 먼저 고모가 큰 소리로 오열을 했고, 할머니와 어머니가 나쓰코의 양쪽에 매달렸다.

노구치에게 츠요시를 소개받은 나쓰코의 어머니는 평소대로 예의를 차리며 이 소녀 유괴범을 향해 정중한 말투로 인사했다. "그동안 나쓰코가 신세를 많이 졌습니다."

제26장

사과하기도 기묘한 형국

"그동안 나쓰코가 신세를 많이 졌습니다."

이런 인사는 생각하기에 따라서는 대단히 진기한 광경이며, 종종 상식이 범하는 비상식의 표본과도 같은 것이었다.

나쓰코의 어머니로서는 슬픈 일이지만, 첫 만남에서 츠요시의 풍채에 '훌륭한 집안 자제'라는 확실한 특징 — 품위있는 말투랄지, 살짝 머리를 들어올리는 데서 느껴지는 좋은 교육을 받은 느낌 — 이 없었다면 아마도 어머니의 입에서 그런 인사가 나오지는 않았으리라.

개가 다른 개의 냄새를 찾아내듯이 어머니는 츠요시

에게서 나쓰코도 아직 알아채지 못한 냄새를 맡았고 안심이 됐다. 이것이야말로 올해 최고의 공로였다.

나쓰코의 두 팔을 양쪽에서 잡은 할머니와 고모가 츠요시와 어머니 쪽으로 다가왔다. 자기 아들을 소개하듯이 나쓰코의 어머니는 츠요시를 두 사람에게 소개했다.

"처음 뵙겠습니다. 마쓰우라라고 합니다. 앞으로도 부디 잘 부탁합니다."

할머니가 깍듯이 인사했기에, 고모는 이제는 공공연하게 허락받은 눈물을 걸레처럼 젖은 손수건으로 닦아대며 작은 목소리로, "어머! 이다 씨로구나. 소문은 익히 들었어요." 하고 말도 안 되는 인사를 했다.

얼굴이 빨개진 츠요시가 어쩔 줄 몰라하는 모습을 보고, 덩치 작은 지부장은 신단에 손을 올려놓듯이 츠요시의 어깨에 겨우 손을 뻗어 두드리며 말했다.

"이다 군, 그리 뺄 것 없네. 부인들은 자네를 위해 나더러 도와달라고 부탁하러 왔다네."

츠요시는 말하자면 시험대에 올라 있었다. 눈물에 젖어 있어도 방심할 수 없는 여자들의 눈 여섯 개가 츠요시를 유심히 관찰했다. 상황을 눈치 챈 나쓰코는 츠요시에게 다가가 팔짱을 끼며 이렇게 속삭였다.

"신경쓰지 않아도 돼. 다들 당신에게 호의를 갖고 있는 것 같으니까."

일동이 숙소로 정해진 촌장의 별가로 가는 동안, 구로카와 지부장, 노구치, 츠요시, 나쓰코, 주조가 앞장서고, 삼인조 여성이 자연스럽게 그룹을 이루어 뒤를 따랐다.

츠요시가 노구치에게 이 엉뚱한 방문객이 어떻게 여기까지 오게 되었는지 묻자, 지부장도 노구치와 부인들이 나타난 게 뜻밖이라고 여겼는지 얼굴을 돌려 노구치의 대답에 귀를 기울였다.

"저런, 제가 만나자마자 먼저 말씀드려야 했는데 부인들이 소란을 피우시는 기세에 압도되어 말을 꺼내지 못했습니다. 실은 나루세 편집장한테서 곰 사냥 기사를 쓰기 위해 구로카와 씨의 뒤를 밟으라는 명령을 받았습니다. 그 자동차에 저 세 분이 억지로 밀고 들어오신 거고요. 여기까지 운전하고 오는 동안 세 분이 흥분하시는 탓에 너무 힘들었습니다. 제가 아무 말 없이 멍하니 있는데, '오랜만에 딸을 만나겠다는데 막으실 생각입니까?' 하고 밀고 들어왔습니다."

뒤에 따라가는 세 명은 즉시 츠요시의 뒷담화를 시작했다.

"그리 색마로 보이지는 않는데요."

"하지만 사람은 겉만 보고는 모르는 거니까 조심해야 해요."

"하지만 내가 보기에는." 할머니는 이런 상황에서 침착함을 보여주지 않으면 안 된다 싶었는지 말을 이었다. "저 정도면 나쁜 짓을 할 인상은 아니야. 얼굴이 빨개지잖니. 의외로 너무 착한 도련님이라 맥이 빠지네."

이 이상 논리를 펼치다가는 나쓰코가 유혹당한 것이 아니라 유혹한 것이라는 자가당착에 빠지기 때문에 세 사람은 조심해서 이야기를 이어갔다.

일행은 마을사람 전체가 그들을 맞으러 왔다는 데 깜짝 놀랐다. 하지만 그런 생각은 착각이었다. 자동차가 멈춰서는 일이 잘 없는 이 마을에 차가 두 대나 정차해서는, 낯선 손님들이 내려서 울부짖고 탄성을 질러댔기에 구경하러 나온 것이었다.

아이누 견들도 짖기를 잊고 바라보았고, 여자아이 품에 안겨 있던 고양이는 발밑의 개를 바라보며 갸르릉거렸다. 작은 남자아이들은 어느 틈엔가 부인들의 뒤를 무리 지어 따라왔다. 아내는 아기를 안고 현관 앞에 섰고, 남편은 한 손에 소주병을 들고 홀짝이며 구경했다. 어느 창문에서 빛을 등지고 구경하는 가족은 연극 관람석에 앉아 있는 듯했다. 축음기를 가지고 있던 한 가족은 이때다 싶어 〈아카기의 자장가〉* 레코드를 틀었다. 우연히 집에 와 있던 예비부대 아들은 어머니에게 이렇게 설명했다.

"저런 걸 두고 유한마담**이라고 해. 저 노파의 두꺼운 화장 좀 봐. 엄마가 훨씬 더 미인이야."

수수한 여름 원피스를 입은 예순 살의 어머니는 아들의 진심 섞인 아부에 황홀한 기분이 들었다.

일행은 촌장의 첩과 인사한 후 별가로 들어갔다.

촌장의 첩은 벌써 예순 살 가까이 된 통통하고 덩치가 작은 사람이었다. 원래 치토세마을의 게이샤로 있다가 촌장의 둘째 부인이 되었다. 어째서인지 유카타를 입은 목에 비단 스카프를 두르고 있었다.

일행은 선물을 꺼냈고 첩은 아키타 사투리로 인사했다. 그러고 보니 그 희고 통통한 살결에서 아키타 미인이 가진 고운 살결의 흔적이 보였다.

---

* 당시 영화로도 만들어져 유행하던 시대극.
** 생산활동에 종사하지 않으면서 가진 재산으로 소비만 하는 부인을 지칭하는 말.

사이다가 나왔다. 일동은 생각난 듯이 땀을 닦았다. 어디선가 벌레가 울었다.

여덟 명은 어쩐지 어색하여 말이 없었다. 츠요시가 나쓰코의 귓가에 대고 이렇게 말했다.

"번거로우니 그냥 내가 나쁜 놈을 자처하고 사과할까?"

"관둬. 사실도 아니잖아."

"그건 그렇지. 내가 사과할 건 없네."

츠요시가 미소 띤 얼굴로 나쓰코를 흘끗 보며 놀리는 듯한 시선을 보내자 나쓰코는 어울리지 않게 얼굴을 붉혔다.

"그건 그렇고 노부인께서 여기까지 오시느라 고생이 많으셨겠습니다."

지부장이 할머니에게 말했다.

"나는 노인이 아니에요. 나이를 먹지 말자고 다짐한 게 서른 살인데, 그때 이후 나이를 안 먹었죠. 마쓰우라 집안에 며느리로 들어오면서 코는 골지 말자고 다짐한 이래로 이날 이때껏 코 한 번 곤 적 없단 말입니다."

이 자기선전에 어머니와 고모는 서로 눈웃음을 건네고 싶었지만, 할머니가 어느 틈엔가 뒤를 돌아 다다미 여덟 장짜리 방을 바라보고 있었다.

"어머나, 꽃꽂이가 참 멋있네. 세상에, 백합이 참 예쁘군요."

이 예의범절에 일동 반응이 없었던 것은 여주인이 차를 준비하러 떠난 뒤였기 때문이다.

지부장은 가장 중요한 곰 이야기로 들어가고 싶었지만, 부인들이 나쓰코 이야기만 꺼내려 해서 끼어들 틈이 없었다.

"어머나, 세상에. 나쓰코, 부끄러워서 이쪽으로 오지도 않는구나."

"그렇다면 할머니 옆으로 오너라. 원래 저렇게 우물쭈물하는 나쓰코가 아닌데."

"잠깐 못 본 새 어른이 되었네."

"보고 싶었다, 보고 싶었어."

고모가 또 서둘러 품에서 손수건을 찾았는데 그걸 꺼내면 본격적으로 울기 시작할 게 뻔했기에 어머니가 옆에서 소매를 꽉 쥐었다. 그러자 나오던 눈물이 멈추었다.

솔직히 말해, 이런 감정에는 어느 정도 과장이 있었다. 지금은 나쓰코가 눈앞에 있다는 사실이 그리 큰 기적도 아니고 놀랄 일도 아니었다. 가출 후 오리무중 상태에서 나쓰코를 만났더라면 기쁨도 백 배였을 테지만, 그 후 나쓰코가 어디서 어떻게 지내고 있다는 걸 알게 되었기 때문이다.

촌장의 지명으로 곰 사냥을 도우러 온 젊은이가 현관 앞에서 "안녕하세요" 하고 인사하는 큰 목소리가 들렸다. 안으로 들어온 다섯 명 중 한 명은 예비대원이었고, 나머지 네 명은 아이누 특유의 어둡지만 정열적인 인상을 가진 청년들이었다.

다다미 여덟 장짜리 방이 열두세 명으로 꽉 찼다. 바싹 다가선 무릎들이 곰 사냥을 상의하기 위해 다다미 위에 펼친 지도를 눌렀다. 고타나이 부근 약도는 다음과 같다.

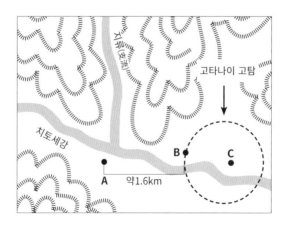

"치토세강과 지류의 접점을 A, 거기서 1.6킬로미터가량 떨어진 마을 입구를 B, 이 부근을 C라고 합시다." 지부장은 지도 위로 모여든 수많은 머리 그림자를 흩트리며 설명했다. "곰은 분명 산에서 내려올 겁니다. 지류가 내려오는 접점에서 절벽을 내려와 강 속을 걷지요. 그렇게 발자국을 지운다고 촌장이 말했는데, 일부러 그러는 건지 어떤지는 알 수 없습니다. 아무튼 거기서 마을까지는 강가의 모래밭을 따라 오는 듯합니다. A에 세 명, B 지점은 연락 장소이니 두 명, C에 세 명이 잠복하겠습니다. 오늘 밤은 안 올 테니 내일 밤부터 시작하지요. 이다군은 어디로 가겠나."

"저는 C를 맡겠습니다. 곰을 잡는다면 분명 이곳일 겁니다."

"글쎄, 어떨까."

"일단은 내일 밤부터 미끼로 양을 밖에 풀어놓읍시다."

"나는?"

나쓰코가 입을 뗐다.

"어머, 나쓰코, 혹시 무슨 일이라도 생기면 어쩌려고."

고모가 새된 목소리를 내질렀다.

"솔직히 말해 여자는 방해가 될 뿐입니다만." 치과의사 지부장이 거침없이 말했다. "애인 옆에서 떨어지고 싶지 않다면 하는 수 없지요."

젊은 남자들이 와하하 웃었다.

"C지점으로 하십시오. 호신용으로 무라타 총 쏘는 방법 정도는 누가 알려주겠지요."

"어머나, 나쓰코, 총이라니 무슨 소리니."

그때 할머니가 여장부다운 발언으로 좌중을 제압했다.

"좋다. 나쓰코, 네가 할 수 있는 만큼 하거라. 그 대신 밤에는 추우니까 이 양말을 신도록 해. 오는 기차 안에서 뜨기 시작했는데 오늘 드디어 완성했단다."

할머니가 의기양양하게 품속에서 꺼내 모두 앞에 늘어뜨린 노란 양말은 오른쪽과 왼쪽 크기가 상당히 달랐을 뿐만 아니라 미국 영화 속 콤비처럼 한쪽은 뚱뚱이에, 한쪽은 키다리였다.

제27장

어둠 속에 꿈틀대는 그림자

그날 밤은 아무 일도 없었다. 이튿날은 온종일 구름이 끼었고 무척 서늘했다. 밤이 되자 마을 전체가 이 영웅들의 장대한 출발을 축하하며 성대한 술자리를 벌이고자 했지만, 곰을 놀라게 해서는 안 되므로 평소보다 더 조용히 보냈다.

일동은 차분히 찬술을 한 잔씩 하고 출발했다. 취재부 노구치는 B지점에 있는 두 사람과 합류했다.

츠요시와 나쓰코, 그리고 예비대원과 또 한 사람의 젊은이는 출발이라고 말하기에 합당치 않다. 네 사람은 둘씩 짝을 지어 양떼 오두막 지붕 위에 올라가, 느릅나무 그늘에 몸을 숨긴 채 웅크리고 있었기 때문이다.

양떼는 일부러 울타리 안에 풀어 두었다. 양들은 가끔씩 불안한 듯 울며 지저분한 몸을 서로 비벼대고 꿈틀거렸다.

츠요시와 나쓰코는 코를 찌르는 양들의 냄새를 맡으며 지붕 위에서 총을 안고 엎드려 있었다. 츠요시는 담배에 불을 붙이고는 남은 담배 주머니를 옆 지붕 위 두 사람에게 던졌다. 지붕 위에서 "오우" 하는 소리가 들렸다. 잠시 후 그곳에서도 담뱃불 두 개가 깜박이기 시작했다.

츠요시는 세상에서 가장 행복한 남자처럼 보였다. 잘 닦여서 반짝반짝하는 미들랜드 총을 가만히 어루만졌다. 이렇게 보니 나쓰코의 무라타 총과는 확실히 품격이 달랐다. 청년은 자신이 사랑하는 총을 애정 어린 따뜻한 눈빛으로 바라보았다.

"기뻐?"

나쓰코가 자기 총에 몸을 기대고 있다가 미소 띤 눈을 치켜올리며 물었다.

"응."

행복에 겨운 츠요시의 모습에 나쓰코도 행복해졌다. 하지만 오늘 밤 곰이 나타날지 어떨지 예측할 수는 없다. 이런 기대와 불안이 갈마드는 밤은 처음이 아니었다. 수많은 조력자의 등장으로 기쁨에 겨워 오늘 밤을 특별한 날로 생각해서는 안 된다고, 매번 배신당한 츠요시의 마음은 스스로를 타일렀다. 그리하여 두 사람은 만에 하나 곰이 나타나지 않을 것을 염두에 두고, 그리 간절하지는 않다는 태연한 얼굴을 할 필요가 있었다.

"지금 몇 시야?"

나쓰코가 물었다. 딱히 시간이 알고 싶은 건 아니었다. 그저 말을 걸고 싶었기 때문이다.

츠요시는 야광시계에 눈동자를 고정한 채 말했다.

"열 시 삼십 분, 아니 사십 분이야."

그때 누룹나무 우듬지가 사각사각 흔들렸다. 나쓰코는 놀라 하늘을 올려다 보았다. 그건 그저 지나가는 바람이었다.

오늘 밤은 달도 없고, 별도 없었다.

그 무렵 고타나이 고탑에서 1.6킬로미터가량 떨어진 강가 벼랑 위에서 구로카와 지부장과 주조와 젊은이 한 사람이 강 수면을 하염없이 내려다보고 있었다. 전방에는 하얗게 거품을 일으키며 지류가 강에 합쳐지는 부분이 작은 폭포처럼 보였다.

주조는 묘하게 졸음이 몰려와 총을 고쳐 들고 벼랑에 쌓아둔 목재에 걸터앉았다. 그걸 본 젊은이도 목재의 다른 쪽 끝에 걸터앉아 이런저런 생각을 하다가 무릎을 껴안고 꾸벅꾸벅 졸기 시작했다.

주조는 오래전 이런 큰일을 앞두고 졸다가 사냥감을 놓친 기억이 있었다. 긴장감이 고조되면 저항하기 힘든 졸음이 몰려오기 마련이다. 목재의 다른 한쪽 끝에 있는 젊은이에게 말을 걸어 깨우려 했다. 하지만 두 손이 무겁고 나른해서 "일어나"라는 그 말 한마디하는 것조차 견딜 수 없이 버겁게 느껴졌다. 열심히 눈을 부릅떠보았지만, 주조에게도 왕년의 젊음과 정력은 이미 없었다. 한창 젊은 사람이 졸고 있는 것을 질타하지도 못하는 자신을 한심하다고 생각하는 사이에, 졸졸 흐르는 물소리만 귓가에 울려와 주조는 깊은 잠에 빠지고 말았다.

구로카와 지부장만이 제대로 눈을 뜨고 강 수면을 노려보고 있었다. 몸집이 작은 치과의사의 몸은 사냥만 나서면 딴 사람이 되어 에너지가 끓어오르는 듯했다. 그는 츠요시와 마찬가지로 차가운 총을 안고 있으면 마음이 참 편했다. 따스한 여자를 안고 있는 것보다 좋았다고 해도 과언이 아니다.

강은 희게 흘러갔다. 강가도 양측 벼랑에 우거진 숲에 뒤덮여 반쯤은 어두웠다. 여기서부터 강까지는 30미터 정도 떨어져 있었다. 굴절된 지류 안쪽 부근에 가끔 물보라가 이는 게 어렴풋이 보일 뿐이었다. 작고 흰 새가 물장구를 치고 있는 것처럼 보였다.

지부장은 손목시계를 보았다. 열한 시가 다 되었다.

밤공기가 차가워지며 가죽점퍼를 입고 왔는데도 목덜미와 소매로 찬 공기가 스며들었다. 구로카와는 해 뜰 무렵 공기가 가장 차다는 걸 상기하며 주머니에 손을 찔러 넣었다. 포켓 위스키 병이 손에 닿았다. 구로카와 씨는 혼자서 빙긋이 웃었다.

그때, 수상한 냄새가 번지는 것을 느꼈다. 냄새는 점차 강하게 널리 퍼졌다. 참을 수 없이 극심한 비린내다.

'어라? 언젠가 맡은 적이 있는 냄새인데.'

지부장은 생각했다. 냄새의 방향을 확인하기 위해 주위를 둘러보았다. 아무것도 보이지 않았다. 하지만 냄새는 점차 강렬해졌다.

"크어, 크어."

이상한 소리가 났다. 코골이와 비음이 뒤섞인 소리다. 그 소리와 불결한 냄새가 너무나도 잘 어울리는 것처럼 느껴졌다.

'앗, 그렇지.'

지부장은 서둘러 주조와 젊은이를 흔들어 깨웠다. 두 사람은 경련이라도 일어난 것처럼 움찔하며 눈을 떴다.

"나왔습니까?"

"저걸 보게."

겁먹은 세 사람은 주뼛주뼛 우거진 조릿대 사이로 강가를 바라보았다.

강 상류에서 하류를 향해 크고 검은 무언가가 강가를 천천히 걷고 있었다.

세 사람은 총을 들었다.

구로카와 씨는 손에 익은 브로닝 총을, 나머지 두 사람은 무라타 총을 들었다.

무라타 총은 공이를 세워서 한 발씩 탄환을 장전해야 한다. 하지만 이런 귀찮은 장치도 노련한 사수의 손에서는 눈에 보이지 않는 속도로 탄환이 장전되고 다시 발사되는 속도가 정교한 오연발과 거의 다를 바가 없을 정도다. 무라타 총에는 안전장치가 없기 때문에 위험 방지를 위해 탄환을 장전한 뒤 곧바로 쏘는 것이 일반적이다. 발사할 때는 다시 공이를 눕혀야 한다.

주조와 젊은이는 최대한 소리가 나지 않도록 손바닥으로 가만히 공이를 눕혔다.

"딸칵."

이 소리가 사람의 귀에는 잘 들리지 않을지도 모른다.

하지만 민감한 곰은 제자리에 멈춰 섰다. 그러고는 어두운 얼굴을 이쪽으로 돌리고 킁킁거렸다. 점점 더 비릿하고 지독한 냄새가 코를 찔렀다. 세 사람 모두 마취에 빠진 듯, 반쯤 꿈인지 생시인지 알 수 없는 기분이 들었다. 한마디로 말해, 생리적인 혐오감이 구토를 유발하는 형언할 수 없는 '기분 나쁨'이었다.

총을 들려 한 찰나, 곰이 사라졌다.

어느 쪽으로 갔는지 방향도 알 수 없다. 정말이지 순식간에 자취를 감춘 것이다.

곰은 위험을 감지하면 되돌아가는 짐승이다. 아마도 원래 왔던 벼랑 아래로 도망갔으리라. 곰은 대체로 인간이 다니는 길로만 다닌다.

낙담한 세 사람은 그 자리에서 곰이 나타나기를 삼십 분 이상 기다리다 결국 지쳐 부락으로 걷기 시작했다.

오륙백 미터쯤 갔을 때, 부락의 하늘에서 두 발의 총성이 밤공기를 갈랐다.

제28장
소름 끼치는 방문객

삼십 분 전에 돌연 자취를 감춘 곰이 원래 있던 곳으로 되돌아갔을 거라는 지부장과 사람들의 예측은 오산이었다.

곰은 그때 오히려 그들이 대기하고 있던 벼랑 밑을 지나, 고타나이 고탐을 향해 전속력으로 달렸다.

촌장의 별가에는 나쓰코의 할머니, 어머니, 고모 세 사람이 아직 잠들지 못하고 있었다. 다다미 여덟 장짜리 방에 나란히 깔린 세 개의 이부자리 위에서 잠옷까지 갈아입은 그녀들은 신이 나서 잠들지 못하는 수학여행 온 학생들처럼 수다를 떨었다. 여주인도 다과를 들고 와 머리맡에 앉아서 수다에 동참했다.

나쓰코가 츠요시와 함께 지붕 위에서 망을 보고 있는 축사는 이 집 뒤편에서 약 100미터 떨어진 곳에 있었다.

어머니와 할머니와 울보 고모는 나쓰코가 왜 저렇게 바보처럼 위험한 임무를 떠맡으려 하는지 모르겠다며 불평을 토로했다. 할머니는 막 생각난 사람처럼 삿포로에서 산 도로로콘부 세 봉을 꺼내 아까 전한 여러 가지 선물의 부록으로 여주인에게 건넸다. 여주인은 지금 막 끓인 물이 있으니 그걸 전열기로 한 번 더 데워서 다 같이 도로로콘부를 먹자고 제안했다. "그것 좋죠." 하고 모두 이구동성으로 대답했다.

통통한 체격의 촌장 부인은 여자들이 태연작약하게 손 하나 까딱하지 않는 데 내심 놀랐다. 셋 다 가만히 앉아 수다만 떨어댔다. 갑작스러운 방문객을 여자 혼자 맞이하느라 이리 뛰고 저리 뛴다는 걸 모르지 않았을 텐데, 뭐 좀 도와드릴 게 없느냐고 예의로라도 묻지 않았다. 그러면서 차와 과자를 가지고 가면,

"신경 쓰지 마시고 편히 계세요."

"어머 이렇게 좋은 대접을 해주시다니…. 여행지에서 이런 친절을 받는 게 이렇게 기쁠 줄 몰랐어요."

"세상에, 과자가 참 예쁘네."

"어머나, 맛있겠다."

"한 개 먹어봐야지."

"어머니부터 먼저 드세요."

"기가 막히게 맛있네. 둘이 먹다가 하나 죽어도 모를 맛이야."

하고 말했다. 그러면서도 그리 맛있지는 않았다는 증거로 나쓰코의 할머니가 떡 과자를 반쯤 먹고 종이에 휙 싸서 품에 집어넣는 것을 여주인은 보고 말았다.

"곰이 나오려나."

할머니가 중얼거렸다.

"오늘은 안 나오는 밤이에요. 구로카와 씨도 예행연습이라고 하셨잖아요."

어머니는 만사에 냉철하고 합리적인 사고를 한다. 일단 곰이 나타나지 않는다는 걸 알고 난 뒤로는 불안한 기색은 눈곱만큼도 없이 편안하게 있을 수 있었다. 하지만 고모는 그런 성격이 아니었다.

"어쩌면 좋아. 만약에 곰이 나오면, 나 어쩌지? 곰 얼굴을 보기만 해도 기절할 것 같아."

"기절하시는 편이 나아요. 곰은 죽었다고 생각할 테

니까."

"맞아. 네가 비명을 지르면 우리한테까지 피해가 가니까. 잽싸게 기절해다오."

"그건 그렇고, 저 이다라는 남자는 어때요."

어머니가 말했다.

"뭐, 나쁘진 않던데. 하지만 나쓰코가 언제 질릴지 알수가 있어야지. 도쿄로 돌아가면 홍신소에 좀 알아보도록 하자."

할머니의 말에 어머니와 고모는 고개를 가로저으며 나쓰코가 저렇게 열을 올리는 건 처음 있는 일이니 이번에야말로 자기 뜻이 확고할 거라며 반대했다.

이 다다미 여덟 장짜리 객실은 마을에서도 몇 안 되는 호화로운 방이었지만, 벽에 액자 대신 큰 달력이 걸려 있기도 하고, 오래된 싸구려 프랑스 인형이 찻장 위에 장식되어 있기도 했다.

"이 바닥은 약간 불결해서 기분이 나쁘네."

어머니가 말했다.

"참아야지 어쩌겠어요. 빈대는 안 나오겠지요."

"오늘 밤에는 요하고 이불 사이를 수건으로 막고 자야겠어요."

"너무 튀지 않게 해야 해요."

그러고 있는데 따뜻한 김이 모락모락 솟는 도로로콘부가 날라져 왔다. 세 사람은 입을 모아 "아이고, 이렇게 황송할 데가." 하며 가볍게 고개를 숙였다. 일동이 그릇에 입을 대고, 그 뜨거운 것을 입안으로 가져갔을 때, 어렴풋이 피리 소리가 들렸다.

"뭘까."

밤은 조용하다. 이미 열한 시가 넘은 시각이라 낮에 들었던 떠들썩한 라디오 소리도 없다. 그 속에서 목이 쉰 듯한 숨소리에 섞여 피리 소리가 들려왔다.

"삐이, 뾰우."

잠시 후 그 소리가 멎었다.

귀를 기울이고 있던 네 사람은 안심한 듯 얼굴을 마주 봤다.

"뭘까요. 기분이 나쁘네." 고모가 불안한 목소리로 말했다.

"양입니다. 양이 두려움에 떠는 소리입니다." 여주인이 대답했다.

"저런, 어째서 두려움에 떨까요."

"곰이 온 것 같네요."

"엣?"

"곰이 나타난 뒤로 밤에는 양을 축사에 넣어두었지만, 오늘 밤은 밖에 두었으니까요."

"어머, 그럼 여기까지 왔다는 거예요?"

✦

부인들은 두려운 마음에 옷깃을 여몄다.

"괜찮아요. 밖을 서성일 뿐 집 안으로 들어오지는 않습니다."

그때, 다시 사납게 짖어대는 개 목소리가 들렸다. 고모가 도로로콘부 그릇을 무릎 위에 쏟고 말았다. 여주인은 행주를 가지러 일어서려 했지만, 고모는 일어서려는 여주인의 옷깃을 잡고 늘어지며 떨어지지 않았다. 무서운 눈으로 노려보며 이렇게 말했다.

"어디 가시는 거예요."

"잠깐 행주 가지러요."

"거짓말 말아요. 우릴 두고 도망가려는 거죠."

"어머, 어머."

할머니와 어머니가 도로로콘부를 뒤집어쓴 고모의 어

깨를 잡으며 달랬다. 여주인은 순간 화가 치밀었지만, 목에 감고 있던 비단 스카프를 벗더니 그걸 갑자기 고모의 무릎 위에 댔다.

"세상에, 이렇게까지! 송구합니다."

할머니와 어머니와 당사자인 고모까지도 자기 손수건을 꺼내 경쟁하듯 닦으려 했기에, 무릎 위가 손수건 전람회가 되었다.

개 짖는 소리가 상당히 멀리서 들려온 터라 세 사람은 꽤 안심했다. 할머니와 어머니는 안심하는 척하기 위해 도로로콘부를 홀짝이기 시작했고, 어느 틈엔가 원을 이루어 "어머나, 맛있어라.""꽤 괜찮네요." 같은 공허한 아첨을 늘어놓았다.

순간 개 짖는 소리가 멎었다.

이어지는 침묵이 모두를 두려움에 떨게 했다. 소리라고는 괘종시계 소리와 도로로콘부를 홀짝이는 소리뿐이었다.

세 사람의 눈앞에 창문이 있었다. 겨울이 오면 밖에서 덧문을 닫지만, 여름이어서 유리창 하나밖에 없었다. 진짜 아이누 가옥이었다면 밖에서 내리는 덧문뿐이고 유리창은 없었을 것이다. 집 안에서 피우는 이로리 연기가 창문을 통해 밖으로 빠져나가는 구조다.

창문은 커튼으로 가려져 있지 않았다. 창살이 창문을 네 칸으로 나누었고 전등불이 켜진 방 안이 어렴풋이 비칠 뿐 밖은 잘 보이지 않았다.

세 사람은 비명이라고 할 수 없는 목구멍이 꽉 막힌 듯한 소리를 냈다.

그 창문 창살 가득히 커다란 곰의 얼굴이 다가와 이쪽을 들여다보고 있었기 때문이다.

세 사람은 소리도 내지 못하고 일어났고, 돌아보던 여주인도 넋을 놓은 듯 일어섰다. 미친 듯 방을 도망쳐 나와 반대편 다다미 세 장짜리 어두운 방으로 달아났다.

할머니는 정신이 없어서 한 손에는 그릇을, 한 손에는 젓가락을 들고 있었다. 그것을 절대 손에서 놓지 않겠다고 다짐한 사람처럼 두 손에 소중하게 받들고 복도를 달려 작은 방으로 갔다. 그때 그릇에 들어 있는 도로로콘부를 쏟아서는 안 된다는 기묘한 의식이 발동하여 무의식중에도 수평으로 들고 도망쳤다.

네 사람은 작은 방구석에 몸을 움츠리고 서 있었다. 고모는 할 수만 있다면 둔갑술을 써서 벽 속으로 사라져 버리고 싶다는 생각을 하는 것처럼, 쪼그리고 앉아 이마를 벽에 대고 있었다. 지진이라도 난 것처럼 땅울림 소리가 들렸다.

곰이 이 집을 밀어 쓰러뜨리려는 듯 집이 흔들렸다. 뒤이어 기둥이 부서지는 소리가 나고, 무시무시한 울림이 귓가에 울렸다. 할머니는 눈을 꼭 감고 두 손에 그릇과 젓가락을 든 채 오들오들 떨고 있었다. 나머지 세 사람은 두 손으로 귀를 막고 부들부들 떨었다. 나중에 안 사실이지만 이 굉음은 뒤편 모퉁이에 있는 지름 18센티미터의 분비나무 통나무 기둥을 곰이 휘어 꺾는 소리였다.

이어서 뒤편 부엌문이 깨부숴졌다. 유리가 바닥으로 떨어져 산산조각이 나는 청량한 소리가 울려 퍼졌다.

제29장
평생 잊지 못할 하룻밤

곰이 들어왔다는 건 의심할 여지가 없었다.

조금 전, 눈치 빠른 여주인이 다다미 세 장짜리 방 입구 종이문을 닫아 두어서 곰이 보이지 않았다.

어머니가 실눈을 뜨고 문을 보자, 문이 덜컹덜컹 흔들렸다. 필사적으로 할머니 어깨에 매달렸다.

문이 앞으로 넘어지기 시작했다.

할머니가 혼신의 힘을 다해 그릇째 도로로콘부를 곰의 코앞에 내던졌다. 하지만 겨우 쓰러져 가는 문에 부딪혔을 뿐이었다. 문이 도로로콘부와 함께 네 사람 위로 쓰러졌다.

곰의 모습을 본 사람은 네 사람 가운데 한 사람도 없었다. 네 명 모두 제각기 세상에서 가장 두려운 환영을 뇌리에 그렸을 뿐이다. 이어서 뭐라 말할 수 없는 냄새가 났다. 할머니는 벌써 반쯤 극락에 갔다고 생각했기에 대단히 진귀한 냄새가 난다고 여겼지만, 극락 냄새가 이토록 비릴 리 없었다. 맹독과 같은 냄새다. 지옥의 냄새다. 이 독기를 마시고, 네 사람은 의식을 잃고 말았다.

어쩐 일인지 곰은 이 네 사람에게 달려들지 않았다. 분명 맛이 없어 보였기 때문이리라. 얼마 후 네 사람이 비몽사몽 들은 건, 곰이 복도 벽을 부수고 밖으로 나가는 소리였다.

✦

양떼 축사 옥상에서 츠요시와 나쓰코는 곰의 움직임을 처음부터 끝까지 지켜보고 있었다. 맨 처음 곰이 왔다는 걸 알아챈 건 양들이 심상치 않은 반응을 보여서다. 그다음 꽤 먼 곳으로 이동했다는 건 그곳 개가 맹렬히 짖어대서 알았다. 개의 기세에 방향을 돌린 곰이 부인들이 있는 집 기둥을 눌러 꺾었을 때, 나쓰코는 자기도 모르게 소리를 지를 뻔했다.

나쓰코의 몸은 서 있기도 힘든 초가지붕 위에서 츠요시의 몸에 딱 붙어 있었다. 깊은 밤이라, 츠요시의 옆얼굴이나 눈동자도 잘 보이지 않았다. 나쓰코는 남자의 어깨에 매달려, 작은 목소리로 그러나 숨을 죽여 이렇게 말했다.

"큰일이야! 엄마와 할머니와 고모가 살해당하겠어."

가족에게 냉담한 말괄량이에게도 돌연 육친의 정이 끓어올랐다. 어머니가 살해당한다는 건 꿈에도 생각해 본 적 없는 일인데, 그 일이 바로 지금 눈앞에서 일어나려 하고 있었다.

"나한테 기대면 안 돼. 조준이 안 되니까. …너도 방심하지 말고 총을 들어. 내가 쏘라고 할 때까지 쏘면 안 된다. 알겠어? 네 총은 어디까지나 호신용이다. 나를 방해해서는 안 돼."

"하지만 엄마가."

"입 다물어! 지금 그럴 때가 아니야. 나한테 맡겨둬."

나쓰코는 남자가 이렇게 냉담할 때 끼어들어서는 안 된다는 걸 잘 알고 있었다. 하지만 나쓰코는 지붕을 내려가려 했다. 혼자서라도 어머니를 도와야 한다고 생각했다.

츠요시가 나쓰코의 몸을 세게 잡아끌었다. 나쓰코는 곰에게 붙잡힌 기분이 들었다.

"지금 아래로 내려가면 안 돼."

"하지만."

"위험하잖나."

"하지만 엄마가."

"안 된다면 안 되는 줄 알아!"

츠요시의 주먹이 나쓰코의 머리를 가격했다. 가볍게 때릴 생각이었지만 긴장한 탓에 손에 힘이 들어갔다. 나쓰코는 몸이 휘청거려 이번에는 떨어지지 않기 위해 지붕에 매달렸다.

"어이."

츠요시가 낮지만 맑은 목소리로 옆 지붕에 외쳤다.

"곰이 나오더라도 확실히 모습을 드러내기 전까지는 쏘지 마. 보이면 바로 쏘고."

"알겠습니다."

예비대원이 느긋하고 둔탁한 목소리로 대답했다. 형식상 가져온 무라타 총은 옆에 두고, 최근 훈련으로 익숙해진 피스톨의 총구를 어둠에 휩싸인 눈 아래로 겨누었다.

집 안에 있던 사람들에게는 상당히 긴 시간처럼 느껴졌지만, 사실 곰이 집에 머문 시간은 일 분이 채 안 됐다. 곰은 밖으로 나와 나무 그늘에 몸을 숨기며 어느 틈엔가 사수들이 있는 축사 앞까지 왔다.

양들은 목재를 운반할 때 쓰는 굵은 마닐라삼 로프로 연결되어 있었다. 곰은 무시무시한 힘으로 이 로프를 잡아당겨 끊었다.

그러더니 양 한 마리를 산 채로 등에 짊어졌다. 곰의 등에 업힌 양은 조용해져서 울지도 않았다.

양이 무거워서 곰의 발걸음이 더뎌졌다. 엉거주춤한 자세로 천천히 걸어가는 모습이 츠요시의 눈에 비쳤다.

츠요시가 미들랜드 총의 방아쇠를 당겼다.

곰은 묵묵히 허리를 굽혔고 자세가 무너졌다. 이내 들고 있던 양을 앞으로 내던졌다.

그 뒷모습을 향해 예비대원과 또 다른 청년이 동시에 총을 쏘았다.

쓰러진 곰은 움직이지 않았다. 흰 양도 가사(假死) 상태로 움직이지 않았다.

움직이지 않는 곰을 내려다보는 사람들의 침묵은 뭐라 말할 수 없는 감정으로 가득 찼다. 기대와 불안, 환희의 예감으로 어둠 속에 쓰러진 검은 물체를 지켜보았다.

　네 사람은 멀리서 조심스럽게 에워싸며 곰에게 다가갔다. 츠요시가 옆으로 가까이 가 총의 개머리판으로 털가죽을 쿡쿡 찔렀다. 죽은 척하는 곰이 지금 당장이라도 벌떡 일어나 덮칠지도 모른다고 생각했다. 하지만 찔러도 아무 반응이 없었다. 나쓰코와 두 젊은이도 그 모습에 용기를 내 가까이 다가갔다. 츠요시가 축 처진 큰 손을 들어 올리더니 손가락을 살폈다. 손가락 한 개가 흔적만 남아 있을 뿐 다 해서, 네 개밖에 없었다. 이윽고 일어선 츠요시는 이렇게 선고했다.

　"죽었다."

　츠요시는 그렇게 말한 뒤, 총을 지팡이 삼아 한동안 멍하니 서 있었다.

✦

　구로카와 지부장과 다른 두 명은 총성을 듣고 부락까지 1킬로미터쯤 달렸다. 부락 입구에서 노구치와 다른 두 사람이 달려와 이 성공의 몇 분 후를 참관했다. 그들은 죽은 친구의 몸 주위에 모여든 사람들처럼, 말없이 오랫동안 숨을 거둔 곰을 지켜보는 사람들을 바라보았다.

노구치가 예비대원에게 소감을 묻는 사이, 나쓰코는 츠요시를 재촉하여 무너진 집안을 보러 갔다. 집안에는 아직 이상한 악취가 풍기고 있었다. 판자로 만든 벽은 산산이 조각났고, 유리창은 사방으로 흩어졌다.

두 사람이 여전히 아직 밝은 다다미 여덟 장짜리 방안을 들여다보았을 때, 불길한 예감으로 가슴이 두근거렸다. 세 사람의 이불이 깔끔하게 깔려 있고 머리맡에 그릇 세 개가 나뒹굴고 있을 뿐 달라진 것은 아무것도 없었다. 달력은 밝은 벽에 그대로 걸려 있고, 오래된 프랑스 인형은 찻장 위에서 고개를 갸우뚱한 채 교태를 부리고 있었다. 게다가 사람의 그림자도 없이 횅댕그렁했다.

두 사람은 도로 달려 나와 복도 끝에 쓰러져 있는 장지문을 보았다. 문을 일으키자 그 아래 네 명의 여자가 쓰러져 있었다.

"어머니!"

나쓰코는 그렇게 외치며 처음으로 왕 하고 울었다.

"마음을 다잡자. 괜찮아."

츠요시가 말했다. 손을 더듬어 전등불 스위치를 켰다. 흥분의 잔영으로 손이 떨리고 있음을 깨달았다.

불을 켜자, 네 사람은 사이좋게 자고 있는 듯이 보였다. 핏자국이 없어 나쓰코는 우선 마음을 놓았다.

츠요시와 나쓰코가 한 사람 한 사람 흔들어 깨웠다. 제일 먼저 눈을 뜬 사람은 안주인이다.

"어머, 세상에."

그러면서 갑자기 웃음을 터뜨렸기에, 두 사람은 안주인이 정신이 나간 게 아닌가 하고 걱정했다.

츠요시가 힘을 주어 주무르자, 나머지 세 사람도 차례로 정신을 차렸다. 나쓰코는 부엌에서 물을 가져와 이마도 닦아주고 마시게도 하면서 바삐 움직였다. 다행히 다들 크게 부딪힌 곳은 없었고, 긁힌 상처 하나 없었다.

정신을 잃었던 네 사람은 한동안 이를 달달 떨기만 할 뿐 말할 상황이 아니었지만, 도착한 구로카와 지부장이 병문안을 오자 다부진 할머니는 이런 말을 꺼냈다.

"제가…, 도로…도로로콘부로 내리쳤더니, 곰이, …기가, 기가 죽어, 도망갔습니다."

제30장
에필로그

　부락 사람들이 모두 몰려왔다. 곰 주변에는 횃불을 든 사람들이 북적거렸다. 잠옷 입은 아이들은 앞으로 나가기 위해 울타리처럼 둘러싼 어른들의 허벅지를 젖히겠다고 열심이었다.

　식인 곰은 흔들리는 횃불의 불꽃 아래 새까맣게 모로 누워 있었다. 작은 산과 같다는 형용도 거짓이 아니다. 키는 2미터가 넘었다.

　마을에서 가장 나이가 많은 노인이 이렇게 큰 곰은 본 적이 없다고 말했다. 기록에는 2.4미터에 달하는 곰도 있었다고 하지만 드물게 거대한 곰인 것만은 분명했다.

옛 관습에 따라 곰은 그 자리에서 해부되었는데, 그 냄새로 말할 것 같으면 사방으로 십 리 길은 퍼질 듯이 강력했다. 이부자리 깔린 방에 누워 있던 나쓰코의 할머니와 어머니와 고모가 그 냄새를 맡고는 또 곰이 나타난 줄 알고 새된 소리를 내질렀을 정도였다.

가죽을 벗기니 넓이가 다다미 네 장 반을 넘었다.

총탄을 확인하자 츠요시의 미들랜드 탄환이 오른쪽 옆구리로 들어가 정확하게 심장을 관통했다. 이 한 발이 치명상을 입혔다.

그걸 본 구로카와 씨는 허리를 쭉 펴고 츠요시의 어깨를 두드렸다.

"해냈군."

"우연입니다."

"우연한 일이라는 건 잘 알고 있네. 이렇게 잘 들어맞기란 좀처럼 쉬운 일이 아니니, 눈에 보이지 않는 어떤 힘이 있었던 거네."

스포츠맨 중에는 의외로 미신을 믿는 사람이 많다.

'…눈에 보이지 않는 어떤 힘이라…'

츠요시는 하늘에서 큰곰자리를 찾았지만, 컴컴한 밤하늘에는 별 하나 보이지 않았다.

노구치는 수첩과 연필을 들고 우왕좌왕하고 있었다. 그 모습이 마치 운동회 임원으로 임명된 초등학생이 기쁨에 넘쳐 인파를 마구 헤치며 서성대고 있는 느낌이었다. 노구치는 츠요시 옆으로 오더니 괜스레 작은 목소리로 이렇게 말했다.

"어이, 이다 군. 자네가 곰을 쏠 때, 나도 같이 지붕 위에 있었던 걸로 해도 되겠지. 그렇게 해야 기사에 박력이 생기거든."

이렇게 소심해서야 어떻게 신문기자로 먹고사나 싶었지만, 츠요시는 흔쾌히 대답했다.

"되고말고. 그렇다면 곰도 신장 3미터 정도의 대형 곰으로 쓰도록 해."

나쓰코가 츠요시 곁으로 다가왔다.

횃불의 불꽃이 나쓰코의 얼굴에 짙은 그림자를 드리웠다. 눈은 반짝이고 뺨은 붉게 타올랐다. 고대 여전사처럼 나쓰코는 늠름하고 아름다워 보였다.

"할머니와 어머니는 이제 괜찮으시지?"

츠요시가 말했다.

"응. 마음이 놓여."

"아까는 아팠지. 그때는 그럴 수밖에 없었어."

츠요시가 나쓰코의 볼을 가리키며 말했다.

"그런 말을 하니까 아팠던 기억이 되살아나잖아. 지금까지 잊고 있었는데."

둘 다 서로 기쁜지, 지금 기분이 어떤지, 그런 말을 물어볼 필요가 전혀 없었다. 지난 보름 동안의 공동생활 속에서 나쓰코는 츠요시의 마음속을, 그 정열의 한가운데를 살아온 것이나 마찬가지였기 때문이다.

"쏜 사람이 가죽과 웅담을 가져가는 게 이 지방 풍습이지만 나는 아무것도 가져가지 않겠어."

츠요시가 말했다.

"어째서?"

"이제 이 곰을 잊고 싶어. 완전히 깨끗하게 잊을래."

"그리고…."

나쓰코는 말을 흐렸다. 츠요시는 그 말 끝을 헤아리고 말했다.

"맞아. 아키코도 완전히 잊을 거야."

이 순간만큼은 두 사람의 사랑이 가장 순수하게 피어올랐다고 해도 좋다.

젊은 연인의 얼굴에는 고대의 불꽃 그림자가 흔들리고 있었다. 청년의 얼굴은 신화시대 영웅 왕자처럼 보였고, 나쓰코의 얼굴은 헌신적인 공주 그 자체였다. 두 사람의 눈동자에는 불꽃이 타올랐고, 그 두 쌍의 눈은 그대로 조각상이 된 것처럼 서로를 응시하며 움직이지 않았다. 그렇다고 해서 껴안지도 않았다. 입을 맞추지도 않았다. 주위 사람들을 꺼려서—실은 많은 시선이 도쿄에서 온 이 영웅과 아름다운 아가씨 한 쌍에게 향해 있었다—키스는커녕 껴안지도, 손을 잡지도 않았다. 그렇지만 두 사람의 마음은 어떤 육체적인 접촉도 필요 없을 만큼 완벽한 합체를 이루고 있었다.

노구치가 나쓰코에게 소감을 물었다.

"나는 지금, 행복해."

에고이스트 나쓰코는 그 말만 내뱉고는 입을 다물었다. 이래서는 곰 사냥의 소감이 성립하지 않는다.

노구치는 다시 정성스럽게 병상에 누워 있는 부인들의 소감을 들으러 갔다. 부인들은 포도주 덕분에 혈색이 돌아와 있었다.

"그저 기쁘고 또 기쁘고, 말로 표현할 수 없을 정도로 기쁩니다. 지금은 뭐라 말씀을 드려야 좋을지 모르겠습니다."

고모는 천장을 보고 똑바로 누워서 마치 올림픽에서

금메달을 목에 건 여자 수영선수와 같은 소감을 말했다. 이마에 올려진 수건 아래로 천장을 올려다보는 자세를 취하고 있었다.

"이로써 한시름 놓았습니다. 저희도 위험한 순간에서 목숨을 건졌으니, 두 번 다시 하지 못할 경험을 한 셈이지요."

어머니가 말했다.

할머니 순서가 되자 기운차게 침상에서 일어나 말했다.

"노구치 씨, 이 말을 놓친다면 당신을 평생 원망할 겁니다. 이 사람들의 목숨을 구한 건 바로 나예요. 나 혼자 당당하게 곰과 맞서 코앞에 도로로콘부를 내던진 덕분에 곰이 기겁하고 달아난 겁니다. 곰의 코 부분을 조사해 보세요. 분명 도로로콘부가 붙어 있을 겁니다."

"하지만 곰의 몸체는 벌써 깨끗하게 해부했습니다."

"저런, 아쉽네요. 인간이었다면 경찰이 올 때까지 현장에 손을 대지 못하게 했을 텐데."

그날 밤은 마을 전체가 밤새도록 축제 분위기였다. 촌장 부인이 사과하러 와서 촌장이 보낸 거라며 나쓰코에게 술 한 병을 건넸는데, 화톳불 옆에서 본 입가의 이레즈미는 곰보다도 훨씬 더 무서웠다.

촌장 부인의 부축을 받아 촌장이 덧문 위에 실려 곰을 보러 왔다.

마르고 야윈 늙은 촌장의 낯빛은 종이보다 하얬다. 움푹 들어간 눈에는 어렴풋이 생기가 돌았으며 불꽃이 뺨을 붉은색으로 칠했다. 피투성이가 된 곰의 사체를 보며 청년 시절 수많았던 사냥의 기억이 떠오르는 듯했다. 그 시절 촌장의 허벅지에는 청춘의 힘이 흘러넘쳤고, 젊고 정력적인 체구로 야산을 짐승처럼 뛰어다녔다. 그때 산들거리던 어린잎, 뺨을 가르던 바람, 사냥의 환희, 포획한 동물의 피를 홀짝이던 미칠듯한 기쁨마저도 늙고 쇠퇴한 눈에 생생히 되살아나는 것이 엿보였다.

노인은 입을 움직여 무언가 말하려 했다. 그러나 아무 말도 하지 않았다. 흰 수염으로 뒤덮인 입이 흉하게 일그러졌을 뿐이다. 그러는 사이에 한줄기 눈물이 눈가에서 흘러내리며 반짝였다. 그 모습을 본 일동은 그 어떤 찬사를 들었을 때보다도 감동에 휩싸였다.

축하연은 구라카와 지부장과 같은 지점에서 곰을 지켜보았던 청년의 집에서 열렸다. 촌장의 별가가 기절한 부인들에게 점령당했기 때문이다.

츠요시는 오오우시다 주조의 옆에 앉았다.

주조는 그 큰 손바닥에 장난감 그릇처럼 보이는 술잔을 올리고는 눈을 가늘게 뜬 채 조금씩 술을 홀짝거렸다. 주조는 주조대로 과묵하게 기쁨과 만족을 맛보고 있는 듯했다.

"내일 집에 가면 불단 앞에서 보고하겠어. 아키코도 기뻐할 테지. 자네가 원수를 갚아주었으니까. 더욱이 곰의 심장을 자네가 관통해 주어서 내가 쓰러뜨린 것보다 더 기쁘네."

츠요시도 숙연해져서 이렇게 말했다.

"저도 가겠습니다. 둘이 성묘하러 갑시다."

"음, 온 가족이 다 함께 성묘하러 가세. 자네도 부인을 데리고 함께 와."

"부인 아닙니다."

"음? 그럼 뭔가."

"아직 부인은 아닙니다."

"그랬군. 그렇다면 욕을 좀 해도 상관없겠나."

"상관없습니다."

"그 여자는 미인이지만 아이를 낳지 못하는 여자야. 내 눈은 정확하지. 남자를 유혹은 하지만, 아이를 낳지 못하는 여잘세. 나라면 그런 여자를 아내로 삼지는 않겠네."

츠요시가 고개를 숙이고 말이 없자 주조는 서둘러 말을 돌렸다.

"너무 심했군. 신경 쓰지 말게. 나쁜 뜻으로 한 말은 아니니."

"괜찮습니다."

나쓰코는 그 자리에 없었다. 어머니 곁에서 병간호 중이었다. 요란스러운 잔치를 벌이는 일과는 거리가 먼 인생을 살았던 촌장의 첩은 완전히 건강을 되찾아 바쁘게 일하고 있었다. 고모는 코를 골며 자고 있었지만, 할머니와 어머니는 언제까지고 함께 두려운 기억을 이야기하며 상황이 극에 달할 때마다 몸을 떨었다.

나쓰코는 어머니 곁에 누워 얼굴을 묻었다. 이미 흥분이 가라앉았는지 격한 피로감이 덮쳐왔다. 이불에 얼굴을 묻자마자 몸 전체가 마비될 듯 졸음이 몰려와 어느 틈엔가 코를 골았다.

어머니는 자기 이불을 덮어주며 딸의 잠든 모습을 가만히 지켜보았다.

"하나부터 열까지 전부 이 아이에게 이끌려 일어난 일이에요. 이렇게 아이 같은 얼굴을 하고 있는데."

"정말로 자는 모습이 귀엽구나."

할머니가 말했다.

"틀림없어요. 진짜 숫처녀의 잠든 얼굴이에요."

✦

〈삿포로 타임스〉에는 '두 남녀 곰 사냥에서 승리의 영예'라는 제목으로 삼면 기사가 톱으로 실렸고, 도쿄의 큰 신문사에까지 보도되었다. 곰 사냥이 성공하면 나쓰코의 실종이라는 가족 비밀도 할머니, 어머니, 고모 일가가 동반한 사건이므로 비밀이 아니게 될 터였다. 나루세 편집장은 이 부분을 미리 꿰뚫어 보고 노구치가 출발하기 전에 도쿄로 전화를 걸어 사전에 사장의 승인을 받아두었다.

노구치는 이 기사의 성공으로 나루세로부터 금일봉을 받으며 갑자기 두터운 신임을 얻게 되었다. 나루세는 노구치의 훌륭한 글솜씨를 많은 사원 앞에서 입이 닳도록 칭찬했는데, 이 명문이라는 건 사실 노구치의 문장을 8할 정도 자신이 첨삭한 것이었다.

삿포로 숙소에 짐을 풀고 쉬고 있던 마쓰우라 일가는 식욕부진에 빠져 고생하고 있었다. 나쓰코 혼자만은 잘 먹고 잘 잤지만, 다른 세 명은 무엇을 먹어도 곰의 냄새가 나는 것만 같은 기분이 들어 입에 음식을 넣을 수 없었다.

아키코의 성묘를 다녀온 츠요시가 이 숙소로 왔을 때, 부인들은 나쓰코보다 훨씬 더 크게 환영했다. 츠요시는 마쓰우라 집안사람들과 동행하여 도쿄로 돌아가야 한다는 명령을 받았다. 이는 츠요시도 바라던 바였다.

생명의 위험과 관련이 있는 사건은 사람들 마음의 거리를 확 가깝게 한다. 이제 츠요시는 할머니에게도, 고모에게도, 가장 중요한 어머니에게도 둘도 없이 마음에 드는 사윗감이었다. 세 사람은 젊은 두 사람 앞에서 결혼하면 둘이 같이 살 작은 신축 주택을 아버지에게 지어달라고 부탁할 거라는 약속까지 공공연히 했다.

이윽고 체력을 회복한 일행은 하코다테로 가서 추억이 있는 숙소에서 반나절을 보내고 심야 연락선으로 아오모리까지 건너갈 계획이었다.

삿포로역에서는 나루세 씨, 구로카와 씨, 주조 등과 작별 인사를 하느라 소란했는데, 하코다테항 부두에서는 생각지도 못한 사람이 배웅하러 왔다. 삿포로를 출발할 때 바쁜 용무가 있어 배웅하러 오지 못한 노구치가 어디서 만났는지 목장 인부의 사랑스러운 딸 후지코와 함께 이별 테이프까지 가지고 배웅하러 왔다.

나쓰코와 후지코는 마치 자매와 같이 친근하게 악수했다. 나쓰코는 자기 슈트를 아까운 기색도 없이 수선해 입으라며 후지코에게 주었다. 후지코는 처음에 사양했지만, 그 옷을 입을 때마다 가끔은 날 생각해 달라는 나쓰코의 말에 생각지도 못한 이 아름다운 선물을 받아들였다.

두 사람이 가져온 이별 테이프는 노란색과 파란색이었다. 항구의 밝은 조명 아래 나쓰코와 후지코를 이어주는 노란 테이프가 츠요시와 노구치를 잇는 푸른 테이프와 얽혔다. 테이프가 슬슬 늘어져 끊어지려는 순간, 나쓰코가 자신의 노란 테이프를 츠요시에게 건네고, 츠요시의 푸른 테이프를 자기가 들었다. 이 미묘한 힘의 변화는 부두의 두 사람에게도 곧바로 전해졌는지, 나쓰코와 츠요시의 젊은 시력은 노구치와 후지코의 기쁜 듯한 미소를 아득히 바라보았다.

"저 두 사람은 결혼하려는 걸까."

나쓰코가 중얼거렸다.

"그럴 생각인가 봐."

츠요시가 대답했다.

두 사람은 홍콩의 야경과 비슷하다는 하코다테시 하코다테산 산등성에 가득 쌓인 불빛이 일루미네이션으로 장식한 선박처럼 묵직하게 멀어져 가는 모습을 보았다. 밤공기가 찼다. 심야의 바다 위에는 이미 가을이 찾아와 있었다.

"저 근방이 시오미가오카신사겠네."

나쓰코는 산등성의 불빛이 듬성듬성한 곳을 가리켰다.

"산꼭대기에도 불빛이 있네."

"그렇게. 무슨 불빛일까. 저기에도 사람이 살까."

두 사람은 다섯 명이 한 선실을 쓰는 일등실의 무더위 속에서 살짝 졸음이 밀려오는 가운데 하코다테산 정상의 천사처럼 구름을 가르고 산들을 내려다보는 꿈을 꾸었다.

이튿날 아침, 날이 밝자마자 츠요시와 나쓰코는 갑판으로 나갔다.

아침 바람이 뺨을 때렸고 선미의 기울어진 방향에서 옅은 아침 안개를 헤치며 해가 떠올랐다. 바다가 서서히 분홍빛으로 물들었다.

"도쿄로 가면 언제 결혼할까."

츠요시가 나쓰코의 어깨에 손을 올리며 말했다.

"글쎄. 언제든 좋아."

이도 저도 아닌 이런 대답에도 아랑곳하지 않고, 츠요시는 혼자만의 공상에 취해 말을 이었다.

"나, 도쿄로 돌아가면, 이만큼 딴짓한 대가로 최선을 다해 열심히 일할 거야. 창고 연구를 위해 미국으로 출장을 갈지도 몰라. 결혼하더라도 처음에는 힘들겠지만 이삼 년만 참으면 네게 비싼 옷을 사줄 수 있을 거야. 아이를 만드는 일 같은 건 서두르지 않아도 돼. 나는 매일 건강한 몸으로 회사에 다니고, 너도 건강한 몸으로 빨래든 뭐든 하면 돼. 일주일에 한 번, 둘이 같이 영화를 보러 가자. 너, 댄스 좋아하나."

"어, …뭐, 좋아해."

"큰일이네. 나는 엄청 못 추는데. 너한테 배워서 탱고든 룸바든 훌륭히 추도록 해볼게. …그리고 10년이 지나, 내가 그 회사 중역이 되면, 둘이 같이 미국에 가자. 못 갈 것 없겠지. 자동차를 살 수 있다면 멋질 거야. 지금은 꿈같은 이야기지만. …그리고 결혼해 살 집은…."

나쓰코는 츠요시의 눈을 슬픈듯이 지그시 바라봤다. 청년의 눈은 그야말로 '희망으로 반짝이고' 있었다. 그러나 그것은 담뱃갑에 들어 있는 은박지처럼 값싼 반짝임이었다. 맨 처음 이 청년의 눈에서 보았던, 그만큼 나쓰코를 매혹시켰고, 그만큼 나쓰코의 전신을 떨리게 만든 격렬한 반짝임은 이미 어디에도 없다, 단 한 조각도 없어!

아름답지만 평범하기 그지없는 청년의 눈 속에 정열은 흔적도 없다. 어디서나 볼 수 있는 눈의 반짝임이다. 아침저녁 통근 전차 속에서, 퇴근길 긴자 주변에서, 어디서든 쓸어 담을 만큼 널려 있는 청년의 눈이다. 젊어서 빛난다. 그것뿐이다.

어떻게 된 일일까. 저 큰곰자리 별처럼 빛나던 반짝임은 어디로 갔단 말인가. 나쓰코는 줄기차게 생각했다.

'그래, 곰을 쓰러뜨렸기 때문이구나. 곰을 쓰러뜨린 뒤로 이 사람은 그 반짝임을 상실했구나.'

나쓰코의 슬픈 표정은 다음과 같은 청년의 혼잣말로 인해 절정에 달했다.

"…결혼해 곧바로 살 집은 통근이 힘들어도 교외가 좋겠어. 문으로 들어서면 작은 화단이 있고 흰 포치가 있는 곳. 평범하지만 그런 집을 짓자. 네 아버지가 지어줄 테니 부탁하면 들어주시겠지. 네가 힘껏 졸라대서 예쁘고 멋진 집을 지어달라고 하자."

"잠깐 실례할게."

나쓰코는 츠요시의 옆을 떠났다. 츠요시는 별생각 없이 이상하다는 듯 나쓰코의 뒷모습을 보았다. 곧 돌아올 터였다.

나쓰코는 갑판에서 로비로 갔다. 로비에는 벌써 아오모리 도착과 동시에 뭍으로 내려질 짐들 사이로 일꾼들이 서성이고 있었다.

나쓰코는 지금 아무도 자기 기분을 모를 거라고 생각했다. 설명한다고 해도 알아줄 사람은 없다. 제멋대로에 시건방진 여자애라는 딱지가 붙을 뿐이다.

어머니와 할머니와 고모 세 사람은 선실에서 눈을 뜨자마자 주문한 커피가 너무 연하다고 불평하고 있었다. 하는 수 없이 커피잔에 입을 대려고 하는 순간, 나쓰코가 갑자기 가방을 뒤지는 이상한 행동을 하는 것을 보고 놀랐다.

"뭘 찾니?"

"시간표. …아오모리에서 하코다테로 가는 배가 몇 시에 출발하는지 모르겠네."

"뭐, 뭐라는 거야? 하코다테로 간다고? 뭔가 엄청나게 소중한 물건을 잊어버리고 온 거니?"

나쓰코는 말이 없었다. 스커트 주머니에 손을 찔러 넣은 채 둥근 창 앞으로 갔다. 배는 아오모리항으로 들어선 모양이다.

나쓰코는 빙그르르 뒤를 돌아, 그 성격 그대로, 특유의 단정적인 어조로 말했다.

"나, 아무래도 수도원에 들어갈래."

세 사람은 넋을 잃고 티스푼을 내려놓았다. 세 사람의 커피잔에서 뜨거운 김만이 신비로운 침묵 속에서 향긋하게 피어올랐다….

모험이 필요해

인간은 자신에게 필요한 모험소설 하나쯤 찾아내기 마련이다. 오에 겐자부로는《허클베리 핀의 모험》에서 인생의 물길이 될 강줄기를 찾았고, 다자이 오사무는《차일드 헤럴드의 순례》에서 구름처럼 떠가는 방랑의 마음을 배웠으며, 나로 말하자면 어린 시절《해저 2만 리》에서 세상은 아주 넓고 깊고 기이하여 몹시도 아름답다는 것을 배웠다.

인간에게는 왜 모험이 필요할까. 인간이 위험을 무릅쓰고 두려움을 억누른 채 미지의 세계로 한 걸음씩 나아가고자 하는 이유는 무엇일까. 안전하고 안락하게 안심

하며 안주할 수 있는 곳을 두고, 어떤 무시무시한 야생
과 우연이 도사리고 있을지 알 수 없는 곳으로 떠나야
하는 이유. 그것은 무엇일까. 모험을 떠나기에 앞서, 나
쓰코는 말한다.

남자들은 입만 열면 시대가 틀렸다느니 사회가 문제라느
니 말이 많지만, 자기 눈 속에 정열이 없다는 게 제일 나쁘
다는 걸 깨닫지 못하고 있어….

모험은 우리 안에 잠든 정열을 깨워준다. 생기를 잃어
가는 눈에 빛을 불어넣는다. 우리가 직접 모험을 떠나지
는 못할지라도 모험소설은 우리의 정신을 깊은 잠에서
깨워준다. 주인공이 맞선 고난과 위기를 함께 맞닥뜨리
고 두려움과 불안을 같이 느끼며 빠른 맥박으로 그 순간
을 공유하는 사이, 우리는 다른 차원의 정신세계를 경험
하게 된다. 묘사가 뛰어나고 인물 설정이 정교할수록 모
험은 우리의 머릿속에 생생하게 침투한다. 훌륭한 모험
소설을 읽는 순간만큼은 우리의 눈에 불꽃이 인다. 그리
고《나쓰코의 모험》에서 나쓰코는 이 세상 정열이 다 죽
었다고 단념하고 떠나는 배 안에서, 반짝이는 눈을 가진

한 남성과 마주한다.

　가만히 바다를 응시하는 반짝이는 그 눈만은 결코 흔히
볼 수 있는 게 아니었다. 그 눈은 어둡고, 검고, 숲속의 짐승
과도 같은 빛을 띠고 있었다. 무척이나 빛나는 눈이었지만,
피상적 반짝임이 아니다. 깊은 혼돈 속에서 비치어 드는 듯
한, 어마어마하게 거대한 무언가를 주체하지 못하는 듯한,
아무튼 이상하리만치 아름다운 눈동자였다. 오전의 해협에
비치는 밝은 빛을 바라보고 있는 듯한, 그 현상 너머에 있는
분명치 않은 그림자를 쫓고 있는 듯한 깊은 눈동자다. 나쓰
코는 깊이 감동했다. 지금까지 어떤 청년의 눈에서도 이만큼
의 감동을 찾아낸 적은 없다. 도시의 젊은이들은 경박하고
텅 빈 공허한 눈, 음탕하고 차가운 눈, 어린애 같은 토끼 눈
을 가졌지만, …이런 눈을 가진 사람은 누구도 없었다.
　저 눈이야말로 정열의 증거였다.

　각자의 정열을 좇아 모험을 떠나는 기묘한 러브스토
리 《나쓰코의 모험》은 20세기 최대 기인 미시마 유키오
가 스물여섯 살에 발표한 작품이다. 누구도 그의 정열을
의심할 수 없을 만큼 뜨겁게 타오르는 눈빛을 가졌던 시

절이다. 스물네 살에 자전적 소설《가면의 고백》을 발표해 작가로 이름을 알리고, 스물다섯 살에 중년여성의 질투를 다룬《사랑의 갈증》을 쓴 데 이어, 이듬해 동성애를 소재로 한 장편소설《금색(禁色)》을 〈군조〉에 연재하는 와중에 또 다른 잡지에 발표한 소설이었다.

《나쓰코의 모험》은 1951년 8월부터 11월까지 〈주간 아사히〉에 연재되었고, 그해 12월 아사히신문사에서 단행본으로 출간되었으며, 1953년 스미 리에코 주연의 영화로 개봉했다. 1960년 가도카와에서 처음 문고본이 나왔고, 번역 대본으로는 2020년에 나온 이 문고본의 개정판을 사용했다. 그리고 이 책은 지난 3년 동안 내 책장에서 눈에 가장 잘 띄는 자리에 꽂혀 있었는데, 그 이유는 '여름의 아이(나쓰코)'라는 주인공 이름이 주는 청량함, '모험'이라는 단어가 내포한 우연과 위험의 변주, 그리고 '미시마 유키오'라는 완전하고 아름다운 문체를 추구하면서도 인간으로서는 비극적이고 불완전한 삶을 살았던 모순 가득한 인물이 나의 고요한 일상에 어떤 영감을 주었기 때문이다.

1. 무라카미 하루키의 모험과 미시마 유키오의 모험

무라카미 하루키가 1982년에 생애 세 번째 장편소설 《양을 쫓는 모험》을 쓸 때도, 미시마 유키오라는 존재가 어떤 영감을 주었던 것은 분명하다. 《양을 쫓는 모험》을 펼치면 가장 먼저 눈에 들어오는 것은 '1970/11/25'라는 날짜인데, 총 여덟 장으로 이루어진 이 소설의 첫 번째 장 제목이기 때문이다. 이날은 미시마 유키오가 단도를 들고 스스로 배를 그어 자결한 날이다. 도쿄 이치가야의 자위대 주둔지에 난입해 총감을 인질로 붙들고 총감실에 바리케이드를 친 뒤 발코니로 나가 연병장에 모인 자위대원 2천여 명을 향해 자위대의 힘을 무력화시키는 일본 평화 헌법 개정을 촉구하는 연설을 한다. 그러나 돌아오는 것은 야유뿐이고 아무도 그의 말을 귀담아듣지 않자, 총감실로 돌아와 할복했고 쿠데타에 동참한 동료가 앞으로 꼬꾸라진 그의 목을 쳤다. 이 충격적인 사건은 곧바로 방송에 생중계되었고, 미시마 자결 사건이 있고 12년이 흘러 무라카미 하루키는 자기 스타일로 완성한 모험소설 첫머리에 이 장면을 소환했다.

1970년 11월 25일 오후 두 시, 《양을 쫓는 모험》의

주인공인 스물한 살의 '나'는 우연히 대학 라운지 텔레비전에서 할복자살한 미시마 유키오의 모습이 반복적으로 흘러나오는 영상을 보게 된다. '나'는 소시지 빵을 먹고 커피를 마시며 그 영상을 지켜보면서도 별달리 동요하는 기색이 없다. 그저 자신과는 상관없는 '아무래도 좋은 일'이라 여기며 함께 있던 여자친구에게 문득 "네가 갖고 싶어"라고 말한다. 두 사람은 코트에 손을 찔러 넣고 '나'의 아파트로 향한다. 그리고 여자친구는 스물여섯 살이 되던 해, 교통사고로 죽는다. 이것이 '제1장 1970/11/25'의 줄거리다.

《양을 쫓는 모험》의 '나'와 인간 미시마 유키오가 현실을 대하는 온도 차는 극과 극이다. 한 사람은 칼로 배를 째서라도 자신이 옳다고 생각하는 국가적인 이상을 현실에 이루겠다고 발버둥 치고, 한 사람은 그런 모습을 보면서도 무감하게 고개를 돌리고 곁에 앉은 여자친구와 사랑을 나누고자 한다. 이것은 동시대를 살아가는 어느 중년(미시마 유키오)과 어느 청년(무라카미 하루키)의 완전히 상반된 현실 반응이며, '1970/11/25'는 뜨거웠던 거시적 이상이 죽고 차디찬 미시적 개인이 열리는 분기점이 된다. 이는 1945년 패전 이후 25년이 흐른 일본의 사회상이었다.

그런데 이렇게 양 극점에 서 있는 듯 보이는 두 작가의 모험소설 《나쓰코의 모험》과 《양을 쫓는 모험》에는 몇 가지 공통점이 있다. 우선은 도쿄의 젊은 남녀가 무언가를 찾아 대자연이 펼쳐진 홋카이도로 여행을 떠난다는 사실이다. 1950년대 커플 나쓰코와 츠요시는 배를 타고 하코다테 항에 내려 삿포로로 향하고, 1980년대 커플 '나'와 '걸프렌드'는 비행기를 타고 치토세 공항에 내려 삿포로로 향한다. 비행기를 탄 '나'의 손에는 《셜록 홈즈의 모험》이 들려 있고, '나'와 '걸프렌드'가 찾아간 삿포로 돌고래 호텔 종업원은 《백경》을 읽고 있다. 누구나 각자의 모험소설 한 권쯤은 읽고 있다는 말이다. 또 한 가지 공통점은 그들이 찾는 무언가가 사람도 아니고 물건도 아닌 동물이라는 점이다. 미시마 유키오의 모험에서 주인공 남녀는 곰을 찾아 떠나고, 무라카미 하루키의 모험에서 주인공 남녀는 양을 쫓아 떠난다. 그러나 두 작가가 곰과 양에 부여한 메타포는 전혀 다른 것이었다.

먼저 《나쓰코의 모험》에서 곰은 '복수'를 상징한다. 낡은 관념이지만 사무라이의 전통적인 세계관에 비춰보면 아버지를 위한 복수만큼 대단한 효심은 없고, 주군을 위한 복수만큼 뛰어난 충심은 없다. 츠요시는 홋카이도 아이누 부락에서 만나 사랑에 빠진 연인을 죽인 곰에게 죽음을 되갚아 주고자 총을 들었다. 죽음의 복수는 지금도 여전히 인간계에서 뜨거운 감정의 소용돌이를 일으키는 고전적인 플롯이지만, 동물에게 복수하고 말겠다는 뜻은 조금 특별하다. 나쓰코는 곰(복수)에 뜨겁게 몰두하는 츠요시에게 매료되어 곰을 찾는 모험에 동참한다.

《양을 쫓는 모험》에서 양이 상징하는 바는 조금 더 복잡하다. '나'는 오랜 친구 쥐를 통해 등에 별 모양이 있는 양을 알게 되고, 쥐가 보낸 그 양 사진을 신문에 실었다가 정계의 검은 손이 자신을 찾는다는 사실을 비서에게서 듣게 된다. 이 늙은 정치가는 양을 먹고 자본주의 세계에 눈을 떠 큰 부와 권력을 손에 쥘 수 있었다. 그러나 지금은 이 양이 도망치고 말았다. 비서는 '나'에게 홋카이도로 가서 그 양을 찾아오지 않으면 하는 일마다 틀어질 거라 협박하고 찾아만 오면 크게 사례하겠다고 말한다. 나쓰코 일행처럼 '나'도 홋카이도 숲속을 헤맨 끝에 양의 행방을 찾아내는데, 그 양은 이미 '나'의 친구인 쥐가 먹은 후였다. 고뇌하던 쥐는 양이 잠든 사이 재빨리 스스로 죽음을 선택함으로써 세상에 양이 다시 뛰쳐 나오는 걸 막는다. 양은 자본주의 사회에서 부를 쟁취하는 능력이자 욕망이며, 양을 먹는 자는 정치 경제 사회를 모두 자기 손으로 휘두를 수 있다. 《반지의 제왕》의 절대 반지와 같은 존재랄까. 그러나 쥐는 이 엄청난 행운 앞에서 절망한다. 쥐는 소박하고 나약하며 큰 힘이 없는 본래의 자신이 좋다. 돈과 명예를 아귀처럼 좇는 사람은 자신이 원하는 자아가 아니다. 쥐는 자기를 그렇게 만들어 버릴 양이 자기 안에 들어와 버렸다는 절망감과, 양을 다시는 세상에 내놓지 않겠다는 의지로 스스로 죽음을 선택하여 양도 함께 파멸시킨다. '나'의 모험은 친구의 희생 앞에 두 시간 내내 눈물을 흘리는 것으로 종결된다.

이렇듯 두 모험소설에서 읽는 내내 독자를 미궁에 빠지게 만든 곰(복수)과 양(욕망)은 마지막에 정체를 드러내고 죽음을 맞이하지만, 나쓰코도 '나'도 완전한 만족을 얻지는 못한다. 애초에 모험은 만족스러운 결과를 도출하기 위한 행위가 아니므로. 《보물섬》이 보물을 어떻게 손에 얻는지 보여주기 위해 쓰인 소설이 아니듯, 모험소설의 목적은 과정에 있다. 모험을 떠나는 일 자체가 재미이자 가치이며 모험 속에서 벌어지는 우연한 만남과 사건과 대화와 행위의 전개가 독자의 변화를 유발하는 지점이다. 무라카미 하루키는 버클리대학에서 열린 한 강연에서 "주인공이 무언가를 찾아 나서고, 그걸 찾는 동안 다양하고 복잡한 상황에 휘말리고, 그리고 마침내 그것을 찾아내었을 때 무언가가 이미 손상을 입고 상실되는 구조를 사용하여《양을 쫓는 모험》이라는 소설을 썼다."[*]고 밝혔는데,《나쓰코의 모험》끝부분에서 나쓰코가 그토록 갈망하던 청년의 정열도 완전히 손상을 입고 흔적도 없이 사라진다.

아름답지만 평범하기 그지없는 청년의 눈 속에 정열은 흔적도 없다. 어디서나 볼 수 있는 눈의 반짝임이다. 아침저녁 통근 전차 속에서, 퇴근길 긴자 주변에서, 어디서든 쓸어 담을 만큼 널려 있는 청년의 눈이다. 젊어서 빛난다. 그것뿐이다.

어떻게 된 일일까. 저 큰곰자리 별처럼 빛나던 반짝임은 어디로 갔단 말인가. 나쓰코는 줄기차게 생각했다.

• 《ハルキ·ムラカミと言葉の音楽》, ジェイ·ルービン, 畔柳和代訳, 新潮社, 2006.

'그래, 곰을 쓰러뜨렸기 때문이구나. 곰을 쓰러뜨린 뒤로 이 사람은 그 반짝임을 상실했구나.'

이렇게 두 편의 모험소설은 전혀 다른 스타일로 전혀 다른 목적을 좇고 있지만, 결국은 모험이 가진 같은 본질을 꿰뚫고 있으며, 그렇기에 일본 내에서는《양을 좇는 모험》이 새로 쓴《나쓰코의 모험》이라는 말까지 거론되고 있다.• 《나쓰코의 모험》은 복수라는 형태로 이상이 살아 있지만,《양을 좇는 모험》은 이상적인 유토피아가 불가능함을 밝혀내는 모험이었다.•• 무라카미 하루키는 두 작품 사이에 놓인 30년의 세월 동안 벌어진 사람과 사회의 변화를 바탕으로 미시마 유키오의 모험소설을 새로 쓴 셈이다. 그리고 우리는 두 모험소설의 타임라인에 흩뿌려진 문체의 향연을 즐기며 시대라는 변화의 물결을 맛보게 된다.

• 《村上春樹の隣には三島由紀夫がいつもいる。》, 佐藤幹夫, PHP新書, 2006.

•• 《不可能性の時代》, 大澤真幸, 岩波新書, 2016.

2. 홋카이도라는 공간

그런데 모험의 무대가 어째서 홋카이도였을까. 당시
일본인에게 홋카이도라는 땅이 가지고 있는 의미는 무
엇일까. 나쓰코는 하코다테의 트라피스트 수도원으로 들
어가 새 삶을 살고자 하고, 츠요시는 아이누족이 사는
마을로 들어가 곰을 사냥하려 한다. 그들은 익숙하고 편
리한 도시의 삶을 뒤로하고 춥고 척박하지만, 신비로운
대자연이 끝없이 펼쳐진 홋카이도로 굳이 생의 모험을
떠난다. 미시마 유키오는 《나쓰코의 모험》 연재를 시작
하며 '작가의 말'에 다음과 같이 썼다.

무대는 홋카이도인데, 주인공 젊은 남녀는 도시인이다. 그
러나 도시 속에서는 젊은 그들이 넘치는 에너지를 방출할
만한 대상을 찾기 어렵다. 그들은 각자의 꿈을 품고 도쿄를
떠난다. 나는 이 시대가 젊은 남녀의 청춘을 발산할 만한 꿈
의 장소를 앗아갔다는 사실에 불만을 품고 있다. 오늘날 일
본에서 조금이라도 외지에 가까운 분위기를 풍기는 홋카이
도의 호수와 숲속으로 그들의 꿈을 좇아가 보고 싶었다. 길
에서 노숙하는 연인이 한밤중 눈을 뜨고 우러러본 별은 어

느 별자리가 좋을까? 큰곰자리가 좋겠지? 그들의 열정은 곰의 형상을 하고 있으니.*

여기서 외지(外地)란, 자기 나라 본국인 내지(內地)의 상대적인 말로 식민지를 이른다. 지금은 홋카이도가 일본 외부의 땅이라는 인식이 거의 사라졌지만, 당시만 해도 홋카이도는 일본이 새로 정복하여 개척한 땅이라는 인식이 강했다. 역사적으로 홋카이도가 일본에 편입된 것은 근대국가가 들어선 이후부터다. 본디 이 땅의 주인은 아이누족이라 불리는 부족이었고, 그들은 사무라이와 전혀 다른 역사와 문화를 지닌 독립적인 민족이었다.

'아이누'는 아이누어로 '인간'이라는 뜻이며 일본어의 '닌겐'과는 언어적 계통이 전혀 다르다. 《나쓰코의 모험》에 나오는 부락을 뜻하는 아이누어 '고탐'도 한자 문화권에서는 뿌리나 맥락을 찾아볼 수 없으며, 오히려 〈배트맨〉 시리즈의 잔혹한 도시 고담시가 어원적으로 가까울 지경이다. 아이누어는 글자를 가지지 못했기에 입으로만 전승되었다는 게 한자 문화권과 결정적인 차이다. 나쓰

* 〈週刊朝日〉, 1951년 7월 29일.

318

코가 어느 고탑에 들어갔다가 노파의 얼굴에서 입이 귀까지 찢어진 이레즈미를 발견하고 기겁하는 장면이 있는데, 여성의 얼굴에 문신하는 문화 또한 일본 역사에서 전례를 찾아볼 수 없다. 독특한 문양과 색깔이 담긴 자수, 전통적인 춤과 음악, 사냥과 채집을 중심으로 살아가는 수렵 생활, 생활 습관의 모든 게 달랐던 아이누족은 고대로부터 사할린과 홋카이도를 아우르는 오호츠크해 일대에서 경제권을 갖고 일본과 교역을 하며 살아왔지만, 메이지유신을 기점으로 점차 일본에 편입되어 지금은 그 수가 약 만 명밖에 남지 않았다.

아이누의 땅에 홋카이도라는 명칭이 맨 처음 붙은 건 메이지유신 이듬해인 1869년이며, 이때부터 북방의 땅에 본격적인 개척 사업이 시작되었다. 드넓은 땅에서 개인 사유지라는 개념조차 없이 살고 있던 아이누족은 일본인이 몰려들어 땅을 개척하는 모습을 지켜만 보았다. 일본 정부는 삿포로에 개척 관할 관청을 설치하고 본국 사람들에게 땅을 무상으로 나누어주는 사업을 시행하여 자기 땅에서 농사를 지을 수 있다는 꿈을 안고 이주해오는 사람들의 인구가 증가하기 시작했다. 대부분 도시로 몰려들었다가 실업자가 된 사람들이었다. 오늘날 혼슈의 가장 끝 지역인 이와테현이나 아오모리현은 사투리가 아주 심한데, 그보다 훨씬 먼 홋카이도 사람들이 사투리 없이 표준어를 쓰는 까닭은 이런 이유다. 일본 정부는 홋카이도 각지에 학교를 설치하고 전통적인 아이누 가옥을 위생상의 이유로 폐지하였으며 여자아이에게 이레즈미를 새겨 넣는 풍습이나 사람이 죽으면 그 집을 함께 태우는 관례 등 아이누족의 관습을 속속 금지했다. 아울러 동물 감소를 막는다는 이유로 전통적인 수렵과 어업을 제한하면서 아이누는 점차 빈곤한 삶을 살게 된다. 홋카이도로 이주해 터전을 일구며 살아가기 시작한 개척민들은 척박한 땅에 극심한 냉해가 몰아치는 낯선 기후에 좌절도 하고 적응도 하면서 고랭지 기후에 적합한 과일과 채소를 재배하기 시작했으며 광활한 목장을 지어 목축업을 펼쳐나갔다. 아이누족의 고탑은 전통적인 삶의 방식을 버리고 점차 도쿄의 뒷골목 판자촌과 같은 분위기로 변해갔으며, 개척민이 일군 광활한 땅에는 말과 젖소와 양이 자라는 목장의 언덕 풍경이 새로이 이식되었다.

수천 년 세월 동안 전혀 다른 민족이 살아온 정복과 개척의 땅. 그곳이 홋카이도라는 섬이 지닌 특수성이다.

나쓰코와 츠요시는 이 낯선 공간으로 '복수'라는 그들의 역사에서 무척이나 익숙한 관념을 가져와 모험을 펼치지만, 이 땅의 원래 주인인 아이누족의 도움 없이는 원하는 목적지에 닿을 수 없다. 모든 자연물에 신이 깃들어 있다는 오랜 신앙을 품고 있는 아이누는 곰도 신이 세상에 가죽과 육체를 부여받아 모습을 드러낸 신성한 존재라고 믿기에 곰을 사냥할 때도 불을 피우고 제사를 지내며 의식을 치른다. 정복자의 자손이 그 섬으로 들어갔을 때, 그는 외지에서 온 외지인이 되기에 홋카이도 숲속을 가로지르는 모험은 불편하기만 하다. 그럼에도 자꾸만 그 땅으로 발길을 돌리는 츠요시에게 나쓰코가 묻는다.

"어째서 아이누 부락에 가고 싶었던 거예요?"
나쓰코가 물었다.
"왜 그랬을까요. 학생 시절에는 누구나 자기와 소통할 상대가 그리워지기 마련이죠."

도쿄의 청년이 시대에서 밀려난 아이누에게서 소통을 갈망한다. 빠르게 흘러가는 도시의 불빛을 뒤로하고, 원초적인 자연물을 저마다 신으로 받아들이며 살아가는 영적 존재와 대화를 나누고 싶어 한다. 물질적으로 제아무리 풍요를 이루었다 하여도 정신적으로 빈약하고 허망한 부분을 채울 수 없었던 도시의 청년이 아이누에게서 마음의 위안을 찾은 것일까. 콘크리트에 둘러싸여 살아가는 사람들이 서로 간의 소통 단절로 외로워하는 동안, 어떤 청년은 신비로운 존재들과 대화를 나누고 생으로의 전혀 다른 접근을 시도하기 위해 모험을 떠난다. 그리고 홋카이도라는 땅은 지난 세기에 그런 젊음을 발산하기에 충분히 매혹적인 땅이었다. 그러나 아이누의 문화가 박물관 속으로 박제된 지금은 그저 도쿄도의 바로 옆에 존재할 법한 대자연에 불과하며, 홋카이도로 떠나는 대모험이라는 전제조차 빛바랜 과거가 되었다. 시절은 그렇게 변화하고 있다. 우리가 지금 바라보고 있는 것도 모양과 의미를 바꾸어 가며 조금씩 달라질 것처럼.

3. 걸크러쉬의 서막

소설가는 문체로 세계를 해석한다.* 미시마 유키오가
〈나의 소설 방법〉이라는 수필에 쓴 말이다. 《나쓰코의 모
험》에서 자기 인생의 고삐를 누구에게도 의지하지 않은
채 스스로 쥐고 달려가는 나쓰코의 묘사는 분명 새로운
여성상이 대두하는 세상을 향한 해석이었다. 가족에 순
종하고 남성에 의지하는 여성상은 이미 1950년대에 매
력을 잃었다. 그동안 주변의 시선, 남성의 시선으로부터
자유롭지 못했던 여성은 타인의 시선을 의식하지 않고
자기 할 말을 당당하게 내뱉으며 자기 삶을 스스로 선택
하고 말하는 힘과 목소리를 갖게 되었다. 이 소설은 그
런 여성의 등장을 알리는 서막과도 같다.

"...언젠가 너랑 같이 살 집을 설계해 보았어. 내 삶의 이
상이야. 아주 살기 편한 집이 될 거야. 내진 내화 설계가 되
어 있으니 삼사십 년은 거뜬해."

그 말을 들은 나쓰코는 눈살을 찌푸렸다. 이 청년도 그런

* 《小説家の休暇》, 三島由起夫, 新潮文庫, 1982.

생각뿐인 건가. 꽃으로 장식한 아름다운 감옥에 나를 가두는 게 이상인가. 삼사십 년이라고? 너무 싫어. 삼사십 년 살면 천장널에 박힌 옹이구멍 개수까지 외고 다닐 지경이겠어. 추억이라는 고치 속에 갇혀 한 걸음도 밖으로 나오려 하지 않겠지. 종종 둘이 산책한다. 차분한 목소리로 어떻게 생계를 이어갈지 논의한다. 이 청년은 사십 년이 흘러도 여전히 상냥한 남편이리라. 아아, 견딜 수 없는 일이다.

자신에게 구애하는 미래의 건축가 남성을 보며 나쓰코는 치를 떤다. 아름다운 집에서, 사랑하는 배우자와, 귀여운 아이를 키우며 살아가는 인생. 누구나 자기 삶의 이상으로 생각할 법한 평범하고 행복한 가정의 모습이지만, 나쓰코는 그런 모습을 상상하자마자 눈살을 찌푸린다. 40년 동안이나 상냥한 남편과 내진 설계가 된 튼튼하고 아름다운 집에서 함께 일생이라. 지루하기 그지없다. 하품이 난다. 현모양처는 이미 여성의 가장 훌륭한 덕목이 아니었다. 시대는 변하고 있었다.

《나쓰코의 모험》보다 4년 앞서 출간된 다자이 오사무의 《사양》에서도 변화하는 여성상을 발견할 수 있다. 29세의 여성 가즈코는 몰락한 귀족 집안의 실질적인 가장이다.

아버지는 돌아가시고 아픈 어머니를 부양하며 살다가 전쟁터에서 행방불명되었던 남동생 나오지가 돌아오지만, 남동생은 집에서 돈을 가져가 동경하는 작가 우에하라 주변을 맴돌며 술과 마약으로 방탕한 생활을 일삼는다. 가즈코는 남동생을 구하기 위해 우에하라를 찾아갔다가 그와 사랑에 빠져 아이를 갖기에 이르고 우에하라는 가즈코의 임신 소식에 그녀에게서 조금씩 멀어져간다. 가즈코는 우에하라에게 보내는 마지막 편지에 "사생아와 그 어머니. 하지만 우리는 낡은 도덕과 끝까지 싸우며, 태양처럼 살아갈 것입니다."라고 쓰며 홀로 아이를 낳아 기를 것을 암시하고 우에하라에게 'M.C. 마이 코미디언'이라는 이니셜을 부여한다. 가즈코에게는 사랑하는 사람의 아이를 낳아 키우는 일이 자기 도덕 혁명의 완성이었다. 이전의 사회 통념으로는 부끄러워해야 마땅한 여성이 세상의 돌팔매에도 두려워하지 않고 자신이 선택한 길을 간다. 근대사회 형성 이후 처음 등장하는 사상이었다. 과거에는 없었던 새로운 여성상이었다. 가즈코는 말한다.

이제까지 세상의 어른들은 우리에게, 혁명과 사랑, 이 두

가지가 가장 어리석고 꺼림칙한 것이라 가르쳤고, 전쟁 전에도 그렇고 전쟁 중에도, 우리는 그런 줄로만 알고 있었다. 하지만 패전 후 우리는 세상의 어른들을 신뢰하지 않게 됐고, 모든 면에서 그 사람들이 하는 말의 반대쪽에 진정한 삶의 길이 있는 듯한 느낌이 들기 시작했다. 혁명도 그렇고 사랑도, 사실은 이 세상에서 가장 좋고, 달콤한 것이라, 너무 좋은 것이다 보니 짓궂은 어른들이 우리에게 그것이 신 포도라는 거짓말을 하고 있었던 것이 분명하다고 여기기 시작했다. 나는 확신한다. 인간은 사랑과 혁명을 위해 태어난 것이다.

— 다자이 오사무, 《사양》

미시마 유키오는 《사양》 연재를 리얼타임으로 읽고 있었으며, 가와바타 야스나리에게 보내는 편지(1947년 10월 8일)에 "다자이 오사무 씨의 《사양》은 세 번째 연재도 감명 깊게 읽었습니다. 멸망의 서정시라고 할 법한 훌륭한 예술적 완성이 예견됩니다."●라고 썼다. 다른 누구도 아닌, 오직 자기 자신만의 사랑과 혁명. 그것이 《나쓰코의 모험》에서는 로맨틱 코미디 방면으로 살짝 노선을 틀기

● 《川端康成 · 三島由起夫 往復書簡》, 新潮文庫, 1997.

는 했지만, 나쓰코에게도 새로운 여성상의 태동은 분명 나타나고 있었다. 세상의 눈을 의식하지 않고 자기만의 사랑과 혁명을 이룩하기 위한 모험을, 여성들은 떠나기 시작했다.

한편, 미시마 유키오가 이러한 새로운 여성의 등장에 민감할 수 있었던 건 소년 시절 성장 배경에서도 그 요인을 찾아볼 수 있을 것이다. 어린 미시마 유키오는 문학소녀였던 친할머니 나쓰코의 손에 자랐다. 미시마의 할머니는 《나쓰코의 모험》 주인공과 이름이 같다. '여름의 아이(夏子)라는 뜻의 한자도 같다. 그런데 이 할머니, 손자를 향한 집착과 애정이 막무가내였다. 아마도 《나쓰코의 모험》의 나쓰코가 결혼하고 나이가 들어 할머니가 된다면 꼭 이런 사람이 되었으리라.

히라오카 일가는 요쓰야의 오래된 이층집에서 조부모, 부모, 하녀 여섯 명이 함께 기거했는데, 조부모는 1층, 부모는 2층에 살았다. 첫 손자인 히라오카 기미타케(미시마 유키오의 본명)가 태어나고 두 달이 채 안 되어, 나쓰코 할머니는 어머니 시즈에의 품에서 손자를 빼앗아 자기 방으로 데려갔다. 명목상 "갓난아기가 2층에서 지내는 건 위험하다"라는 이유였지만, 할머니는 기미타케가

학교에 들어갈 때까지 손자를 머리맡에서 떠나지 못하
게 했다. 엄마라는 말보다 할머니라는 말을 먼저 꺼내게
했고, 엄마가 기미타케에게 젖 먹이는 시간도 할머니가
정해놓고 회중시계를 든 채 정확하게 끝내버렸다.•

　나쓰코 할머니는 손자가 세 살이 되던 무렵, 같이 놀
상대로 남자아이는 위험하다고 여기고 당신 방으로 손
자보다 나이 많은 여자아이 셋을 불러들여 소꿉놀이나
종이접기 같은 놀이를 하게 했으며 말투도 여성어를 쓰
도록 가르쳤다. 기미타케는 막대기나 먼지떨이를 휘두르
며 노는 걸 좋아했지만 위험하다고 압수당했고 증기기
관차처럼 시끄러운 장난감도 금지였다. 가부키와 와카,
이즈미 교카의 소설을 좋아한 할머니 덕분에 자연스럽
게 고전문학에 대한 소양을 갖추게 되었지만, 기미타케
의 아버지는 "어머니(나쓰코 할머니)가 여자아이 교육만
시키는 바람에 용맹하고 씩씩한 남성적인 현상에는 불
감하게 되어버렸구나"•• 하고 탄식했다. 가쿠슈인 초등과
에 입학한 것도 나쓰코 할머니의 의지였는데 1학년 국

• 《ペルソナ：三島由紀夫伝》, 猪瀬直樹, 小学館, 2018.
•• 《伜·三島由紀夫》, 平岡梓, 文春文庫, 1996.

어 시간에 쓴 작문 제목이 〈부엉이 님, 당신은 숲속의 여왕입니다〉이다. 학생들이 돌아가면서 작문을 낭독했고, 남자아이의 너무도 여성스러운 문장에 학급 친구들은 어리둥절했다.• 자기주장이 강한 나쓰코 할머니의 영향 아래 유년 시절을 보낸 미시마 유키오는 어릴 때부터 강력한 힘을 가진 여성에게 익숙해 있었고, 나쓰코 할머니의 생각은 부지불식간에 그의 사상에 깊이 침투했으리라.

《나쓰코의 모험》에서 나쓰코의 할머니, 어머니, 고모, 이 중년여성 트리오가 더할 나위 없이 생동감 있게 그려진 건 작가가 자라면서 가까이 보아온 인물들이 있었기 때문이 아닐까. 그들의 귀여운 손녀이자 딸이자 조카인 스무 살의 나쓰코는 새로운 세대다. 작중에 등장하는 그 어떤 어른도 나쓰코의 말과 행동을 예측하지 못한다. 집안의 어른들은 어디로 튈지 모르는 나쓰코를 두려워하면서도 동경한다. 걱정스러워하면서도 감탄스럽다. 주변 어른 누구에게도 기대지 않고 자기가 믿는 대로 자기 삶을 결정하고 행동하는 일. 이는 중년여성 트리오가 살면

• 《ペルソナ:三島由紀夫伝》, 猪瀬直樹, 小学館, 2018.

서 한 번도 해보지 못한 놀라운 여정이었다. 처음에 어른들은 나쓰코의 선택을 도저히 이해할 수 없었다.

하지만 나쓰코보다 수십 년 더 인생을 살아본 여성 선배들도 결국 나쓰코의 결정에 동참하게 되고, 홋카이도 아이누 부족의 고탐까지 용맹하게 찾아 들어가 곰과 맞선다. 할머니가 식인 곰의 얼굴로 뜨거운 죽그릇을 냅다 던지는 장면은 가히 걸크러쉬를 넘어 그랜마크러쉬라 할 만하다. 1950년대 일본 사회에는 이미 여성의 위치에 있어서 사회적 변화와 요구가 일어나고 있었으며, 여러 작가의 손끝에서 걸크러쉬의 모험은 조금씩 힘을 받기 시작했다. 이것은 남성에게도, 여성에게도, 인간 사회에서도 큰 변화다. 이 변화는 무릇 예견된 것이며, 앞으로 더욱 빠르게 굴러가며 우리 사회를 새로운 국면으로 이끌어 가리라.

그리하여 인간에게는 모험이 필요하다. 세상은 변하고 있고, 또 그래야 하기 때문이다. 우리와 우리 사회는 끊임없이 변화하고 있고, 이는 막을 수 없는 힘이다. 변화하지 않는 만물에 남는 것은 죽음뿐이니. 세상 모든 변화는 일종의 혁명이며, 세상 모든 혁명은 일종의 모험이다. 머무르는 곳에 모험은 없다. 안주하는 곳에 혁명은 없다. 우리는 모두 저마다의 혁명을 이루기 위해 각자의 모험을 떠나야 하며, 그때 우리 곁에 각자에게 가장 알맞은 모험소설이 있다면 그보다 좋은 일은 없으리라.

당신이 이 책을 덮으며 어디론가 모험을 떠나야겠다는 생각이 들었다면, 작가도, 나도, 이 책이 나오게끔 힘을 보탠 편집자들도, 약간의 성공을 거두었다고 할 수 있겠다. 나도 조금씩 나이를 먹어 중년여성의 반열에 들어섰지만, 바라건대 할머니가 될 때까지 지치지 않고 미지의 세계를 찾아 발걸음을 옮길 용기와 상상력을 간직하고 싶다. 대자연에서 살아 숨 쉬는 곰과 사자와 올빼미의 번뜩이는 눈빛으로 살아가고 싶다. 우리의 눈빛이 죽어버린다면, 우리의 생명이 함께 꺼지는 것이나 마찬가지일 테니.

서울의 야경을 바라보며
정수윤

나쓰코의 모험

1판 1쇄 발행 2024년 5월 22일
1판 2쇄 발행 2024년 7월 2일

지은이 미시마 유키오
옮긴이 정수윤

발행인 양원석 **책임편집** 이아람
디자인 김유진, 김미선 **영업마케팅** 양정길, 윤송, 김지현, 정다은, 박윤하
해외저작권 이시자키 요시코

펴낸 곳 ㈜알에이치코리아
주소 서울시 금천구 가산디지털2로 53, 20층 (가산동, 한라시그마밸리)
편집문의 02-6443-8855   **도서문의** 02-6443-8800
홈페이지 http://rhk.co.kr
등록 2004년 1월 15일 제2-3726호

ISBN 978-89-255-7499-8 (03830)